EIN
PERFEKTER
EHEMANN

WEITERE TITEL VON SHALINI BOLAND

IN DEUTSCHER SPRACHE

Die perfekte Familie

Das Kind nebenan

Der Familienurlaub

Ein perfekter Ehemann

IN ENGLISCHER SPRACHE

The Daughter-in-Law

A Perfect Stranger

The Family Holiday

The Couple Upstairs

My Little Girl

The Wife

One of Us Is Lying

The Other Daughter

The Marriage Betrayal

The Girl from the Sea

The Best Friend

The Perfect Family

The Silent Sister

The Millionaire's Wife

The Child Next Door

The Secret Mother

SHALINI BOLAND

EIN PERFEKTER EHEMANN

Übersetzt von Larissa Jolitz

bookouture

Die Originalausgabe erschien 2022 unter dem Titel
„A Perfect Stranger"
bei Storyfire Ltd. trading as Bookouture.

Deutsche Erstausgabe herausgegeben von Bookouture, 2023
1. Auflage August 2023

Ein Imprint von Storyfire Ltd.
Carmelite House
50 Victoria Embankment
London EC4Y 0DZ

deutschland.bookouture.com

Copyright der Originalausgabe © Shalini Boland, 2022
Copyright der deutschsprachigen Ausgabe © Larissa Jolitz, 2023

Shalini Boland hat ihr Recht geltend gemacht, als Autorin dieses Buches
genannt zu werden.

Alle Rechte vorbehalten.
Diese Veröffentlichung darf ohne vorherige schriftliche
Genehmigung der Herausgeber weder ganz noch auszugsweise in irgendeiner
Form oder mit irgendwelchen Mitteln (elektronisch, mechanisch, durch
Fotokopie oder Aufzeichnung oder auf andere Weise) reproduziert, in einem
Datenabrufsystem gespeichert oder weitergegeben werden.

ISBN: 978-1-83790-838-7
eBook ISBN: 978-1-83790-837-0

Dieses Buch ist ein belletristisches Werk. Namen, Charaktere, Unternehmen,
Organisationen, Orte und Ereignisse, die nicht eindeutig zum Gemeingut
gehören, sind entweder frei von der Autorin erfunden oder werden fiktiv
verwendet. Jede Ähnlichkeit mit tatsächlichen lebenden oder toten Personen
oder mit tatsächlichen Ereignissen oder Orten ist völlig zufällig.

PROLOG

ANNIE

Trotz der dunklen, aufgequollenen Wolken, des hämmernden Regens und dieses gottverdammten, ratternden Pick-up-Trucks ist heute der erste Tag, an dem ich etwas empfinde, das halbwegs an Glück herankommt. Ich biege um die scharfe Kurve auf den Weg, der zu unserem Cottage führt, und denke zufrieden an die drei prall gefüllten Einkaufstüten hinten unter der Plane. David wird begeistert sein, wenn ich ihm zeige, was ich alles Tolles gekauft habe. Das Einzige, das ich in dem kleinen Gemischtwarenladen nicht bekommen habe, waren Avocados, aber die sind sowieso ein Luxus, also sei's drum. Bei David und mir war monatelang das Geld knapp. Es sah äußerst düster aus. Bis jetzt.

»Mummy, hilft der neue Mann beim Abendessenmachen?« Mein Vierjähriger sitzt in seinen Kindersitz geschnallt neben mir und tritt rhythmisch gegen das Handschuhfach. Ich habe es aufgegeben, ihn aufzufordern, »das doch bitte sein zu lassen«, und über den Regen höre ich seine Tritte ohnehin kaum.

»Nein, George. Heute Abend kochen Daddy und ich. Der ›neue Mann‹ heißt Jonathan, und ich glaube, er muss arbeiten.« George spricht von unserem Untermieter, Jonathan Dean. Er ist

Koch in einem Hotel im Nachbardorf. Außerdem ist er der Grund für meine gute Laune. Heute ist Jonathan eingezogen und hat uns bereits drei Monatsmieten im Voraus in bar für unser Gästezimmer gezahlt. Zum ersten Mal seit Ewigkeiten müssen David und ich also tatsächlich einmal nicht jeden Penny umdrehen. Jonathans Referenzen waren einwandfrei, und seine Dankbarkeit uns gegenüber war unheimlich liebenswert. Er ist frisch geschieden, hat zwei Kinder und es klingt, als hätte er eine harte Zeit hinter sich. Dazu hat er sich auf Anhieb super mit George verstanden, der sich nun selbst als kleinen Küchenchef sieht.

»Mummy, darf ich beim Abendessenmachen helfen?«

Ich schaue meinen kleinen, braunäugigen Sohn an, betrachte seine strohblonden, vom Regen verdunkelten Locken. Er ist seinem Vater wie aus dem Gesicht geschnitten. »Ja, bitte. Das wäre nett. Du kannst den Tisch decken, wenn du möchtest.«

Am Ende des Weges kommt das Cottage in Sicht. Heute sieht es nach nicht mehr als einem dunklen, vernieselten Umriss mit ein paar schmutzigen Nebengebäuden aus. Eine Gruppe dicht belaubter Bäume überragt die Scheune und Garage, der Regen tropft von ihnen hinunter und sie wiegen sich im Spätsommerunwetter.

»Nein, Mummy, ich will nicht den Tisch decken. Ich will kochen wie der Koch-Mann.«

»Er heißt Jonathan.« Die graue Tür zum Cottage schwingt auf und lenkt meine Aufmerksamkeit auf sich. Erst denke ich, David kommt heraus, um beim Ausladen der Einkäufe zu helfen. Doch dann knallt die Tür gewaltsam zu.

»Mummy, ich will kochen, nicht den Tisch decken!« Mein Sohn zupft mir am Ärmel.

»Ja, ja, okay, Georgie. Klar kannst du Mummy beim Kochen helfen.«

»Und Daddy auch.«

»Ja, Daddy auch.« Aber ich höre gar nicht mehr richtig zu.

Ich parke in der Auffahrt, so nah wie möglich am Weg zur Haustür. Sie ist erneut aufgeschwungen, doch es steht niemand im Eingang. Ich erkenne, dass die Tür offen gelassen wurde und im Wind schwingt. Wenn sie weiter so hin- und herrüttelt, fliegt sie noch aus den Angeln, und auf solche Scherereien und die damit verbundenen Ausgaben können wir getrost verzichten.

Habe ich sie offen gelassen? Nein. So unvorsichtig wäre ich nicht gewesen. Vielleicht war es unser Untermieter. Sein Auto steht nicht vor dem Haus. Er muss unterwegs sein. Ich werde daran denken müssen, ihm einzuschärfen, dass die Haustür fest zugedrückt werden muss, damit sie richtig schließt. Wenn ich das Türknallen aus dem Auto hören kann, dann muss David es im Haus doch sicherlich auch bemerkt haben? Warum ist er nicht herausgekommen und hat sie zugemacht?

Die Cottagefenster sind dunkel, Regenwasser läuft an ihnen hinab. Ich erschaudere, plötzlich beschleicht mich ein ungutes Gefühl. »George, kannst du kurz hierbleiben, während Mummy etwas nachsehen geht?« Ich schiebe mir die nassen, braunen Locken hinter die Ohren und hole tief Luft.

»Ich muss mal.« Er zappelt im Kindersitz herum.

Ich seufze und sage mir, dass ich mir umsonst Sorgen mache. Bestimmt ist David durch die Hintertür nach draußen gegangen, um nach den Hühnern zu sehen, oder vielleicht ist er in der Garage. Jetzt, da ich darüber nachdenke, war er es wahrscheinlich, der die Haustür offen gelassen hat. »Na dann, Georgie, auf geht's. Lass uns reingehen. Wir werden aber ordentlich nass werden. Wir sollten besser rennen!«

Ich löse die Gurte des Kindersitzes und wir sprinten zum Haus. Die Einkäufe lasse ich im Wagen. Die hole ich, sobald der Regen nachlässt – vielleicht bringt David sie auch für mich hinein. George flitzt zur Toilette, ich bleibe in der Diele stehen und rufe meinen Mann.

Keine Antwort.

Obwohl es erst halb sechs ist, liegt das Cottage in finsteren

Schatten. Ich schalte das Dielenlicht an, doch nichts passiert. Ich schalte hin und her und sehe dann ein, dass die Glühbirne kaputt ist. Ich glaube nicht, dass wir Ersatzbirnen dahaben. Wie nervig, dass das nach meiner Einkaufstour passiert – ich hätte Ersatz besorgen können, wenn ich das gewusst hätte.

»David!« Ich versuche es noch einmal, obwohl ich nicht wirklich mit einer Antwort rechne. Aus keinem der Zimmer im Erdgeschoss dringt irgendein Lichtschein oder Geräusch. Offensichtlich ist mein Mann draußen. Er wird völlig durchnässt sein, wenn er wieder hereinkommt. George und ich tropfen bereits alles voll, obwohl wir bloß ein paar Meter gerannt sind. Mein Blickfeld verschwimmt. Ich blinzle mir den Regen von den Wimpern.

Mein Sohn kommt von der Toilette zurück.

»Hast du dir die Hände gewaschen?«

Er nickt und hält sie mir zur Begutachtung entgegen.

»Brav. Lass uns hochgehen und diese nassen Sachen loswerden.« Ich drücke den Lichtschalter für die Treppe. Wieder tut sich nichts. Es muss eine Sicherung rausgesprungen sein. Oder vielleicht hat der Sturm eine Stromleitung beschädigt.

»Es ist dunkel, Mummy.«

»Ich weiß. Dann müssen wir auf der Treppe eben aufpassen. Nimm meine Hand.«

Zusammen gehen wir hoch und betreten sein Zimmer, wo das Licht ebenfalls nicht funktioniert. In der Finsternis helfe ich ihm, in trockene Sachen zu wechseln – ein langärmliges T-Shirt und Jogginghosen –, und rubble ihm mit einem Handtuch die Haare trocken. Schließlich schüttelt George mich ab und kramt seine Batman-Taschenlampe aus der Spielzeugkiste. Er fängt an, das Batsignal an die Wände zu blinken.

»Bleibst du kurz hier und spielst, während ich mich umziehe?«

Er schaut zu mir hoch. »Und dann kochen wir?«

»Ja, auf jeden Fall.« Ich zwinkere ihm zu, aber dann mache

ich mir Gedanken darüber, ob der Kühlschrank und das Eisfach abtauen, wenn der Strom weiterhin ausbleibt. Was, wenn all die Lebensmittel, die ich gerade besorgt habe, schlecht werden? »Bleib in deinem Zimmer, George. Ich will nicht, dass du im Dunkeln die Treppe runterfällst.«

»Okay, Mummy.«

Ich verlasse sein Zimmer und schließe die Tür fest hinter mir. Wir sollten uns wirklich ein Treppengitter anschaffen. Vielleicht können wir uns nun darum kümmern, da wir ein wenig Geld zur Verfügung haben. Ich drücke die Schlafzimmertür auf, betätige aus Gewohnheit den Lichtschalter und ärgere mich, als es dunkel bleibt. Aus irgendeinem Grund will die Tür auch nicht richtig aufgehen. Etwas liegt im Weg. Vielleicht ist mein Morgenmantel wieder vom Haken gefallen und hat sich unter der Tür verfangen. Doch als ich erneut drücke, stößt die Tür gegen etwas. Etwas, das sich groß und schwer anfühlt, wie ein Möbelstück.

Ich merke, dass mein Herz laut und unbequem zu pochen begonnen hat. Ich bin mir nicht sicher, warum. Mir läuft ein Kribbeln den Rücken hinunter, als würde mich jemand beobachten. Schweiß bildet sich in meinen Achselhöhlen. Ich schlucke und stehe reglos da, bevor ich all meinen Mut zusammennehme und mich umdrehe. Doch der kleine Flur ist leer. Das ist doch albern.

Ich atme tief durch und quetsche mich durch die halboffene Schlafzimmertür. Zum Glück lässt sie sich gerade weit genug öffnen. Ich spähe auf den dunklen Umriss hinab, der die Tür blockiert, kann mir aber nicht recht einen Reim darauf machen.

Und dann, urplötzlich, kann ich es doch.

»David? David!« Ich halte mir den Mund zu. Ich will nicht, dass George herüberkommt und ... das hier sieht. Ich schaffe es kaum, selbst hinzusehen. Bin ich hier? Passiert das wirklich?

Mein Mann liegt auf dem Rücken auf dem Schlafzimmerteppich. Seine Augen sind geöffnet, doch er schaut mich nicht an. Er starrt zur Decke hoch. Aber ich glaube nicht, dass er die Decke sehen kann. Ich glaube nicht, dass er irgendetwas sehen kann. Denn es zieht sich eine abscheuliche, dunkle Linie quer über seinen Hals. Ihm wurde die Kehle durchgeschnitten. Mein Mann … David … ist tot.

EINS

EMILY

Josh lässt meine Hand los, als wir die Green-Gates-Vorschule verlassen. Er sieht so süß aus in seinem kurzärmligen, karierten Hemd und den Cargo-Shorts. Seine kleinen, runden Wangen haben von der Sonne etwas Farbe bekommen, obwohl sie in der Schule streng darauf achten, dass alle Kinder in den Pausen Sonnencreme und Mützen tragen. Joshs beste Freundin Ivy zeigt ihm ihre Tanzmoves, ihre zwei schwarzen Zöpfe fliegen wild umher und Josh lacht sich kringelig. Er versucht, sie nachzumachen, trifft es aber nicht ganz.

»Der Junge hat Rhythmus.« Ivys Mum Luanne schiebt sich die Sonnenbrille vom Kopf auf die Nase. Sie nimmt Josh bei den Händen und beginnt, mit ihm herumzutanzen. Ich schüttle den Kopf und grinse über ihre Kapriolen.

Luanne Cassidy ist eine meiner besten Freundinnen. Wir haben uns vor dreieinhalb Jahren beim Geburtsvorbereitungskurs kennengelernt und versuchen, uns mindestens einmal pro Woche zu treffen. Sie ist die netteste, cleverste Person, die ich kenne, arbeitet im Finanzwesen, ist steinreich und mit dem umwerfenden, charmanten Troy verheiratet, der sich zu Hause um Ivy kümmert. Normalerweise übernimmt Troy auch die

Fahrten zur Vorschule, aber da Luanne heute wegen eines Zahnarzttermins früher von der Arbeit weg ist, konnte sie auch ihre Tochter abholen.

»Ich wünschte, ich wäre auch wieder drei.« Luanne löst sich von Josh und stemmt sich eine manikürte Hand in die Hüfte. »Den ganzen Tag mit Freunden spielen und auf der Straße tanzen. Snacks angereicht bekommen, wann immer man Hunger kriegt.«

»Getragen werden, wenn einem die Beine müde werden«, füge ich hinzu.

»Keine Steuererklärung.«

»Und keinen Müll rausbringen müssen.«

»Obwohl ich den Alkohol vermissen würde ...«

»Den würdest du gar nicht brauchen.« Ich zeige auf unsere Kinder, die nun wie verrückt auf dem Gehsteig herumspringen, als wären sie betrunkene Kobolde. »Außerdem ist es unfair, dass du Alkohol erwähnst.« Ich lege mir eine Hand auf den Fünfmonatsbauch und tue so, als würde ich meine Freundin verärgert anfunkeln.

»Ach ja, hatte ganz vergessen, dass du nichts trinken darfst.«

»Schon okay. Beim Gedanken an Alkohol wird mir sowieso ganz anders. Eigentlich kann man das im Moment vom meisten Essen und Trinken sagen.«

»Du Ärmste. Ist dir denn noch danach, morgen mitzukommen?«

»Morgen?« Ich runzle die Stirn und verfluche mein Gedächtnis, das in letzter Zeit immer mal wieder unentschuldigt fehlt.

»Nach der Arbeit ... Die Probestunde in meinem Fitnessstudio? Es gibt da einen tollen Schwangerschafts-Yogakurs, den wir ausprobieren könnten.«

»Ja, das will ich auf jeden Fall noch machen.« Nie im Leben könnte ich mir die Mitgliedschaft in ihrem piekfeinen

Studio leisten, aber es wird Spaß machen, mal ein Weilchen so zu tun, als ob. »Abends ist meine Übelkeit normalerweise nicht so schlimm, das sollte also klappen.«

»Super. Ich hole dich morgen kurz nach halb sieben ab, wenn ich von der Arbeit komme.«

Wir nehmen unsere Kinder bei den Händen, überqueren die vielbefahrene Hauptstraße und danken mit einem Winken den Autos, die für uns anhalten. Wir haben beide in einer Nebenstraße geparkt. Es ist eine der letzten in der gesamten Umgebung, in der noch kein absolutes Halteverbot herrscht, aber sicherlich stellt die Stadt bald ein paar Schilder auf, um das zu beheben.

»Dein Auto ist so süß, Em.« Luanne wirft die Arme zur Seite, um ihre Begeisterung zu untermalen. Ich ziehe sie wegen ihrer ausladenden Gesten oft auf, mag aber eigentlich, wie lebendig sie sich ausdrückt. Sie spricht von meinem noch fast neuen, eisblauen Mini Cooper, der halb die Straße hinunter steht und dessen Lack in der Sonne glänzt.

»Es ist nicht ganz ein Jaguar«, gebe ich mit einem Blick auf ihren schnittigen E-Geländewagen weiter hinten zurück. Aber ich liebe mein kleines Auto.

Mein Mann Aidan verkauft teure Autos und hat Lu Anfang des Jahres mit ihrem brandneuen Jaguar I-Pace ausgestattet. Mein Mini war komplett über die Stränge geschlagen – Aidan hat ein bisschen was im Lotto gewonnen und ihn mir spendiert. Ich meinte, er solle das Geld dafür nutzen, unsere Schulden abzubezahlen. Doch er bestand darauf, mir etwas Gutes zu tun, und bekam einen wirklich guten Deal. Schließlich ließ ich mich breitschlagen. Ich arbeite hart als Rezeptionistin in einer Arztpraxis und dachte mir, wozu ich das überhaupt mache, wenn ich das Leben nicht ab und zu auch mal genieße. Uns Praxis-Empfangsdamen wird oft vorgeworfen, unfreundlich zu sein. Allerdings muss ich mich in meinem Job mit tausend Sachen herumärgern – vor allem mit barschen Patienten, die sich über lange Wartezeiten beschweren. Das ist doch nicht *meine* Schuld! Ich kann auch nichts dagegen tun, dass es zu viele Patienten und nicht genug Ärzte gibt.

Luanne stupst mich an, als Josh Ivy von der Deckenburg vorplappert, die sie heute Nachmittag in der Vorschule gebaut haben. Das Gespräch wirkt so ernst – sie sehen aus, als steckten sie in einem geschäftlichen Meeting –, dass Lu und ich schmunzeln müssen. Mich überrollt eine Welle der Liebe. Wie viel Glück habe ich eigentlich mit diesem wunderschönen Jungen, und bald auch noch mit einem weiteren kleinen Sprössling? Ich lege mir schützend eine Hand auf den Bauch. Die Lage ist bestimmt nicht perfekt. Aidan und ich können uns immer noch kein Haus leisten, nicht einmal einen Urlaub im Ausland, aber wir schuften beide fleißig, und wenn Aidan diesen Sommer noch ein paar große Verkäufe landet, können wir vielleicht endlich anfangen, die Kredite abzubezahlen.

Beim Gedanken an die besagten Schulden platzt meine wohlige Stimmung wie eine Seifenblase und meine Schultern werden schwer. Ich beiße mir auf die Lippe, als wir beim Mini ankommen, und versuche, die Schuldgefühle aus meinen Gedanken zu verbannen.

»Alles okay?« Luanne legt mir eine Hand auf den Arm.

Ihre Frage spült alle möglichen Sorgen empor, doch ich kann jetzt nicht darauf eingehen. Nicht hier, mitten auf dem Gehweg vor unseren Kindern. »Ja, alles okay.«

»Sicher?« Sie runzelt die Stirn.

»Nur das Übliche.« Ich lächle und zucke mit den Schultern in dem Versuch, wieder zu der Gefühlslage von vor ein paar Minuten zurückzukehren.

»Zum Beispiel?«, hakt sie nach.

»Ich denke, ich habe ein schlechtes Gewissen, weil ich so ein schönes Auto habe, obwohl wir es uns eigentlich nicht leisten können.«

Sie nickt, schiebt sich die Sonnenbrille wieder auf den Kopf und sieht mich aus ihren dunkelbraunen Augen fest an. »Hör zu, Em, das Auto ist deins, also kannst du dich auch daran erfreuen, sonst hättet ihr das Geld völlig umsonst ausgegeben. Wenn es finanziell zu knapp wird, könnt ihr das Auto immer noch eintauschen.«

Sie spricht geradeheraus, hat aber recht. »Danke, Lu. Keine Ahnung, was ich ohne deine klaren Ansagen machen würde.« Allerdings hat sie ohne die geringsten Geldsorgen auch leicht reden.

Wir umarmen uns zum Abschied, Josh und ich steigen in den Mini und machen uns durch den Feierabendverkehr auf den Heimweg. Die Green-Gates-Vorschule liegt in Parkstone, aber ich lebe und arbeite in Ashley Cross, keine zwei Kilometer entfernt. Die Gegend bietet zwar nicht gerade günstige Mieten, ist aber sehr hübsch, mit Bars und Boutiquen, Cafés und Restaurants, die sich um The Green ringen, einen kleinen, baumreichen Park mit einem Spielplatz. Meine Laune hebt sich jedes Mal, wenn ich ihn sehe. Ich kann kaum glauben, dass wir hier leben.

Es ist mein Traum, hier irgendwann einmal ein eigenes Haus zu besitzen. Momentan wohnen wir zur Miete – in einem winzigen Häuschen aus den Achtzigern. Wir versuchen, mit einer verspielten, modernen Inneneinrichtung das Beste daraus zu machen. Unsere Vermieterin Izzy ist wundervoll, sie hat unsere Miete seit drei Jahren nicht erhöht und hatte die paar Male Verständnis, die wir damit in Verzug geraten sind. Ich hoffe nur, sie verkauft das Haus nie. Zumindest nicht, bis wir in der Lage sind, umzuziehen, denn in unserem Preisrahmen gibt es sonst nichts in der Umgebung.

Ich biege in unsere schmale Einfahrt ein und halte hinter Aidans dunkelblauem Audi.

»Sehen wir jetzt Daddy?«, meldet sich Josh von hinten.

»Ja, das tun wir, Joshy.« Hoffentlich hat mein Mann heute bessere Laune. Er ist schon die ganze Woche über mürrisch.

Vielleicht liegt es daran, dass er am Freitag Geburtstag hat und fünfunddreißig wird. Ich kann es selbst kaum glauben. Wir haben uns als Teenager kennengelernt, und jetzt sind wir so gut wie im mittleren Alter. Ich hoffe, er bekommt keine Midlife-Crisis oder so etwas.

Kaum habe ich Joshs Gurt gelöst, schlüpft er auch schon aus dem Auto und rennt zur Haustür. Ich nehme meine und Joshs Tasche vom Beifahrersitz, schließe das Auto ab, folge meinem Sohn und stelle plötzlich fest, dass mich der Gedanke nervös macht, drinnen gleich Aidan zu begegnen. Ich liebe ihn, natürlich, aber momentan ist er einfach nicht er selbst.

Ich schließe auf und betrete die enge Diele mit dem großen, rechteckigen Spiegel und dem schmalen Konsolentisch, auf dem kunstvoll arrangierte Kerzen stehen, die entschieden zu teuer waren, um jemals angezündet zu werden. Josh rennt in die Küche und dann weiter ins Wohnzimmer.

»Daddy!«, ruft er.

Mir wird schwer ums Herz, als ich Aidan dort auf dem grauen Ecksofa entdecke, am Laptop festgeschweißt und im zerknitterten Anzug. In letzter Zeit scheint Aidan ständig am Handy oder Laptop zu hängen. Ich kann ihn einfach nicht davon loseisen. Die Jalousien sind halb geschlossen, das Licht des Bildschirms erleuchtet sein Gesicht und lässt seine Züge beinah fremd erscheinen. Er sieht auf und lächelt halbherzig.

»Hey.« Ich erwidere das Lächeln heiter und gebe vor, die zerzauste Erscheinung und niedergeschlagene Stimmung meines Mannes nicht zu bemerken. Vielleicht kann ich ihn daraus herauslocken. »Es ist warm hier drinnen. Wie war's bei der Arbeit?«

»Okay«, antwortet er.

Ich gehe zum Fenster hinüber und kämpfe mit den billigen Metalllamellen der Jalousien, während ich versuche, es zu öffnen. Ich träume von angestrichenen Holzfensterläden. Die sehen so schön aus und eignen sich zudem perfekt für helle

Sommermorgen, weil sie jegliches Licht ausschließen. Doch ich weiß nicht, warum ich überhaupt daran denke, denn eher fliege ich zum Mond, als dass ich mir so etwas leisten kann. Als ich endlich das Fenster aufgestemmt habe, wende ich mich wieder meinem Mann zu. »Irgendwelche Abschlüsse heute?«

»Ein Pärchen interessiert sich für den schwarzen Lamborghini, aber ich glaube, die verschwenden nur meine Zeit.«

»Man kann nie wissen. Vielleicht meinen sie es ernst.«

Er zuckt mit den Schultern und hebt Josh von seinem Schoß. »Tut mir leid, Kumpel, ich muss das hier fertig machen. Gib mir noch eine halbe Stunde, dann spielen wir, ja?«

Josh beginnt, an Aidans Hose herumzuzupfen, und ich merke, wie der Geduldsfaden meines Mannes zu reißen droht. Ich schreite ein. »Komm, Joshy, lass uns Abendessen machen.«

»Nein. Ich will mit Daddy spielen!« Josh reckt das Kinn und klammert sich an das Bein seines Vaters.

»Wenn du mitkommst und mir hilfst, bauen wir später so eine Deckenburg in deinem Zimmer.«

Seine Augen beginnen zu strahlen. »Wirklich?«

Ich nicke und schaue, ob mein Mann das auf irgendeine Art zur Kenntnis nimmt, doch er hat den Blick schon wieder zurück auf den Bildschirm gerichtet.

Sobald Josh zu Abend gegessen, gebadet hat und in den Federn liegt, kehre ich ins Wohnzimmer zurück und finde meinen Mann dort an unveränderter Stelle vor, den Blick immer noch auf den Laptop gerichtet, nur dass er inzwischen eine Flasche Bier angebrochen hat. Den Abend über hat er sich nicht noch einmal angeboten, um mit seinem Sohn zu spielen, doch glücklicherweise konnte ich Josh mit der Errichtung einer ausladenden, komplexen Burg aus Esstischstühlen und Decken ablenken. Ich habe auch seinem Drängen nachgegeben, heute Nacht in seiner Burg schlafen zu dürfen, also haben wir seine

Matratze auf den Boden gehievt und sie ins Versteck geschleift. Außerdem mussten wir Fotos machen, damit er Ivy morgen alles zeigen kann.

Aidan ist den ganzen Abend über nicht aus dem Wohnzimmer herausgekommen. Ich könnte ihn einfach machen lassen, aber mich ärgert, wie wenig er sich heute mit Josh beschäftigt hat. Kurz verhandle ich mit mir selbst, was ich tun soll. Etwas sagen und einen Streit riskieren oder die Sache auf sich beruhen lassen und am Ende die ganze Nacht vor mich hin köcheln?

»Was ist los?« Ich stelle mich mit verschränkten Armen in die Wohnzimmertür. Mein Herz pocht.

»Los?« Zerstreut sieht er vom Bildschirm auf. »Nichts. Warum? Will Josh immer noch spielen?« Er stellt den Laptop neben sich aufs Sofa und macht Anstalten, aufzustehen.

»Josh ist im Bett.«

»Schon? Wie spät ist es?«

»Sieben.«

»Oh, sorry, ich habe komplett das Zeitgefühl verloren. Ich ...« Aidan zuckt mit den Schultern und lässt sich aufs Sofa zurücksinken. Er blinzelt und schließt den Laptop. Dann steht er auf. Seine Augen sind trübe und blutunterlaufen. Er sieht nicht gut aus.

»Alles in Ordnung, Aidy?«

»Ja, alles ...«

»Sag nicht, dass alles okay ist, denn das ist es ganz offensichtlich nicht.«

Er lässt die Schultern sinken. »Tut mir leid. Ich hatte wirklich vor, mit Josh zu spielen. Ich wollte gerne. Ich war nur abgelenkt.«

»Wovon?«

»Arbeit.«

»Ist das alles?« Ich starre ihn an, bis er mich endlich direkt ansieht. Ich hocke mich auf die Sofakante und er setzt sich wieder an seinen alten Platz. »Was belastet dich in letzter Zeit? Du bist launenhaft und ... komisch.«

»Vielen Dank.« Er hebt eine Augenbraue.

»Du weißt, wie ich das meine.«

»Ich muss mit dir über etwas reden, aber ich glaube nicht, dass es dir gefallen wird.«

Das Pochen hinter meinen Rippen wird lauter, während ich darauf warte, dass er weiterspricht.

»Die Sache ist die, ich bin nicht glücklich mit meinem Job, Em. Schon eine ganze Weile nicht mehr. Ehrlich gesagt ... möchte ich ihn nicht mehr machen.«

»Oh.« Ich weiß nicht, womit ich gerechnet hatte, aber damit sicher nicht. Ich schlucke eine Mischung aus Panik und Erleichterung hinunter. »Was gefällt dir daran nicht mehr? Suchst du nach anderen Stellen?«

»Mir gefällt gar nichts mehr daran. Ich muss mal etwas anderes machen.«

»Etwas anderes als verkaufen?«

»Als all das. Arbeit, Geld, einfach alles. Das hängt mir alles zum Hals raus.«

Ich rücke näher an ihn heran und nehme Aidans Hand, betroffen von seinen Sorgen, aber erleichtert, dass seine Stimmung nichts mit *mir* zu tun hat. Mit *uns*. »Jedem hängt mal alles zum Hals raus, Aidy. So ist das Leben. So läuft es nun mal. Mal hat man gute Tage, mal sind sie eher ...«

»Scheiße«, führt er meinen Satz zu Ende.

»Ja. Genau. Aber du solltest nichts Unüberlegtes tun. Bloß, weil es dir diese Woche stinkt. Vielleicht ist das nur, was weiß ich, eine Phase. Du hast deine Arbeit doch immer geliebt, und du bist so gut darin. Die Kunden lieben dich.«

Er zieht die Nase kraus. »Das war einmal. Der Ofen ist aus. Es ist nicht mehr mein *Ding*. Und das Gefühl ist nicht neu. Ich denke schon seit Wochen darüber nach.«

»Und ... jetzt? Willst du den Job wechseln?« Das hört sich

nicht gut an. Sagt er mir die Wahrheit? Ich studiere sein bekümmertes Gesicht, während er den Blick auf seinen Schoß gerichtet hält. Selbstsüchtigerweise bekomme ich Panik. Wir können uns unser bescheidenes Leben nur leisten dank Aidans Arbeit. Mein Gehalt deckt kaum Joshs Vorschulgebühren ab.

»Es tut mir leid, Em. Ich weiß, dass das wahrscheinlich ein Schock ist. Ich weiß, dass du es nicht hören willst, und deshalb habe ich bisher auch nicht darüber geredet. Ich hatte gehofft, es würde wieder verfliegen. Aber dieses Gefühl in meiner Magengrube wird immer schlimmer. Ich möchte alles auf den Kopf stellen – meine Karriere, wie ich lebe, einfach alles. Vielleicht sogar irgendwo anders hinziehen.«

»*Was?* Nein. Ich mag unser Leben. Ich meine, klar, wenn du dich beruflich verändern willst, ist das in Ordnung, aber du wirst doch nicht einfach so deinen Job kündigen, oder? Du wirst dir doch Zeit nehmen, um darüber nachzudenken, was du als Nächstes tun willst und wie ... praktikabel das ist? Momentan stehen uns nicht allzu viele andere Möglichkeiten offen.« Ich lege mir die Hände auf den Bauch, um mein Argument zu unterstreichen. Doch Aidan schaut mich bloß an, mit einem beinah flehenden Blick, der mich nervös macht.

»Mummy, ich mag die Burg nicht. Sie ist unheimlich.« Josh tapert in seinen Pyjamashorts ins Wohnzimmer, das Gesicht ganz rot und das kurze Haar schweißnass.

Aidan steht auf. »Ich kümmere mich um ihn.«

»Sicher?«

Er nickt und nimmt Josh bei der Hand. »Na los, Kumpel, bringen wir dich mal zurück ins Bett.«

Ich schaue ihnen nach, die Enthüllung meines Mannes kreist mir im Kopf herum. Erschüttert mich. Ich sollte ihn von ganzem Herzen unterstützen. Ich möchte nicht, dass er unglücklich ist. Doch stattdessen fühle ich eine Woge finsteren Grolls, gefolgt von dem nagenden Verdacht, dass unser Leben sich bald verändern wird. Und nicht zum Besseren.

Als die Endorphine mich zu durchfluten beginnen, bin ich direkt viel zuversichtlicher. Felix' Spinning-Kurs hebt immer meine Stimmung. Ich glaube, das liegt an seiner unglaublichen Energie und auch an der Musik, die er spielt. Außerdem pusht er einen gerade so weit, dass man das Gefühl bekommt, gute Leistung zu erbringen, ohne nur noch zusammenbrechen zu wollen. Wobei eigentlich *alle* Trainer in Porter's Health Club richtig gut sind. Dafür zahlt man ja auch – Premium-Kurse mit den besten Trainern in luxuriöser Kulisse.

Im Club herrscht eine entspannte, moderne Atmosphäre, das Studio ist auf dem allerneuesten Stand, es gibt zwei Pools, einen Wellnessbereich, Kurs- und Personal-Trainer-Angebote und verschiedene Bars und Restaurants. Und wie meine Freundin Louise es gern ausdrückt, der Mitgliedsbeitrag ist teuer genug, um den Pöbel draußen zu halten. In letzter Zeit ist der Club mein zweites Zuhause geworden, also komme ich definitiv auf meine Kosten. Mein Mann Marcus ist ebenfalls Mitglied, aber die Arbeit nimmt ihn derart in Beschlag, dass er kaum noch herkommt. Ich habe ihm auch schon einen Personal Trainer organisiert, doch es dauerte gerade einmal eine Woche, bis er den armen Kerl anschnauzte, er solle sich verpissen. Marcus lässt sich nicht gern etwas vorschreiben, selbst wenn es um die Gesundheit geht.

Ich schaue zu meinen Gym-Freundinnen Louise Howard und Victoria Butterworth hinüber. Ihre Aufmerksamkeit ist voll und ganz auf Felix gerichtet, wahrscheinlich wollen sie ihn damit beeindrucken, wie fit und motiviert sie sind. Ich schmunzle über Louises perfekten Schmollmund und darüber, wie sie ihre falschen Brüste vorstreckt. Ihr gewelltes, blondes Haar schwingt in einem Pferdeschwanz hin und her. Auf die meisten der männlichen Trainer haben wir ein Auge geworfen, allen voran auf Felix mit seinen perfekt geformten Muskeln und gemeißelten Wangenknochen. Von seinen hinreißenden dunkelbraunen Augen ganz zu schweigen. Obwohl er um die zehn Jahre jünger ist als wir und vermutlich arm wie eine Kirchenmaus. Nicht, dass ich Marcus jemals betrügen würde. Beim bloßen Gedanken daran schaudert es mich. Bei Louise wäre ich mir da nicht so sicher. Ich schätze, sie wäre durchaus bereit für einen Seitensprung ohne Verpflichtungen mit Felix, wenn sich die Gelegenheit ergäbe, aber wenn Steve das jemals herausfände ...

Der Kurs ist viel zu schnell vorbei und wir steigen von den Rädern. Gemeinsam verlassen Louise, Vicky und ich das Studio und gehen zum Wasserspender hinüber, um unsere Flaschen aufzufüllen. Hier im Club sind wir drei die Zielscheibe für jede Menge Getratsche – einiges davon ist sogar richtig bösartig. Aber das gehört eben dazu, wenn man blond und wunderschön ist und noch dazu mit drei der reichsten Männer von Poole verheiratet. Wenn die Leute mein wahres Ich kennenlernen würden, wäre ihnen klar, dass ich nicht die bin, für die sie mich halten. Aber die Leute sehen nur, was sie sehen wollen.

Vicky habe ich vor vier Jahren kennengelernt, bei einem Wohltätigkeitsdinner im Segelclub, bei dem sie und ihr Mann Ted – der im Finanzwesen tätig ist – am selben Tisch saßen wie

Marcus und ich. Wir vier verstanden uns auf Anhieb prächtig und lachten den ganzen Abend über immer wieder so laut, dass ich dachte, wir würden noch rausgeschmissen. Natürlich wäre das gar nicht infrage gekommen, denn, wie ich später herausfand, war Vicky Vorsitzende des Planungsausschusses für die Veranstaltung. Sie und Louise waren bereits gut befreundet, und angesichts meines Aussehens und der Referenzen meines Mannes wurde ich rasch in ihre Clique aufgenommen.

Durch die Freundschaft zu Vicky und Louise fühlte ich mich allmählich wohler und besser aufgehoben in meinem neuen Leben als Mrs Danielle Baines. Marcus und ich waren damals erst seit wenigen Monaten verheiratet und mich überwältigten das Geld, der Lifestyle und die nicht enden wollenden gesellschaftlichen Events. Das alles war so weit entfernt von meinem vorherigen Leben als Kellnerin im Seagull, einem der rausten Pubs von Poole. Ich habe Marcus vor fünf Jahren kennengelernt, als er, sein jüngerer Bruder Alex und sein Dad den Pub besuchten, um den Geburtstag seines Dads zu feiern. Das Seagull war einmal sein Stamm-Pub, daher kannte er den Großteil der Klientel. Trotzdem redete er den ganzen Abend nur mit mir. Ich verliebte mich Hals über Kopf in ihn. Wir gingen erst wenige Monate miteinander aus, als er mir den Antrag machte.

Obwohl Marcus bereits erfolgreich war, als wir uns kennenlernten, ist seine Herkunft bescheiden und er verdiente anfangs sein Geld mit dem Waschen von Autos. Während seiner Zwanziger und Dreißiger baute er sich sein Geschäft auf, und nun, mit vierzig – er ist fast zehn Jahre älter als ich –, besitzt er einen riesigen Showroom, in dem er sowohl neue als auch gebrauchte Luxusfahrzeuge verkauft. Nach unserer Hochzeit kündigte ich meinen Job und wir zogen in ein hübsches Haus mit Blick auf die Naturhafenbucht Poole Harbour. Im Grunde sind all meine Träume wahr geworden. Nun ja, *fast* all meine Träume.

»Hi, Dani. Du bist es doch, oder?«

Ich drehe mich um und entdecke eine Frau, die mir bekannt vorkommt. Sie hat schulterlanges, karamellfarbenes Haar und trägt ein unansehnliches, übergroßes graues T-Shirt über billigen, schwarzen Leggings. Sie sieht ein bisschen aus der Puste und verschwitzt aus, ist aber hübsch und hat ein nettes Lächeln. Sie steht neben einer schönen Schwarzen Frau, die uns kurz mustert und dabei nicht allzu angetan wirkt. Ich habe sie schon ein paarmal im Club gesehen.

»Hi«, sage ich vage.

»Emily Graham.« Die Frau zeigt auf sich, ihr Lächeln wird schwächer. »Aidans Frau. Mein Mann arbeitet im Showroom für deinen Mann.«

»Ah, richtig. Hi, wie geht's?« Jetzt erinnere ich mich wieder. Sie ist nett, aber zu versessen darauf, bei allen gut anzukommen. Kein Wunder also, dass ich sie nicht wiedererkannt habe. Es wirkt ganz so, als hätte sie ordentlich zugelegt.

»Gut, danke. Ich bin mit meiner Freundin Luanne für eine Probestunde hier. Das Studio ist der Wahnsinn, oder?«

Ich nicke und lächle Luanne zu, die halbherzig zurücklächelt. An diese Reaktion bin ich gewöhnt. Die meisten Leute sind eingeschüchtert, wenn ich zusammen mit meinen Freundinnen auftrete. Leider unternehmen Louise und Vicky auch nichts, um dem entgegenzuwirken. Sie bedenken Emily und ihre Freundin mit dem üblichen abschätzigen Lächeln, das unseren Cliquen-Ruf nur bestätigt. Man würde uns wohl »Mean Girls« nennen, wenn man es nicht besser wüsste. Aber so bin ich eigentlich gar nicht. Zumindest versuche ich es.

»Habt ihr schon irgendwelche Kurse ausprobiert?«, frage ich in dem Versuch, freundlich zu sein. »Ich kann Felix' Spinning-Kurs empfehlen.«

»Oh ja, Felix ist heiß«, schmachtet Luanne mit einem Grinsen in unsere Richtung. Okay, vielleicht ist sie doch nicht so eingeschüchtert, wie ich dachte.

»Ich war gerade bei der Einführung, und jetzt machen wir

einen Yogakurs«, schwärmt Emily, wobei ihre Augen so groß werden wie die einer Puppe.

»Super. Viel Spaß.« Ich nehme einen Schluck Wasser und frage mich, ob sie sich die Mitgliedschaft wohl leisten kann. Marcus zahlt seinem Verkaufspersonal gute Provisionssätze, aber nicht *so* gute.

»Danke. Tja, hat mich gefreut, dich zu sehen.«

»Ebenso.« Die Mädels und ich machen uns die elegant geschwungene Treppe hinunter auf den Weg zu den Umkleideräumen.

»Meiner Meinung nach sollte Emily unbedingt zum Spinning gehen statt zum Yoga«, sagt Louise, als wir unten ankommen. »Die war ja schon irgendwie ein Schlachtschiff.«

Vicky kichert.

»Louise!«, tadle ich, lache aber mit. Ich werfe einen Blick zurück die Treppe hoch und erschrecke, als ich direkt Emily in die Augen sehe, die uns beobachtet. Wir werden beide rot und schauen weg. Ich bin mir sicher, dass sie uns von so weit weg nicht gehört hat. Trotzdem komme ich mir vor wie ein gigantisches Miststück.

DREI

EMILY

Bellingham's Weinbar und Brasserie liegt genau gegenüber vom Green, nur ein paar Minuten Fußweg von unserem Zuhause entfernt. Die eine Hälfte beherbergt ein entspanntes Restaurant, in dem Pizza aus dem Holzofen und andere rustikale Köstlichkeiten serviert werden, die andere eine Wein- und Cocktailbar mit freigelegten Backsteinwänden und viel Holz und Glas. Von dort aus geht es hinaus in einen begrünten Innenhof, den ich für den Abend mieten konnte. Heute ist in der Bar viel los, und das liegt zum Teil an mir.

Nachdem Aidan am Mittwoch die Bombe hat platzen lassen, dass er sein Leben verändern wolle, habe ich beschlossen, dass ich nicht nur dasitze und mir Sorgen mache, sondern das Zepter in die Hand nehme und ihm vor Augen führe, wie viel Glück er hat. Dass unser Leben eigentlich ziemlich fantastisch ist. Vielleicht wäre ein Jobwechsel gar nichts Schlechtes, aber die Zelte abzubrechen und wegzuziehen, nun, das wäre einfach zu extrem. Das hier ist unser Zuhause. Unsere Freunde sind hier. *Alles* ist hier.

Also schmiede ich Pläne, um ihm zu zeigen, auf was er alles verzichten müsste, wenn wir weggehen würden. Den Anfang bildet die Überraschungs-Geburtstagsparty heute Abend. Ich habe alle eingeladen, die mir eingefallen sind. Seine Arbeitskollegen sind gekommen, genau wie seine Schulfreunde aus Poole und die gemeinsamen Freunde, die wir im Laufe der Jahre gefunden haben. Und natürlich unsere besten Freunde, Luanne und Troy.

»Um wie viel Uhr kommt er?«, fragt Troy, seine tiefe Stimme harmoniert mit dem Wummern der Bässe, der DJ hat einen sommerlichen Ibiza-Club-Mix aufgelegt.

Ich schaue auf die Uhr. »Er sollte in etwa zehn Minuten da sein. Ich habe behauptet, wir treffen uns hier auf einen Geburtstagsdrink und eine Pizza.«

»Nicht schlecht.«

Luanne lehnt sich an ihren Mann, die beiden wechseln einen verliebten Blick und küssen sich. Ich finde, die zwei passen prima zusammen, aber es wird mir schon etwas übel dabei, wenn ich sehe, wie sie ständig aneinanderkleben. Okay, vielleicht spricht da bloß der Neid aus mir. Luanne mit ihrer makellosen dunklen Haut und Troy mit seiner eindrucksvollen Statur und seinen dunklen Augen. Wie ein perfektes Über-Paar.

»Hey, ist gut jetzt.« Ich stupse Luanne an und verdrehe die Augen.

»Was denn?«

»Ihr beiden! Knutscht rum wie zwei Teenager!«

Sie lösen sich voneinander und lächeln mir zu, etwas abwesend, aber ohne jede Reue. Ich grinse, um deutlich zu machen, dass ich es nicht ernst meine. Ich wünschte, Aidan und ich könnten wieder so sein. So, wie wir miteinander umgegangen sind, als wir noch jünger waren und die Finger nicht voneinander lassen konnten. Ich sage mir, dass das nur daran liegt, dass Lus und Troys Beziehung noch frischer ist. Sie waren erst ein Jahr zusammen, als Luanne mit Ivy schwanger wurde.

Wohingegen Aidan und ich schon über sechzehn Jahre ein Paar sind.

»Hast du diese Jacke für Aidan bekommen?«, fragt Luanne.

»Ja. Sie ist heute Morgen angekommen. Punktlandung! Ich dachte schon, ich müsste ein Foto davon ausdrucken und es in seine Geburtstagskarte stecken.« Ich nehme einen Schluck von meinem Tonic. Aidan hat mir gesagt, ich solle ihm nichts Teures schenken. Aber das kam mir ungerecht vor, also habe ich über die Stränge geschlagen und ihm eine Jacke von Reiss gekauft, von der ich mitbekommen hatte, wie er sie einmal im Fernsehen bewundert hat. Er wird begeistert sein. Ich werde einfach nicht dazusagen, wie viel sie gekostet hat.

»Hey, Emily!« Jemand tippt mir von hinten auf die Schulter, und als ich mich umdrehe, stehen vor mir eine blonde Frau mit jugendlich-frischem Gesicht und ein sportlich wirkender Typ im Trainingsanzug. Ich brauche ein paar Sekunden, um sie einzuordnen, aber dann fällt es mir ein. Dom und Sarah Parr haben Aidan und ich vor ein paar Jahren draußen bei den Ringwood-Seen kennengelernt. Wir hatten uns zu einem Wakeboarding-Kurs angemeldet und haben ein paar spaßige Wochen mit Blödeleien auf dem Wasser verbracht. In meinem Fall hieß das, meistens einfach hineinzufallen. Sie sind deutlich jünger als wir, aber damals haben wir uns richtig gut verstanden.

»Sarah! Dom! Ich bin so froh, dass ihr es geschafft habt. Tut mir leid, dass es so kurzfristig war. Ich habe das in letzter Minute auf die Beine gestellt.«

»Kein Ding. Schön, dich zu sehen. Danke für die Einladung.« Sarah umarmt mich und ich frage mich, warum ich den Kontakt so lange habe schleifen lassen. »Es muss schon über ein Jahr her sein, dass wir zuletzt gequatscht haben.« Ihr Blick wandert hinunter zu meinem sich rundenden Bauch.

»Das nächste ist auf dem Weg«, bestätige ich, da ich schon festgestellt habe, dass Leute nicht gern etwas sagen – falls es doch kein Schwangerschaftsbauch ist.

»Herzlichen Glückwunsch«, rufen sie und Dom im Chor.

»Sarah ist auch schwanger«, verkündet Dom stolz. »Unser erstes.«

Erst da bemerke ich ihren eigenen kleinen Bauch. Ich beglückwünsche sie zurück, dann stelle ich ihnen Luanne und Troy vor, während ich gleichzeitig versuche, in Richtung Tür nach Aidan Ausschau zu halten. Endlich entdecke ich ihn draußen auf dem Gehsteig. Er war beim Friseur und trägt seinen grauen Lieblingsanzug. Er sieht umwerfend aus.

Er ist gerade im Begriff, die Tür zu öffnen, als er innehält und sich umdreht. Jemand steigt hinter ihm aus einem Taxi. Es ist die Frau seines Chefs, Dani. Da Marcus Aidans Arbeitgeber ist, musste ich die beiden einladen, doch von Marcus fehlt jede Spur. Tatsächlich überrascht es mich etwas, dass sie sich traut, hier aufzutauchen, nachdem sie gestern im Fitnessstudio so hochnäsig mir gegenüber war. Na gut, sie selbst vielleicht nicht, aber ihre Freundinnen waren geradezu gehässig. Ich bin mir sicher, dass sie im Nachhinein über mich und Lu gelästert haben.

Abgesehen von der Begegnung mit Dani und ihrer Clique war die Probestunde im Studio genau das, was ich brauchte – eine willkommene Gelegenheit, einmal abzuschalten und mich zu entspannen. Luanne hatte recht, der Schwangerschafts-Yogakurs war der perfekte Stressabbau. Das einzige Problem an dem Abend war, dass ich danach am liebsten weitergemacht hätte, was ein reiner Wunschtraum ist, da ich mir die Mitgliedschaft im Studio nie im Leben leisten könnte.

Draußen auf dem Gehsteig sagt Dani etwas zu Aidan. Er reagiert mit einem Stirnrunzeln. Hoffentlich denkt sie daran, dass die Party eine Überraschung sein soll. Jetzt schüttelt Aidan zusätzlich zum Stirnrunzeln den Kopf. Dani legt ihm eine Hand auf den Arm und sagt noch etwas. Einen Moment lang flattert mir das Herz. Wenn ich nur wüsste, was sie gesagt hat. Ich behalte sie im Blick. Sie sieht toll aus, ihr platinblondes

Haar glänzt und ihr blassgrünes Kleid schmiegt sich an den richtigen Stellen an ihre Figur. Ich frage mich, wo ihr Mann ist. Ob er noch auftauchen wird oder ob sie heute allein hergekommen ist.

Ich wende mich meinen Freunden zu. »Aidan ist da.«

Troy stellt sich auf einen Stuhl und erhebt ohne die geringste Verlegenheit die Stimme: »Hey, Leute, Aidan kommt gleich rein!«

All unsere Freunde versammeln sich um mich. Insgesamt müssen wir an die vierzig Leute sein.

Aidan hält Dani die Tür auf und betritt vor ihm das Lokal. Sie dreht sich um, um ihm zu danken, und ich dränge sie innerlich, aus dem Weg zu gehen. Endlich macht sie einen Schritt zur Seite, als Aidan zur Tür hereinkommt. Er schaut finster drein.

»Herzlichen Glückwunsch zum Geburtstag!«, rufen alle, nur ich mache nicht mit, da mir dämmert, dass ich die Lage eventuell falsch eingeschätzt habe. Aidan setzt ein verwirrtes Lächeln auf, doch sein angespannter Kiefer und reservierter Blick sagen mir alles, was ich wissen muss.

Ich schaue zu, wie seine Freunde und Arbeitskollegen auf ihn zustürmen, um ihm alles Gute zu wünschen. Er plaudert mit einem nach dem anderen, während sie ihm auf den Rücken klopfen, ihn abklatschen, ihn auf die Wange küssen und ihm Geschenke und Karten überreichen. Ich halte mich im Hintergrund und gebe ihm Zeit, die Überraschung zu verdauen. Vielleicht ist es nur das. Vielleicht ist alles in Ordnung und ich interpretiere nur zu viel in sein Stirnrunzeln von eben hinein. Wahrscheinlich ist es ein ziemlicher Schock.

Ich bemerke Dani neben mir an der Bar. Sie steht allein da und bestellt sich ein Glas Mineralwasser mit Limette. Ich sollte etwas sagen. Höflich sein, auch wenn sie es nicht ist. »Du trinkst auch nichts?«, merke ich an und hebe mein Tonicglas. »Fährst du oder bist du schwanger?«

Sie dreht sich zu mir um und ich sehe blanke Missbilligung in ihrem Blick, die mich beinah einen Schritt zurücktaumeln lässt.

Ich halte die Luft an. Das war taktlos von mir. Vielleicht trinkt sie einfach nur keinen Alkohol.

»*Was?*«, blafft sie.

»Ähm, tut mir leid, ich ... mir ist nur aufgefallen, dass du auch keinen Alkohol trinkst.« Ich deute auf mein Glas, merke dann aber, dass diese Frau keinerlei Interesse an mir oder dem Gespräch hat. Die Luft zwischen uns knistert vor negativen Schwingungen. Ich versuche, freundlich zu bleiben. »Marcus ist nicht mitgekommen?«

Dani nimmt ihr Wasser vom Barkeeper entgegen, reicht ihm einen Fünf-Pfund-Schein und meint, er solle den Rest behalten. »Sorry, wolltest du auch noch was?«, fragt sie völlig ausdruckslos.

»Nein, danke, ich brauche nichts.«

Sie nippt an ihrem Wasser. »Marcus hat ein Meeting. Ich soll ausrichten, ihm tut es leid, dass er es nicht schafft.«

»Oh. Wie schade.« Ich beiße die Zähne zusammen und würde diesem unangenehmen Gespräch am liebsten entfliehen. »Aber es ist nett von dir, dass du trotzdem gekommen bist.«

Einen Moment lang wird ihr Gesichtsausdruck weicher. »Wie war der Yogakurs?«

»Der war toll, danke. Sehr entspannend.« Ich lasse die Hände auf meinem Bauch ruhen und denke sehnsüchtig daran zurück, wie viel Spaß es mir gemacht hat und wie gern ich den Kurs regelmäßig besuchen würde. Wie viel Glück Dani hat.

Sie lässt den Blick auf meine Hände sinken und bemerkt meinen Bauch, ihre Augen werden kaum merklich größer, aber sie macht keine Bemerkung. »Wie dem auch sei, ich kann nicht lange bleiben. Ich sage nur kurz herzlichen Glückwunsch. Marcus meint, Aidan sei einer seiner besten Verkäufer.«

Ich nicke, mir wird klar, dass sie aus einem Pflichtgefühl

heraus hier ist und nicht, weil sie tatsächlich hier sein *möchte*. Und dann fällt mir ein, dass Aidan vielleicht ein super Verkäufer sein mag, sich das aber alles ändern wird, da mein Mann kündigen und sich einen neuen Job suchen will. Mein Handy vibriert, ich hole es aus der Tasche. Ich habe eine neue Nachricht, aber keine, mit der ich mich im Augenblick beschäftigen will, also stecke ich das Handy zurück und versuche, nicht mehr daran zu denken.

Ich weiß nicht, was ich sonst noch zu Dani sagen soll. Mir ist der Small Talk ausgegangen. Ich deute auf meinen Mann, der an einem Tisch sitzt und gerade eine Geburtstagskarte öffnet, die offenbar zum Schreien komisch ist, dem Lachen seiner Freunde nach zu schließen. »Ich gehe besser mal zu Aidan. Ich habe ihm noch gar nicht Hallo gesagt.«

»Klar, natürlich.« Sie winkt mich davon, als würde sie mir die Erlaubnis erteilen, mich zu entfernen, und ich schlängle mich durch die Menge. Doch nach dem Blick zu urteilen, den er mir gerade zugeworfen hat, könnte das Gespräch mit meinem Mann möglicherweise ähnlich unangenehm werden wie das mit Dani.

»Alles Gute zum Geburtstag.« Ich bekomme ein Lächeln hin, als unsere Freunde zur Seite treten, um mich durchzulassen. Aidan steht auf und drückt mir einen schnellen Kuss auf die Lippen. »Ich dachte mir, wir alle überraschen dich mal.« Keine Ahnung, warum ich das Offensichtliche ausspreche. Meine Wangen fühlen sich heiß an und meine Kehle trocken. Mir fällt ein, dass ich mein Tonic an der Bar stehen gelassen habe, aber ich möchte es nicht holen gehen, weil das ein weiteres unbeholfenes Gespräch mit Dani bedeuten würde.

»Ich dachte, wir wollten in Ruhe was trinken und Pizza essen«, knurrt Aidan mir ins Ohr, sodass nur ich es höre.

»Ich wollte etwas Schönes für dich auf die Beine stellen. Dich aufheitern. Hinten gibt's ein Buffet. Ich habe den Hof reserviert.«

Ich sehe, wie Troy und Luanne versuchen, alle nach draußen zu komplementieren. Ein Glück, dass sie helfen. Ich bekomme plötzlich das Gefühl, dass dieser gesamte Abend ein großer Fehler war. Statt Aidan aufzumuntern und ihn die Dinge wertschätzen zu lassen, hat diese Party mit all den Leuten und Glückwünschen seine schlechte Laune nur noch verschärft. Nach außen hin lächelt er vielleicht, aber ich merke, dass es aufgesetzt ist. Er ist am ganzen Körper angespannt, sein Gesichtsausdruck ist verkrampft. »Das war ein netter Gedanke, Em, aber mir ist momentan echt nicht nach Party zumute. Ich dachte, das wäre dir klar.«

So, wie sie uns ansehen, scheinen ein paar unserer Gäste Teile des Gesprächs aufgeschnappt zu haben. »Sollen wir uns eine Ecke suchen, wo wir in Ruhe darüber reden können?«

Aidan schüttelt den Kopf. »Es gibt nichts zu bereden.«

»Was meinst du damit?« Ich fühle, wie die Wut in mir aufsteigt, meine Wangen zu glühen beginnen und mein Körper sich anspannt. »Ich habe diesen total schönen Abend für dich organisiert und du machst mir ein schlechtes Gewissen. Ich kann überhaupt nichts richtig machen.«

»Alles in Ordnung, Em?« Ich drehe mich um und sehe Luanne neben mir, in ihren dunklen Augen steht die Sorge.

Ich lächle und zwinge mich zu einem kleinen Lachen. »Was? Ja, alles bestens. Aber Aidan hat Hunger, also denke ich, wir gehen mal raus in den Hof.«

»Die meisten sind schon draußen.« Luanne seufzt und nimmt einen Schluck von ihrem Cocktail. »Es sieht traumhaft aus. Jede Menge Lichterketten und tropische Pflanzen. Fühlt sich an wie im Urlaub. Sie haben auch den Außen-Pizzaofen angeschmissen. Das Essen duftet himmlisch.«

»Na los, Aidy«, locke ich. »Lass uns Spaß haben und was essen.«

Er nickt knapp und wir bahnen uns den Weg durch die vollgestopfte Bar hinaus in die milde Abendluft. Luanne sieht mich fragend an, aber ich verdrehe nur die Augen und schüttle den Kopf. Der Kloß in meinem Hals wird größer.

Den restlichen Abend über wechseln Aidan und ich kaum ein Wort. Seinen Freunden gegenüber liefert er eine überzeugende Show ab, lacht, trinkt, isst und spielt die Stimmungskanone. Allerdings sieht es so aus, als gehe er Dani aus dem Weg, was mich nicht wundert, wenn er vorhat, die Kündigung einzureichen. Sie bleibt ohnehin nicht lang. Eher gibt es mir zu denken, dass Aidan nicht mit mir spricht, mich nicht einmal ansieht. Ich schwanke zwischen Verärgerung und Sorge, dabei muss ich unseren Freunden ebenfalls etwas vorspielen, und das laugt mich aus. Ich bin froh, wenn der Abend vorbei ist. Obwohl ich mich dann mit meinem Mann auseinandersetzen muss. Und darauf freue ich mich nicht gerade.

VIER

DANI

Ich lasse den Blick verschwimmen, sodass die Aussicht aus dem Taxifenster nur noch aus zusammengewirbelten Bäumen und Gebäuden besteht. So kurz vor Mittsommer ist es draußen immer noch hell, wodurch es sich noch seltsamer anfühlt. Was war das für ein fürchterlicher Abend. Richtig unangenehm und peinlich. Ich könnte Marcus dafür umbringen, dass er mich hingeschickt hat. Er hätte mich auch vorwarnen können, dass es eine Überraschungsparty ist. Denn natürlich laufe ich draußen Aidan in die Arme und reiße direkt meine vorlaute Klappe auf: *Herzlichen Glückwunsch, und danke für die Einladung zu deiner Party.* Als er mich mit diesem verwirrten Blick ansah, wusste ich, dass ich mit meinen Größe-37-Jimmy-Choos direkt ins Fettnäpfchen getreten war. So was von dämlich.

Und dann dachte seine selbstgefällige, schwangere Ziege von einer Frau auch noch, dass ich ebenfalls schwanger wäre. Ich meine, was nimmt die Frau sich eigentlich heraus? Mir war überhaupt nicht klar, dass sie ein Kind erwartet, bis ich gesehen habe, wie sie ihren Bauch hält. Das erklärt, warum sie zugenommen hat. Aber vielleicht bin ich auch zu hart mit ihr. Immerhin habe ich die Überraschungsparty für ihren Mann verdorben. Sie hatte allen Grund, schnippisch zu mir zu sein. Ich wollte mich entschuldigen, aber dann ist sie einfach davongestapft. Wollte nicht einmal einen Drink von mir annehmen. Am Ende blieb ich bloß eine Stunde oder so und unterhielt mich mit ein paar von Marcus' Angestellten. Doch die haben alle ihre eigene Meinung von mir, und es ist ermüdend, sie vom Gegenteil überzeugen zu wollen.

Ich sinke tiefer in den Sitz. Ich kann es gar nicht erwarten, nach Hause zu kommen und in gemütliche Sachen zu schlüpfen. Das einzige Problem daran, Marcus Baines' Frau zu sein, besteht darin, einen gewissen Standard aufrechterhalten zu müssen. Ich habe das Gefühl, ihn zu repräsentieren, wo auch immer ich hinkomme. Versteht mich nicht falsch, die meiste Zeit über liebe ich es, mich entsprechend herauszuputzen. Es ist der Traum jedes Mädchens, einen riesigen begehbaren Kleiderschrank zu besitzen und über einen persönlichen Shopping-Assistenten zu verfügen. Aber manchmal wünschte ich, ich könnte ohne das Make-up und die Designerklamotten rausgehen. Ohne die schwindelerregenden Absätze und Acrylnägel.

Marcus sagt, ich sehe wunderschön aus, egal, was ich trage. Er ist kein gebieterischer Typ. Er ist freundlich und liebenswert. Ich habe Glück. Nein, es sind die Ehefrauen, für die man sich auftakeln muss. Sie sind es, die man beeindrucken oder einschüchtern oder was auch immer muss. Ehrlich gesagt, ist das alles enorm erschöpfend. Ich kann es wirklich nicht erwarten, nach Hause zu kommen und unter die Dusche zu springen, in unser riesiges Super-King-Size-Bett zu kriechen und darauf zu warten, dass mein umwerfender Ehemann nach Hause kommt.

Endlich biegt das Taxi von der Sandbanks Road in die Bayview Road ein und hält vor unserem Tor. Ich lasse das Fenster herunter und tippe den Code ein, dabei atme ich die warme, salzige Brise ein, die von der Bucht heraufweht und mir die Haut kühlt. Ich lasse das Fenster offen, während die Tore sich weit öffnen und der Taxifahrer die begrünte Auffahrt hochfährt. Ich stutze, als ich eine ganze Reihe Autos kreuz und quer vor dem Haus parken sehe.

Was zum Teufel?

Ich erkenne keins der Autos. Marcus' schwarzer Porsche Taycan ist nicht darunter, allerdings parkt er seinen Augenstern auch immer in der Garage. Er meinte, er hätte heute Abend ein Meeting, daher hatte ich ihn nicht zu Hause erwartet. Es sei denn, das Meeting findet hier statt. So muss es sein.

Der Taxifahrer reißt mich aus meiner Verwirrung, als er um das Fahrgeld bittet. Ich drücke es ihm in die Hand und trete auf die graue, ziegelgepflasterte Auffahrt hinaus. Vor unserer weiten Zedernholz-Haustür halte ich inne, ich möchte mich heute Abend nicht mit noch mehr Leuten abgeben müssen. Es sieht allerdings nicht danach aus, als hätte ich eine Wahl. Ich zücke meinen Taschenspiegel und betrachte mich in dem kleinen, runden Glas. Nicht allzu übel. Ich trage eine frische Schicht Lippenstift und einen Tupfer Puder auf, streiche mir übers Haar und öffne die Tür.

Als ich den Marmorboden der weitläufigen Diele betrete, dringt Gelächter aus dem Hauptwohnzimmer zu meiner Rechten zu mir herüber. Männerstimmen. Nicht wenige. Von hier aus kann ich durch die offene Tür direkt hineinschauen, doch auf den Sofas sitzt niemand. Vielleicht sind sie am Esstisch auf der anderen Seite des Zimmers. Ich runzle die Stirn. Es klingt nicht nach einem Geschäftstreffen. Marcus ist gern unter Leuten, aber für gewöhnlich treffen wir zwei uns als Paar mit Freunden oder der Familie. Er ist keiner, der oft »die Jungs« im Haus hat. Ich weiß, dass er früher ordentlich gefeiert hat, doch ich dachte, das hätte er hinter sich. Das hat er mir zumindest gesagt, bevor wir geheiratet haben. Nicht, dass es mir etwas ausmachen würde. Es kommt nur ein bisschen aus dem Nichts. Hinzu kommt, dass ich zu so etwas heute Abend nun so gar nicht in der Stimmung bin.

Ich sollte hineingehen und mich blicken lassen, Hallo sagen. Doch aus irgendeinem unbegreiflichen Grund macht mich der Gedanke unruhig. Ich ermahne mich, nicht so eine blöde Kuh zu sein. Ich richte mich auf, streiche mir das Kleid glatt und gehe durch die Diele Richtung Wohnzimmer.

Das Licht ist gedämpft, Rauch und starkes Aftershave wabern mir entgegen. Als ich den Raum betrete, schaut ein halbes Dutzend Männer in Hemdsärmeln vom Esstisch zu mir auf, auf dem wild verteilt Gläser, Flaschen, Pizzastücke, Spielkarten und Pokerchips herumfliegen.

»Dani!« Marcus springt auf, kommt herüber und küsst mich auf den Mund, wobei er mich auf eine besitzergreifende Art an sich zieht, die mir nicht gefällt.

»Nettes Geschoss, die Hausherrin.«

Ich schaue zu einem jüngeren Kerl Mitte zwanzig mit hellem Haar und Bartansatz hinüber, der mich wölfisch angrinst. Ich erwidere das Lächeln nicht. Normalerweise würde Marcus jeden dem Erdboden gleichmachen, der in seiner Gegenwart so von mir spricht.

»Ein bisschen respektvoller, Jonesy. Das ist meine Frau Dani.«

»Glückspilz«, murmelt der Mann.

Ich werfe ein schwaches, ausdrucksloses Lächeln in die Runde, ohne jemanden direkt anzusehen. »Kann ich mal mit dir reden, Marcus?«

Die Männer johlen gedämpft untereinander, um anzudeuten, dass meinem Mann jetzt der Kopf gewaschen wird. Da haben sie recht.

Ich verlasse das Wohnzimmer, ohne mich zu vergewissern, dass Marcus mir folgt, und steuere auf die Küche am anderen Ende des Hauses zu. Sie ist mein Lieblingsort – ein weiter, heller Raum aus weißgrauem Marmor mit blassen Holzmöbeln und vergoldeten Armaturen. Doch was wirklich die Show stiehlt, ist die Aussicht auf die türkisfarbene Hafenbucht, die jenseits der zehn Meter breiten Glasschiebetüren glitzert und sich kräuselt. Oberhalb des Meeres liegt der endlose, blaue Himmel auf der Kippe zur Dunkelheit.

»Alles okay?« Marcus' gebräuntes Gesicht ist vom Alkohol gerötet, seine dunkelblauen Augen ein wenig blutunterlaufen, doch er sieht immer noch unverschämt gut aus, sein kurzes, dunkles Haar wird an den Schläfen langsam grau. »Wie war die Party?«

»Ich dachte, du hättest ein Meeting.«

»Hatte ich auch. Wir waren früher fertig, also habe ich die Jungs zu einem Pokerabend eingeladen.«

Ich hebe eine Augenbraue, als ich ihn den Ausdruck »die Jungs« benutzen höre. Das hat er noch nie gesagt. »Du hättest stattdessen auch mit zur Party kommen können. Es war so langweilig. Ich kannte kaum jemanden. Und dann komme ich nach Hause und finde dich beim Männerabend vor.« Ich lasse meine Tasche auf die Kücheninsel fallen und fülle mir am Quooker-Wasserhahn ein Glas mit Sprudelwasser.

»Hm ... ja ... Ich schätze, ich hätte mitkommen können. Tut mir leid, hab nicht daran gedacht.«

»Danke übrigens für die Vorwarnung – du hast mit keinem Wort erwähnt, dass es eine Überraschungsparty ist. Ich kann dir sagen, die Überraschung hab ich verdorben.«

»Eine Überraschungsparty. Echt? Sorry, Babe, das wusste ich nicht. Seine Frau hat die Einladung per SMS geschickt. Hab sie nur überflogen. Kam ja auch ziemlich auf den letzten Drücker.«

»Tja, ich gehe jedenfalls nicht mehr allein zu so was, okay?«

»Okay, kein Problem, Babe.«

»Wie lange bleiben sie noch?« Ich nicke in Richtung Wohnzimmer.

»Könnte spät werden. Ist das okay? Habe gerade einen guten Lauf.«

Ich zucke mit einer Schulter. Damit hatte ich nicht gerechnet. »Ich wusste nicht mal, dass du Poker spielst. Ich dachte, wir gehen früh ins Bett.« Ich drücke mich dicht an ihn und lasse meine Hand unter sein Hemd wandern. Vielleicht kann ich ihn überzeugen, sie eher rauszuwerfen.

»Geht nicht, Dani.« Er nimmt meine Hand von sich und küsst mich auf die Stirn.

»Na gut.« Verletzt und frustriert mache ich einen Schritt von ihm weg. »Wer sind diese Typen überhaupt? Ich hab die alle noch nie gesehen.«

»Ich arbeite mit ihnen.«

»Wo denn? Deine ganzen Showroom-Angestellten waren auf Aidans Party.«

»Nicht alle. Das Business wächst. Ich habe ein paar neue Leute an Bord geholt. Die muss ich besser kennenlernen, weißt du?« Er schaut zu den Küchenschränken hinüber. »Haben wir vielleicht Doritos und Dip?«

»Oberstes Fach im Schrank.«

»Spitze.« Er geht hinüber und holt ein paar Tüten und eine Dose Salsa-Dip heraus. »Alles klar, dann geh ich jetzt lieber mal zum Spiel zurück, okay?«

Ich nicke, obwohl mir klar ist, dass Marcus' Aufmerksamkeit längst nicht mehr auf mich gerichtet ist. Sie ist schon wieder im Wohnzimmer bei seinen neuen Kumpels von der Arbeit. Ich schaue auf die Uhr und stelle fest, dass es erst neun ist. Obwohl es noch früh ist, ist jegliche Energie aus meinem Körper gespült worden wie Wasser durch einen Abfluss. »Ich gehe ins Bett.«

»Okay, Babe, schlaf gut. Ich komme später nach.« Er zwinkert mir zu und verlässt die Küche.

Ich sehe ihm nach, und plötzlich ist mir nach Weinen zumute. Stattdessen gieße ich mir ein weiteres Glas Wasser ein und nehme es mit nach oben in unsere Schlafsuite. Ich schließe die schweren Seidenvorhänge, ziehe mich aus und schlüpfe ins Bett. Doch ich kann mich nicht entspannen, während sich

Fremde in meinem Haus befinden. Fremde, die mir meinen Mann vorenthalten. Mich wundert, dass ich sie noch nie zuvor gesehen habe. Ich schaue ständig im Showroom vorbei, also kenne ich die Namen aller seiner Angestellten. Er hat auch noch nie zuvor Mitarbeiter zum Pokern zu uns nach Hause eingeladen.

Handelt es sich wirklich um Angestellte oder Arbeitskollegen? Oder hat mein Mann mich angelogen?

FÜNF

EMILY

Auf dem Heimweg laufen Aidan und ich beinah schweigend nebeneinanderher, ohne uns zu berühren. Ich möchte das zwischen uns wirklich gern aus der Welt schaffen, doch ich denke auch daran, dass Lucy von nebenan bei uns zu Hause babysittet. Sie ist erst vierzehn und ich will nicht, dass sie Aidan und mich mitten in einem Streit erlebt. Also halte ich den Mund. Ich bezweifle, dass Aidan aus Rücksicht auf Lucys Gefühle schweigt; ich glaube, seine Konzentration wird bloß voll und ganz davon eingenommen, sich aufrechtzuhalten. Er hat heute Abend viel getrunken.

Zum Glück ist der Heimweg kurz und um diese Zeit sind nicht mehr viele Leute unterwegs. Es rauscht bloß gelegentlich ein Taxi vorbei und ein dürrer Fuchs trottet die Straße hinunter; wir sind ihm völlig gleichgültig.

Zu Hause angekommen, steuert Aidan geradewegs die untere Toilette an. Ich gehe ins Wohnzimmer, wo Lucy schon aufgestanden ist. Sie ist ein liebes Mädchen, groß gewachsen und von Natur aus anmutig, das helle Haar hat sie locker zu einem hohen Knoten zusammengebunden. Nebenan wohnen bloß sie und ihre Mum, Fran. Fran ist Anwältin, arbeitet viel und hat permanent ein schlechtes Gewissen, dass sie nicht genug Zeit mit ihrer Tochter verbringt. Doch sofern ich das beurteilen kann, haben die beiden ein super Verhältnis. Die Art Liebe und gegenseitigen Respekt, die ich hoffentlich auch einmal mit meinen Kindern teile, wenn sie größer sind.

Lucy lächelt mich müde an. »Hi, Emily. War die Party schön? Hat Aidan sich gefreut?«

»Ja, danke«, lüge ich. »Wie war's mit Josh? Ist er ohne Theater ins Bett gegangen?«

»Er war ein kleiner Engel. Er ist noch ein paarmal runtergekommen, aber dann habe ich mich eine Weile zu ihm gesetzt und er ist gegen acht eingeschlafen.«

»Ach, vielen Dank, du bist die Beste.« Ich überreiche ihr drei Zwanzig-Pfund-Scheine. »Ich bring dich nach nebenan.«

»Schon okay, das ist nicht nötig.«

»Ich möchte aber gerne.«

Nachdem ich sichergestellt habe, dass sie wohlbehalten im Haus nebenan angekommen ist – einer hübschen Doppelhaushälfte mit jeder Menge Charme –, stapfe ich den Weg wieder hoch, zurück über den Gehsteig und zu unserem Haus. Einen Moment lang bleibe ich vor der Haustür stehen, sortiere meine Gedanken und wappne mich. Fangen Aidan und ich jetzt gleich an zu streiten oder will er sofort ins Bett? Ich bin mir nicht sicher, was schlimmer wäre. Ich fühle mich nicht bereit für eine Konfrontation, aber eine ganze Nacht wütendes Anschweigen könnte wahrscheinlich noch übler sein.

Ich hole tief Luft, gehe wieder hinein und schließe die Tür hinter mir. Aidan ist schon halb die Treppe hoch. Er dreht sich um.

Ich schlinge die Arme um mich und überlege, was ich sagen soll. »Aidan ...«

»Hör mal, Em, ich bin echt müde. Ich glaub, ich geh ins Bett.«

»Du gehst ins Bett?« Ich beiße die Zähne zusammen und

zwinge mich, nichts zu sagen, was ich später vielleicht bereuen werde.

»Wir können morgen reden«, bietet er an.

»Na gut.« Ich wende mich ab und marschiere ins Wohnzimmer. Ich spiele mit dem Gedanken, die Tür hinter mir zuzuknallen, kann mich aber zusammenreißen.

Ich höre seine Schritte. Doch sie verhallen nicht die Treppe empor, sondern werden lauter. Er kommt ins Wohnzimmer, sein Gesichtsausdruck ist nicht zu deuten. »Was ist los?«

»Ich weiß, du bist wegen der Party sauer auf mich, aber ich wollte dir nur etwas Gutes tun!« Ich ziehe mir die hochhackigen Schuhe von den Füßen und lasse mich mit pochenden Sohlen aufs Sofa fallen.

Aidan lockert seine Krawatte und verlässt den Raum.

»Wo gehst du hin?«

»Ich brauche Wasser. Bin gleich zurück«, ruft er missmutig.

Ich höre das Quietschen des Hahns und das Rauschen des Wassers. Er dreht es immer mit zu viel Kraft auf, sodass es überallhin spritzt. Kurz herrscht Stille und ich stelle mir vor, wie er ein ganzes Glas hinunterstürzt. Dann erneutes Rauschen, als er es noch einmal füllt. Schließlich seine wackligen Schritte, als er zurückkommt.

»Das ist für dich.« Ich zücke eine glänzend schwarze Schachtel mit einer metallisch-weißen Schleife. Ich weiß, dass das der falsche Augenblick ist, um ihm sein Geburtstagsgeschenk zu überreichen, doch ich kann mich nicht zurückhalten. Wenn ich ehrlich bin, will ich Schuldgefühle in ihm hervorrufen. Ihm klarmachen, dass er sich wie ein Arsch aufführt.

Aidan nimmt noch ein paar Schlucke Wasser und knallt sein Glas dann auf den Wohnzimmertisch. Ich zucke zusammen. Er betrachtet mein Geschenk und senkt den Blick dann auf mich, sieht mich schwammig und betrunken an. »Danke. Ich mach es morgen auf, ja? Ich muss jetzt echt ins Bett.«

»Aidan! Du hast Geburtstag. Ich hab dir was Schönes

besorgt. Du kannst es doch wenigstens aufmachen!« Am liebsten würde ich weinen, stattdessen beiße ich mir auf die Wange.

»Na gut, also dann danke.« Er lässt sich schwer aufs Sofa fallen und nimmt das Geschenk entgegen. Ich habe jetzt keine Freude mehr daran, es ihm zu geben. Ich wünschte, ich hätte mir gar nicht erst die Mühe gemacht, das blöde Ding zu kaufen. Aber ich schätze, ein kleiner Teil von mir hofft, dass sie ihm gefällt. Dass er zu schätzen weiß, wie aufmerksam ich war, und dass er sich dafür entschuldigt, so ein undankbares Ekelpaket gewesen zu sein.

Aidan fummelt an der Schleife herum. Er wird ungeduldig, also helfe ich ihm, das Band von der Schachtel zu schieben. Er entfernt den Deckel und schiebt das Seidenpapier zur Seite. Da liegt die Jacke, fein säuberlich gefaltet, weit schöner als sämtliche andere seiner Kleidungsstücke. Er stellt die Schachtel auf dem Sofa ab und nimmt die Jacke heraus, hält sie einen Moment lang in die Höhe und breitet sie dann über der Schachtel aus.

»Und?«

»Das ist die, die mir gefallen hat.« Seine Stimme ist leise und vor Rührung belegt.

»Ja.«

Aidan lässt den Kopf hängen und schließt die Augen.

»Was ist los? Gefällt sie dir nicht mehr? Aidan, was ist los mit dir?«

Er zieht scharf die Luft ein und öffnet die Augen. »Du musst sie zurückgeben. Dir das Geld wiedergeben lassen.«

»Also gefällt sie dir *nicht*?«

»Doch, natürlich, aber darum geht es nicht!«

Ich stehe auf und verschränke die Arme, sein Tonfall macht mich sauer. Seine Undankbarkeit. »Warum sagst du mir dann nicht, worum es *stattdessen* geht?«

»Du kapierst es nicht«, knurrt er. Dann funkelt er mich an.

»Hast du in letzter Zeit mal einen Blick auf unsere Kreditkartenabrechnungen geworfen?«

»Ja. Ich weiß, dass wir pleite sind, aber die eine Jacke macht da nicht den großen Unterschied. Du hast Geburtstag und warst in letzter Zeit so niedergeschlagen, dass ich dich aufmuntern wollte.«

»Indem du teure Partys schmeißt und Designerklamotten kaufst? Das muntert mich nicht gerade auf!«

»Was hätte ich stattdessen tun sollen? Mit dir auf einer Parkbank ein Sandwich essen, und als Geschenk ein T-Shirt von Primark?«

»Ehrlich gesagt ja. Das wäre perfekt gewesen.« Aidan lässt sich aufs Sofa fallen, als würde er hoffen, komplett davon verschluckt zu werden. Er schließt die Augen.

»Aidan, so schlimm ist die Lage doch nicht, oder? Dani meinte, du bist ihr bester Verkäufer. Da musst du doch ordentlich Provision absahnen. Wir bekommen die Kredite schon bald abbezahlt.«

Widerwillig macht er die Augen wieder auf. »Bitte, Emily, ich bin immer noch ziemlich angetrunken und hundemüde. Ich glaube nicht, dass es eine gute Idee wäre, jetzt darüber zu reden. Wir sollten schlafen gehen.« Er steht ächzend auf.

»Warte. Sag mir nur, was los ist. Ich gebe die Jacke zurück, wenn du willst, aber du kannst mich nicht länger außen vor lassen und dich weigern, mit mir zu sprechen. Wenn die Lage so prekär ist, wie du sagst, dann überlegen wir uns einen Plan. Ein Budget. Und daran halten wir uns, okay? Ich finde es furchtbar, dass du nicht mit mir darüber redest. Du wirfst mir immer nur diese Blicke zu, als wäre das alles meine Schuld!«

Aidan fährt sich mit der Hand durch den frisch geschnittenen French Crop. Dieser Haarschnitt muss bestimmt locker vierzig Pfund gekostet haben. Sein weicher Mund verhärtet sich zu einer schmalen Linie. »Na schön, wenn du die Wahrheit hören willst: Ich verliere meinen Job. Ich bin entlassen worden, okay?« Er hat die Augen weit aufgerissen und den Mund vor Verzweiflung verzogen, dann erschlafft sein Gesicht, als wäre ihm jegliche Luft aus dem Körper gewichen.

»*Was?* Du machst Witze. Wann ...? Ich meine, wie lange ...?« Ich springe auf. Mein Herz beginnt zu rasen und mein Mund wird trocken. Ich weiß nicht, ob es Sorge um meinen Mann ist, Sorge um mich selbst oder Wut, dass er dieses riesige Geheimnis vor mir hatte.

»Marcus hat es mir am Montag gesagt. Ich habe einen Monat Kündigungsfrist.«

»Ich verstehe das nicht ... Dani hat gesagt, du wärst einer ihrer Topleute, also warum sollten sie dich vor die Tür setzen? Warum ist sie dann heute Abend überhaupt aufgetaucht? Kein Wunder, dass Marcus nicht gekommen ist. Es tut mir so leid.« Ich mache einen Schritt auf meinen Mann zu und will ihn umarmen. Doch er weicht vor mir zurück, also bleibe ich wie angewurzelt stehen, verletzt von seiner Zurückweisung. »Er lässt doch bestimmt mit sich reden. Was hat er dir denn für einen Grund genannt, warum er dich rausschmeißt?«

»Er meinte nur, er muss einsparen. Irgendwas nach dem Motto, dass das Geschäft nicht so gut läuft wie früher.«

»Hat er noch mehr Leute entlassen oder bloß dich?« In meinem Kopf fangen Alarmglocken an zu schrillen.

»Weiß nicht. Bloß mich, glaub ich.«

»Aber das kann doch nicht sein. Nicht, wenn du so gut verkaufst. Das ergibt keinen Sinn. Du musst echt noch mal mit ihm reden.«

Aidan presst sich die Finger gegen die Stirn. »Das hat keinen Zweck. Es stimmt, ich habe früher mal gut verkauft, aber in letzter Zeit komme ich nicht mehr auf meine Ziele und ...«

»Wie wär's, wenn *ich* mit Marcus rede? An ihn appelliere. Ihn anflehe, dir noch eine Chance zu geben.« Noch während ich das vorschlage, weiß ich, dass es nie dazu kommen wird.

»*Was?!* Nein. Auf keinen Fall! Was glaubst du, wie mich

das aussehen lässt? Wenn meine Frau mit meinem Chef reden muss, weil ich mich nicht um mein eigenes Durcheinander kümmern kann?«

»Okay, ja, tut mir leid.«

Aidan schüttelt den Kopf. »Hör mal, Emily, die Sache ist gelaufen. Und ich will sowieso weg vom Verkauf. Ich hab die Nase voll von dem Stress.«

»Warum hast du mir das alles nicht früher erzählt? Wir hätten es gründlich durchsprechen können.« Durch meinen Kopf rauscht die Panik, dazu Gedanken an all die Folgen, die das auf unser Leben haben wird.

»Ich wollte dich nicht beunruhigen. Du bist schwanger. Ich will nicht, dass du wieder hohen Blutdruck bekommst wie letztes Mal. Und jetzt habe ich es doch geschafft, dich zu stressen. Ich habe alles verbockt. Es tut mir leid.« Er lässt den Kopf hängen und ich merke, dass mein Mann weint.

Dieses Mal durchquere ich das Zimmer und lege die Arme um ihn, lasse ihn still an meiner Schulter schluchzen. Mein Körper fühlt sich steif und wenig tröstlich an. Ich bin für so etwas nicht gemacht. Ich bin keine dieser warmen, weichen Frauen, die ihre Männer verwöhnen. Ich bin eine überzeugte Vertreterin von »Kopf hoch und durch«. Zumindest war ich das immer. Diese Aidan-verliert-seinen-Job-Situation hat mich aus der Bahn geworfen. Ich bin mir nicht sicher, wie ich das hier … angehen soll.

Einen Moment später löst er sich von mir und reibt sich mit dem Handrücken über die Augen. »Was für ein Chaos. Tut mir leid, ich hab zu viel getrunken und das alles die Überhand gewinnen lassen. Morgen früh geht es mir wieder gut. Na ja … mehr oder weniger gut.«

»Wir finden eine Lösung, Aidy.« Ich spreche es aus, habe aber nicht die geringste Ahnung, wie diese Lösung konkret aussehen soll. »Es tut mir leid wegen der extravaganten Party und der teuren Jacke. Wenn ich gewusst hätte, dass du deinen Job verloren hast, hätte ich niemals ...«

»Schon okay.« Er schnieft. »Es ist meine Schuld, weil ich nicht eher was gesagt habe. Aber, Em, wir müssen wirklich aufhören, Geld auszugeben. Und dir ist klar, dass wir es uns nicht länger leisten können, hier zu wohnen.« Er deutet auf das Zimmer, das Haus.

Das Herz rutscht mir in die Hose. Aidan hat recht. Wenn er arbeitslos ist, können wir unter keinen Umständen die Miete und Rechnungen für ein Haus in Ashley Cross bezahlen. Nicht mit meinem Gehalt. Genauer gesagt, wird es nirgendwo für ein Haus reichen. Meine Gedanken springen zu dem, was das vielleicht für uns bedeutet: ein enges Apartment, Arbeitslosengeld, Wohnungszuschüsse, all diese staatlichen Hilfen, von denen ich in einer Million Jahre nicht gedacht hätte, dass wir einmal davon abhängig sein würden. Was, wenn wir darauf nicht einmal Anspruch haben, weil ich ja noch im Job bin? Dann können wir uns keine Kinderbetreuung mehr leisten. Aidan wird zu Hause bleiben und sich um die Kinder kümmern müssen, während ich arbeite. Troy macht das freiwillig und ist glücklich damit. Aber Aidan ...? Er fände es schrecklich. Er wäre nicht glücklich. Wenn er nicht mehr als Verkäufer arbeiten will, was will er *dann* machen?

»Emily.« Er legt mir einen Finger unters Kinn und hebt mein Gesicht an, sodass ich ihn anschaue. »Es tut mir wirklich leid.«

Ich nicke und traue mir nicht damit über den Weg, noch mehr dazu zu sagen. Jetzt ist nicht der richtige Augenblick, um meinen ganzen Sorgen darüber Luft zu machen, was wir als Nächstes unternehmen. Ich muss damit warten. Mir einen Plan überlegen. »Schon okay. Lass uns jetzt schlafen gehen, morgen denken wir über alles nach.«

Aidan lässt erleichtert die Schultern sinken. »Also verlässt du mich nicht?«

»Dich verlassen? Nein, natürlich nicht, wie kommst du denn auf so was?«

»Ich bin nicht der, auf den du dich eingelassen hast. Ich bin ein kompletter Versager.« Er lacht bitter auf.

Ich mache ein missbilligendes Geräusch und verdrehe die Augen. »Es verlieren andauernd Leute ihren Job. Das hat nichts mit Versagen zu tun. Es hat damit zu tun, dass das Leben scheiße ist. Wir kriegen das schon hin.«

Doch als wir gemeinsam die Treppe hochgehen, kann ich die wirbelnde Unruhe in meiner Magengrube nicht unterdrücken. Warum geschieht das? Wie soll ich es ertragen, unser kleines Häuschen aufgeben zu müssen, mein Auto zu verkaufen, von meinen Freunden wegzuziehen, Josh aus der Vorschule zu nehmen, ein Baby auf die Welt zu bringen, während wir in einer unbekannten – und vermutlich schäbigen – Umgebung leben?

»Ich liebe dich, Em«, sagt Aidan, als wir am oberen Treppenabsatz ankommen, die Stimme bricht ihm etwas weg.

»Ich liebe dich auch.« Ich schenke ihm das wärmste Lächeln, das ich aufbringen kann, doch es ist alles nur Show. Innerlich bin ich niedergeschmettert von seinen Neuigkeiten. Den Job verloren zu haben, ist eine Sache, aber dass er eine totale Veränderung möchte, jagt mir eine Heidenangst ein. Ich will nicht, dass sich unser Leben verändert. Nicht so, nicht, wenn es eine Veränderung zum Schlechteren ist.

Ich lege die Hände um meinen Bauch und versuche, Ruhe zu bewahren. Ich darf mir nicht erlauben, mich an all diesen negativen Gedanken aufzuhängen. Ich muss positiv bleiben. Es könnte auch sein Gutes haben. *Alles wird gut. Wir schaffen das. Wir müssen einfach.*

SECHS

Ich werde immerzu unterschätzt. Die Leute nehmen an, ich wäre bloß ein ganz normaler Typ aus einer ganz normalen Stadt mit einem ganz normalen Job. Doch genau das ist meine Superkraft. Ich sehe so normal aus. Wie jeder andere. Na gut, vielleicht sehe ich besser aus als der Durchschnitt, aber genau wie alles andere spiele ich auch mein Aussehen herunter. Der zweite Fehler, den die Leute machen, besteht darin, dass sie mich nicht für intelligent halten. Bloß, weil ich nicht über intellektuelle Themen fachsimple oder mich nicht auf bestimmte Art kleide. Bloß, weil ich keine hochtrabenden Wörter benutze. Tja, ich kann euch sagen, hochtrabende Wörter sind häufig das Mittel eines Idioten, euch beeindrucken zu wollen. Und ich bin kein Idiot.

SIEBEN

DANI

Marcus steht in der Küche und trinkt Milch, direkt aus der Packung. Er verschluckt sich, als ich hereinkomme und ihn dabei erwische, und winkt mir mit der Packung zu. »Ich hab sie nur ausgetrunken, okay? Guck, sie ist leer.« Mit großem Brimborium wirft er sie in den Mülleimer.

Ich sage nichts. Ich gehe nur geradewegs an ihm vorbei, öffne den Kühlschrank und hole die Zutaten für meinen Grapefruit-Smoothie heraus. Ich habe vor, ihn zuzubereiten und mit auf die Terrasse zu nehmen, ohne ein Wort an meinen Mann zu richten. Nach gestern Abend bin ich immer noch schlecht auf ihn zu sprechen.

Als zusätzlichen Mittelfinger habe ich darauf geachtet, heute Morgen besonders sexy auszusehen. Damit ihm auch wirklich klar ist, was er zu verlieren hat. Ich trage ein superkurzes, tief ausgeschnittenes weißes Kleid und beige Keilabsätze, Zehenringe und ein Fußkettchen. Ich habe auch den Lockenstab benutzt, um meinem eigentlich vollkommen glatten Haar lose, Bardot-mäßige Wellen zu verleihen, und mir die Augen dunkel und smokey geschminkt, mit einem Schwung Eyeliner als Abrundung.

Ich merke schon, dass es funktioniert hat. Marcus scharwenzelt zu mir herüber wie ein Welpe, legt die Arme um mich und das Kinn auf meine Schulter. »Nicht sauer sein, Dan.«

»Im Wohnzimmer stinkt es nach Zigarettenqualm.« Ich entwinde mich seinen Armen, lege die Smoothie-Zutaten auf das Quarz-Schneidebrett auf der Kücheninsel und nehme ein scharfes Messer aus der Schublade.

Er folgt mir. »Wir haben gar keine Zigaretten geraucht. Nur Zigarren.«

»Zigaretten, Zigarren, ist doch alles dasselbe. Dein Atem hat danach gestunken, als du um was weiß ich wie viel Uhr morgens ins Bett gekommen bist. Was bist du überhaupt so munter? In deinem Alter müsstest du doch eigentlich am Stock gehen«, kann ich mir nicht verkneifen hinzuzufügen.

»Vorlaute Ziege.« Marcus lässt ein Geschirrtuch in Richtung meiner Beine schnellen, doch ich ducke mich geschickt aus der Schussbahn und unterdrücke ein Grinsen.

»Es ist jedenfalls ekelhaft. Du weißt doch, wie schwer man den Geruch wieder loswird. Hättet ihr zum Rauchen nicht rausgehen können? Hast du vergessen, dass heute Abend Carrie, Alex und die Kinder zu Besuch kommen? Du weißt, wie Carrie beim Thema Rauchen ist. Sie dreht sich wahrscheinlich um und geht direkt wieder, sobald sie einen Hauch davon in die Nase bekommt.«

»Mach mir nicht die Hölle heiß, Dani. Es tut mir leid, okay? Und überhaupt, wir grillen draußen in der Sonne. Wir kommen gar nicht in die Nähe des Wohnzimmers. Wenn Carrie trotzdem durchdreht, schieben wir den Geruch auf die Grillkohle oder so.«

Mir ist bewusst, dass ich mich wie eine zeternde, alte Kratzbürste anhöre, aber ich kann nicht anders. Ich bin in äußerst reizbarer Laune aufgewacht, was mir überhaupt nicht ähnlichsieht. Normalerweise bin ich sehr entspannt – das ist eine der Eigenschaften, die Marcus an mir liebt. Doch in letzter Zeit werde ich wegen allem Möglichen mürrisch. Ich funkle ihn an. »Es ist nicht nur der Geruch; ihr habt das totale Chaos hinterlassen, und Karen kommt erst Montag wieder, ich darf den Mist also selbst aufräumen.«

»Dann ruf Karen halt an. Frag sie, ob sie heute Vormittag ein paar Stunden extra macht. Sag ihr, wir zahlen das Doppelte.«

Ich denke bloß ein paar Sekunden darüber nach. »Nein. Es ist Samstag. Sie hat zwei kleine Kinder. Ich bequatsche sie nicht dazu, an ihrem freien Tag herzukommen.« Unsere Putzhilfe ist eine zauberhafte Frau, die unser Haus wie einen Palast erstrahlen lässt. Sie kommt nun schon seit zwei Jahren zu uns und ich sage ihr immer wieder, dass sie uns niemals verlassen darf. Ich will nichts tun, das ihr einen Grund geben könnte, zu kündigen.

»Na gut.« Marcus schnieft und rückt sich die Shorts zurecht. »Ich helfe dir, bevor ich zum Showroom aufbreche, okay?«

Ich nicke ihm widerwillig zu. »Du kannst schon mal anfangen, während ich auf der Terrasse meinen Smoothie trinke.«

»In Ordnung, Eure Hoheit.« Marcus macht einen übertriebenen Knicks vor mir und ich kann das Kichern nicht unterdrücken.

»Halt den Mund, du Blödkopf.« Ich fange an, die Zutaten für meinen Smoothie kleinzuschneiden.

Er grinst und stolziert selbstzufrieden aus dem Raum, weil er mir ein Lächeln entlockt hat. Aber so leicht vergebe ich ihm nicht.

Ich werfe die zerkleinerten Zutaten in den Mixer und drücke ein paarmal kurz auf den Knopf, dann kippe ich die Mischung in ein gekühltes Glas. Ich schnappe mir meine Sonnenbrille, gehe nach draußen, mache es mir auf dem Rattan-Ecksofa bequem und schaue auf die Bucht hinaus. Obwohl es erst halb neun ist, ist es hier draußen bereits warm.

Ich nippe an meinem Smoothie und gehe im Kopf durch, was ich für das Barbecue heute Abend noch einkaufen muss. Marcus und Alex werden das Fleisch selbst zubereiten wollen, ich brauche es also nur zu besorgen und alles drumherum vorzubereiten. Ich liebe es, meine kleinen Nichten und meinen Neffen zu Besuch zu haben. Ihre Gesellschaft ist mir glaube ich noch lieber als die der Erwachsenen.

»Ein schöner Morgen hier draußen.« Marcus kommt mit einem Glas Orangensaft in der Hand zu mir heraus.

»Ich dachte, du räumst das Wohnzimmer auf.«

Er schnalzt mit der Zunge. »Mache ich ja. Später. Ich muss jetzt zum Showroom. Muss die Männer beaufsichtigen, wenn sie die Autos umstellen, bevor wir öffnen. Wenn ich nicht dabei bin, ramponieren sie sie noch.«

Ich wusste, dass es an mir hängen bleiben würde, das Durcheinander von gestern Abend zu beseitigen, aber ich sage nichts mehr. Ich beschließe, lieber den Frieden zu wahren und einen Mann haben zu wollen, der mir zu Füßen liegt, als einen, der mit mieser Laune zur Arbeit abdampft. »Aber du kommst doch früher nach Hause, oder? Wegen dem Barbecue.«

»Ja, na klar. Ich dachte mir, ich mache auch eine lange Mittagspause.« In seinen Augen funkelt es. »Und führe meine traumhaft schöne Frau in die Bootshütte aus.«

Der Name täuscht darüber hinweg, dass es das teuerste und exklusivste Restaurant der ganzen Umgebung ist. Es öffnet nur bei schönem Wetter, da es am Ende eines Stegs liegt und aussieht wie eine einfache Strandbar. Dabei ist der Küchenchef Weltklasse und es ist beinah unmöglich, dort einen Tisch zu bekommen. Marcus sieht mich erwartungsvoll an und rechnet damit, dass ich vor Begeisterung quietsche. Tue ich aber nicht.

»Marc, das ist eine tolle Idee, aber ich kann heute nicht.«

Er runzelt die Stirn. »Was soll das heißen, du kannst nicht? Ich habe eben Terry angerufen und ihn um einen Gefallen gebeten. Ich wollte es nach gestern Abend wiedergutmachen.«

Mein Herz rutscht eine Etage tiefer. »Wie aufmerksam von dir, Babe.« Ich lege ihm eine Hand auf den Arm, doch sein Gesicht bleibt hart. »Ich treffe mich heute mit Vicky.« Die Lüge kommt mir zu schnell über die Lippen, doch der wahre Grund, warum ich nicht mit ihm mittagessen kann, wird ihm nicht gefallen.

»Verschiebt das.«

Ich beiße mir auf die Wange. Mir ist klar, dass er es nicht verstehen wird, aber ich kann mich heute auf gar keinen Fall mit ihm treffen. »Ich kann wirklich nicht, es tut mir leid.«

»Ist es wegen gestern Abend?«, blafft er.

»Nein. Nein, natürlich nicht. Damit hat das gar nichts zu tun. Es ist nur so ...« Ich schalte schnell. »Ich habe Vicky versprochen, dass wir uns treffen. Sie hat gerade irgendeine Krise mit Ted. Ich bin ihre beste Freundin. Ich darf sie nicht im Stich lassen.« Ich bete, dass sie mir die Lüge über sich und Ted verzeihen wird. Meine Wangen fühlen sich heiß an und mein Herz hämmert. Ich hasse es, meinen Mann anzulügen. So bin ich nicht; so sind *wir* nicht. Marcus und ich haben eine großartige Beziehung, aber mein Termin heute ist etwas, das er einfach nicht versteht. Und ich habe wirklich versucht, es ihm begreiflich zu machen.

»Ich dachte, *Louise* wäre Vickys beste Freundin. Warum kann sie nicht mit Louise über Ted reden, anstatt meine Frau in Beschlag zu nehmen?« Die Furche auf Marcus' Stirn wird tiefer.

»Mit Louise ist man an der richtigen Adresse, wenn man Spaß haben will, aber bei tiefgründigen Gesprächen macht sie sich nicht so gut. Es tut mir wirklich leid, Marc, aber Vicky ist eine gute Freundin. Du weißt ja, ich habe nicht mehr allzu viele Freunde – meine ganzen alten denken, ich wäre mir zu fein für sie, jetzt, da ich Geld habe. Sie sind neidisch. Ich kann es mir nicht leisten, Vicky auch noch zu vergraulen. Sie braucht mich.«

»Was ist mit mir? Ich brauche dich auch.«

Ich sehe ihn flehend an.

Mein Mann wirft die Arme in die Luft. »Na gut. Ich sage die Bootshütte ab. Terry wird das ganz und gar nicht schmecken.« Er steht auf und stapft zurück ins Haus.

Es sieht Marcus nicht ähnlich, so empfindlich zu reagieren. Natürlich habe ich ein schlechtes Gewissen, weil er so viel in Bewegung gesetzt hat, um für uns einen Tisch zu ergattern. Aber dass es ihn so sehr aufregt, wenn ich seine Einladung zum Mittagessen ausschlage, hätte ich nicht gedacht. Vielleicht hat er noch einen Kater von gestern Nacht. Vielleicht ist aber auch etwas anderes im Busch. Oder ich reagiere über und es ist eigentlich alles in Ordnung.

ACHT

DANI

Bei Selena Mallick sieht es aus wie in einem Puppenhaus: Hier ist alles winzig und fein – genau wie Selena selbst, eine kaum über eins fünfzig große, angloindische Frau mit makellosen Zügen. Selena ist meine Ernährungsberaterin, sie lebt ganz in der Nähe des Hafens, ihr Haus war einmal eine Arbeiterhütte – zu Zeiten, als *alle* Leute kaum über eins fünfzig groß waren. Ich selbst bin nicht übermäßig groß – bloß eins dreiundsechzig –, muss aber trotzdem den Kopf einziehen, wenn ich durch ihre Haustür komme. Ich fühle mich dabei wie Alice im Wunderland. Sie hingegen schwebt ohne Schwierigkeiten von Raum zu Raum. Wenigstens habe ich heute daran gedacht, keine hohen Absätze zu tragen.

Vielleicht hätte ich mit meinem Mann zum Mittagessen gehen sollen, statt herzukommen, doch Selena ist immer über Wochen hinaus ausgebucht, wenn ich diesen Termin also verpasst hätte, weiß der Kuckuck, wann ich das nächste Mal einen bekommen hätte. Außerdem bin ich immer noch ein bisschen sauer auf Marcus, weil er mich gestern Abend allein zu dieser Party geschickt hat, während er mit seinen neuen

Freunden oder *Arbeitskollegen,* oder wer zum Teufel sie auch immer waren, Poker gespielt hat.

»Wie schön, Sie zu sehen, Danielle. Kommen Sie rein.« Ich habe Selena gesagt, sie soll mich Dani nennen, das tut sie aber nie, also habe ich es aufgegeben. Ich bin mir ziemlich sicher, dass ihren Namen auch niemand abkürzt. Ich kann sie mir nicht als eine *Lena* vorstellen. Marcus würde sie wahrscheinlich *Sel* nennen. Bei dem Gedanken muss ich ein Lachen unterdrücken. Sie ist so was von keine *Sel.* Selena erwidert das Lächeln, da sie es als an sie gerichtet deutet.

Ich folge ihr in das kleine Zimmer an der Vorderseite des Hauses, mit seinen Bleiglasfenstern und einer Kaminecke. Sogar die Sofas sind winzig – sie haben mehr etwas von übergroßen Sesseln. Sie sieht aus wie ein Kind, das auf Möbeln für Erwachsene sitzt. Doch ihre Stimme klingt warm, klangvoll und ernst, alles andere als kindlich.

Bei meinem ersten Besuch bei Selena hat es mich stutzig gemacht, dass sie von zu Hause aus arbeitet statt in einer Praxis. Bei ihrem Ruf hatte ich angenommen, sie würde einen Laborkittel und eine Brille tragen und ihre Kunden in einem noblen Hightech-Gebäude empfangen. Aber sie sagte mir, es sei ihr lieber, wenn die Leute sich wohlfühlen statt eingeschüchtert, und da ihre Kunden ausschließlich auf Empfehlung bei ihr landen, hat sie auch keinerlei Bedenken dabei, sie in ihre eigene vier Wände einzuladen.

Als ich Marcus erstmals davon erzählte, dass ich eine Ernährungsberaterin aufsuchen wollte, zeigte er nicht das geringste Interesse. Damals hegte ich noch all diese Hoffnungen, dass er mitkommen würde. Dass wir zwei in ein Programm gesunder Essgewohnheiten einsteigen würden, das alles verändern würde. Doch er meinte, dieser ganze Hippie-Fraß komme ihm nicht auf den Teller – seine Worte, nicht meine. Er fügte hinzu, dass er verdammt hart arbeite und sich abends auf einen schönen Drink und vernünftiges Essen freue. Er werde sich keine Schuldgefühle darüber einreden lassen, was er esse. Das Thema ist zwischen uns nach wie vor heikel, deshalb konnte ich ihm auch nicht sagen, dass ich heute lieber hierhin fahren wollte, als mit ihm essen zu gehen. Das hätte ihn noch mehr auf die Palme gebracht.

»Wie ist es Ihnen ergangen, seit wir uns das letzte Mal gesehen haben?« Selena schlägt ihre zierlichen Beine übereinander und lässt den Stift über dem Notizblock schweben. Sie ist altmodisch und hält alles auf Papier fest, statt digital zu arbeiten. Sie sagt, die Worte per Hand aufzuschreiben, helfe ihr dabei, sich alle wichtigen Einzelheiten zu merken.

»Mir geht's ganz gut, würde ich sagen. Ich trinke jeden Morgen die Smoothies und esse gedünstetes Gemüse, Vollkornprodukte und Fisch. Ich halte mich wirklich gut an den Plan.«

»Ja, das habe ich alles in Ihrem Fragebogen gelesen. Aber wie fühlen Sie sich?«

»Ähm, gut. Mein letzter Besuch ist erst sechs Wochen her, also schätze ich, man kann noch nicht so viel sagen.«

Die nächste Stunde lang besprechen wir das Innen- und Außenleben meines Körpers. Selena muss ihren Job wirklich lieben, denn sie strahlt selbst für das kleinste Detail Interesse aus. Am Ende unserer Sitzung tauschen wir ein Namaste aus – was sich bei mir selbst immer so gekünstelt anfühlt, aber es wäre unhöflich, nicht mitzumachen – und sie sagt mir, meine Fortschritte stimmten sie zuversichtlich. Sie fügt hinzu, dass sie mir per Mail einen aktualisierten Ernährungsplan zukommen lassen werde, und wir vereinbaren einen weiteren Termin für in acht Wochen.

Auf dem Weg zum Auto bin ich müde, aber zufriedener, guten Mutes. Auf jeden Fall fühle ich mich um Längen gesünder, seit ich zu Selena gehe. Es ist bloß so enttäuschend, dass Marcus nicht auch mitkommen will. Ich aß zünftiges Essen früher genauso gerne wie mein Mann, aber über die letzten paar Jahre habe ich meine Gewohnheiten geändert. Ich musste

Marcus heimlich gesundes Essen unterjubeln. Selena hat mir ein paar Tipps und Hinweise dafür gegeben, wie ich seine Ernährung auf eine Weise verbessern kann, die er gar nicht bemerkt.

Die Rückfahrt durch die Innenstadt ist frustrierend zäh. Ich lege einen Zwischenstopp bei Waitrose ein, um ordentlich für heute Abend einzukaufen, unter anderem jede Menge gesunde Alternativen. Ich nehme auch reichlich Leckereien und Spielzeug für die Kinder mit – Lutscher, Comic-Hefte, Wasserpistolen und Poolspielzeug. Dann springe ich noch beim Metzger, Gemüsehändler und Floristen rein. Ich glaube nicht, dass es technisch möglich wäre, noch mehr in den Kofferraum zu quetschen.

Endlich, nachdem ich mich bei voll aufgedrehter Klimaanlage durch noch mehr Wochenendverkehr geschlagen habe, erreiche ich die Haven Road und fühle mich sofort besser, als die Bucht in Sicht kommt: die versprenkelten Inseln voller Nadelbäume und die bunten Boote und Stand-Up-Paddler, die durch das silbrig glitzernde Wasser gleiten. Als ich rechts in die Sandbanks Road abbiege, passiere ich Familien und Paare, die über den breiten Gehsteig flanieren oder am schmalen Strand picknicken, während Hunde durch das flache Wasser flitzen. Ich lasse das Fenster hinunter, um die warme, salzige Luft einzuatmen, höre das hohe Summen der Motorboote und Jetskis und das unbeschwerte Lachen der Ortsansässigen, die sich auf ihren Balkonen und Terrassen ihre Drinks schmecken lassen.

Schließlich fahre ich den Evening Hill hinauf, die Sonne blinzelt durch die Bäume. Gleich bin ich zu Hause, ich freue mich schon darauf, mit den Vorbereitungen für das Barbecue zu beginnen. Ich liebe Familientreffen. Im Leben dreht sich alles um Familie, wenn man mich fragt.

Gerade überlege ich, wann Marcus wohl nach Hause kommt, als ich vor mir lautes Hupen höre – irgendein Idiot überholt einen Radfahrer, ignoriert dabei die Fahrzeuge auf meiner Straßenseite und verursacht beinahe einen Unfall. Der Radfahrer ist gegen die Gehsteigkante gerumpelt, es scheint ihm aber nichts passiert zu sein, Gott sei Dank. Ich trete auf die Bremse und komme mit klopfendem Herzen zum Stehen. Wie durch ein Wunder schafft es das Auto hinter mir, nicht in mich hineinzufahren, und ich selbst bin nur um Millimeter nicht in den Wagen vor mir gerasselt. Das überholende Arschloch fährt in einem schwarzen Porsche Taycan an uns vorbei, genauso einen, wie auch mein Mann fährt, und aus seinen Lautsprechern dröhnen die Bässe. Da stelle ich fest, dass es tatsächlich das Auto meines Mannes *ist*!

Ich betätige die Lichthupe und winke wie wild. Marcus fährt normalerweise vorsichtig, ich kann mir nicht vorstellen, was in ihn gefahren sein könnte, dass er etwas so Waghalsiges tut. Es sei denn, es handelt sich um irgendeinen Notfall. Er hätte bei dem Manöver sterben können, oder jemand anderen umbringen. Plötzlich erhellt aufblitzendes Sonnenlicht durch die Bäume das Gesicht des Fahrers, und ich erkenne, dass es überhaupt nicht mein Mann ist. Es ist ein Kerl mit derben Zügen, der uns allen im Vorbeifahren den Mittelfinger zeigt. Ich schaue aufs Kennzeichen und sehe, dass es sich definitiv um Marcus' Porsche handelt. Aber wer ist der Fahrer? Hat er meinem Mann das Auto geklaut?

NEUN

EMILY

Mit einem miesen Gefühl der Schwermut betrete ich das Haus. Josh und ich kommen gerade vom Schaukeln im Green zurück. Nachdem Aidan gestern seine Bombe hat platzen lassen, war mir heute eigentlich nur danach, im Bett liegen zu bleiben. Doch es ist Samstag – der einzige Wochentag, den Josh und ich ganz für uns haben. Aidan arbeitet samstags, und ihm bleibt noch ein Monat, bis die Kündigung in Kraft tritt. Es ist etwas seltsam, dass er dort weiterhin arbeitet, nachdem er entlassen wurde, aber offenbar gibt Marcus ihm die Gelegenheit, bis zu seinem Weggang noch etwas Provision zu verdienen, und das ist vermutlich immerhin etwas.

Josh und ich unternehmen für gewöhnlich deutlich Abenteuerlicheres und Aufregenderes als einen Besuch im Park, zum Beispiel fahren wir zum Erlebnispfad im Moors-Valley-Landschaftspark oder statten den Tieren auf der Honeybrook-Farm einen Besuch ab, bauen am Strand Sandburgen oder im Wald Asthütten. Aber heute konnte ich mich nur zu einem Spaziergang zum Park um die Ecke durchringen. Nicht, dass es Josh auch nur im Geringsten etwas ausgemacht hätte. Er fand es prima. Wir haben ein kleines Picknick gemacht und er hat mit

Freunden gespielt, während ich mich mit ein paar der Eltern unterhalten und so getan habe, als wäre alles eitel Sonnenschein. Als wäre ich einfach eine dieser strahlenden Mütter, denen nichts die Laune trübt.

Und nun sind wir wieder zu Hause, an einem Ort, der sich plötzlich vollkommen anders anfühlt. Was ich einmal als Sprungbrett zu unserem perfekten Zuhause gesehen habe, ist nun zu dem perfekten Zuhause geworden, das wir zu verlieren drohen. Was für ein Perspektivwechsel.

»Hast du Hunger?«

Josh nickt. »Jetzt können wir Eis am Stiel essen.«

Ich lache. »Zeit fürs Abendessen. Für dich gibt's Nudeln mit Käse und Brokkoli.« Seine Unterlippe beginnt zu zittern, daher wechsle ich schnell das Thema. »Hat es Spaß gemacht, heute mit deinen Freunden zu spielen? Das war echt mutig von dir, ganz bis an die Spitze vom Klettergerüst zu klettern.«

Zum Glück ist das Eis am Stiel komplett vergessen, sobald Josh anfängt, seine Erlebnisse auf dem Spielplatz nachzuerzählen. Er folgt mir in die Küche, die einmal winzig klein gewesen sein muss, aber von einem nachträglich hinzugefügten Wintergarten profitiert, der uns als Esszimmer dient. Vor ein paar Jahren habe ich eine billige Kiefernholz-Esszimmergarnitur aufgewertet, indem ich die Stühle und Tischbeine bunt gestrichen habe. So wirkt der Raum jetzt fröhlich und einladend und stellt nicht mehr das in die Jahre gekommene Desaster aus den Achtzigern dar, das es bei unserem Einzug war. Mein Sohn setzt sich an den Tisch und plappert vor sich hin, während ich sein Abendessen zubereite. Der strenge Geruch des geschmolzenen Käses dreht mir den Magen um, also schwinge ich die Türen des Wintergartens weit auf, um etwas frische Luft hereinzulassen. Ich bin froh, wenn die Morgenübelkeitsphase irgendwann mal vorbei ist. Zumal es sich heute noch schlimmer anfühlt als sonst.

Ich setze mich zu Josh an den Tisch und trinke einen Pfefferminztee, während er isst. Er reibt sich die Augen und gähnt, während das Essen in seinem Mund, auf seinem T-Shirt und auf dem Laminat landet. Ein Blick auf die Wanduhr sagt mir, dass Aidan schon längst hätte zu Hause sein müssen.

»Fertig?«, frage ich.

Josh nickt und gähnt laut.

»Bist du jetzt müde?«

»Nein.«

»Wie wär's mit einem schönen Schaumbad?«

»Nein.«

Er sollte wirklich baden, nachdem er den Tag im Park verbracht und sich dann Gesicht und T-Shirt mit Käsenudeln beschmiert hat, aber ich habe nicht die Kraft, mich durchzusetzen. Das wird schon gehen, dann wische ich ihm eben kurz mit einem Waschlappen übers Gesicht und er badet stattdessen morgen früh.

»Spielst du noch ein bisschen still in deinem Zimmer, bevor du schlafen gehst?«

Josh zerrt sich verärgert am T-Shirt und schüttelt den Kopf. Er nähert sich gefährlich Alarmstufe Rot der Übermüdung, und einen Wutausbruch meines Sohnes verkrafte ich gerade nicht. Dafür bin ich selbst momentan dem Nervenzusammenbruch zu nah.

»Tja, bald ist Schlafenszeit, aber vielleicht können wir ja vorher noch ein bisschen *Postbote Pat* gucken?«

»Ja. Pat.« Josh nickt und steckt sich den Daumen in den Mund. Wir verlassen die eingesaute Küche und gehen ins Wohnzimmer, wo ich ihn aufs Sofa unter eine Decke setze und dann seine Lieblings-DVD einlege. Ich würde jede Wette eingehen, dass er innerhalb von zehn Minuten eingeschlafen ist. Ich lasse mich neben ihn aufs Sofa fallen, während das vertraute *Postbote-Pat*-Intro über den Bildschirm läuft.

Nun, da mein Sohn ruhig ist, kehrt der Klumpen der Sorge in meine Magengrube zurück. Aidan sollte jeden Moment heimkommen, und wir haben abgemacht, heute Abend ausgiebig über alles zu reden. Darüber, was wir als Nächstes unternehmen. Was er mit seinem Leben anfangen möchte. Will er umschulen? Wieder an die Uni gehen? Mit den Kindern zu Hause bleiben? Wie bekommen wir das hin?

Die Stimmen der Serienfiguren drängen sich mir in den Kopf und machen es mir schwer, klare Gedanken zu fassen. Ich schaue zu, wie sich Pats glänzend roter Van durch die Landschaft schlängelt. Wenn doch nur alles so einfach wäre wie im fiktionalen Greendale. Ich werfe einen Blick zu meinem Sohn und merke, dass ihm bereits die Lider schwer werden. Ich schließe ebenfalls die Augen und versuche, den Fernseher auszublenden. Ich beginne mit ein paar der Atemübungen, die ich Mittwoch beim Schwangerschafts-Yoga gelernt habe. Tief einatmen, die Luft weit bis in den Bauch ausbreiten lassen und die ganze Anspannung ausatmen. Ein und aus, langsam und gleichmäßig.

Es bringt nichts. In meinem Kopf juckt und sprudelt es förmlich vor Stress. In meinen Synapsen fliegen zu viele Gedanken und Sorgen umher. Wie Lichter, die flimmern und surren wie eine defekte Leuchtstoffröhre. Was kann ich tun, um mich zu beruhigen und diese Nervosität zu vertreiben? Aidan sagt, er will sein Leben verändern, aber ich glaube, er ist nur aus dem Tritt gekommen. Ich öffne die Augen und richte mich auf. Natürlich. Sonnenklar. Er hat seinen Job verloren, deshalb hat er das Gefühl, er wäre nicht mehr gut darin. Er braucht einen kleinen Schubs. Wenn ihm ein neuer Job angeboten würde, sollte ihm das sein Selbstbewusstsein zurückgeben.

Vielleicht müssen wir unser Leben gar nicht verändern. Vielleicht war der Wunsch nach einem neuen Beruf nichts weiter als ein Reflex auf die Entlassung. Verletzter Stolz. Wut darüber, ausgemustert worden zu sein. Begierig greife ich nach diesem möglichen Rettungsring. Jetzt muss ich nur noch einen anderen Job finden, der wie für ihn gemacht ist.

Ich schnappe mir mein iPad vom Couchtisch und beginne, nach Personalagenturen aus der Umgebung zu suchen. Links neben mir schläft Josh bereits tief und fest, sein Mund steht offen und sein leichtes, säuselndes Schnarchen entlockt mir ein Lächeln. Es ist für ihn noch recht früh zum Schlafen, aber dagegen ist nichts zu machen. Ich muss einfach darauf gefasst sein, dass er schon im Morgengrauen aufwachen wird. Ich greife zur Fernbedienung und will den Fernseher ausschalten, überlege es mir dann aber anders. Eigentlich ist es ganz beruhigend, eine nette Kinderserie im Hintergrund laufen zu haben. Ich drehe die Lautstärke ein bisschen herunter und kehre zu meiner Onlinerecherche zurück.

Nach einer Weile des Scrollens und Suchens auf diversen Websites habe ich ein paar Angebote im Verkauf abgespeichert, die sich gut anhören. Jobs, die Aidan mit links machen könnte. Die Grundgehälter sind nicht gerade großartig, aber die Provisionssätze sehen ganz ordentlich aus. Mir kommt auch noch der Geistesblitz, dass er ja vielleicht zum Immobilienmakler umschulen könnte. Eventuell passt das perfekt zu ihm. Das würde uns außerdem unserem Traum von einem eigenen Haus näherbringen.

Mein Blick fällt auf die Uhrzeit unten auf dem Bildschirm – schon fast sechs. Aidan hätte schon vor über einer Stunde zu Hause sein sollen – das Autohaus schließt samstags um vier. Vielleicht ist er nach der Arbeit noch etwas trinken gegangen. Ich schaue aufs Handy, habe aber keine Nachrichten oder verpassten Anrufe. Ich versuche, ihn zu erreichen, aber er geht nicht dran. Ich probiere es noch einmal. Und noch einmal. Schließlich tippe ich eine Nachricht:

Hey, alles okay? Bist du noch bei der Arbeit?

Ich starre auf mein Handy und warte auf eine Antwort, aber es tut sich nichts.

Nun, da schon mehrere Episoden durch sind, geht mir das Intro von *Postbote Pat* allmählich auf die Nerven, also schalte ich den Fernseher aus. Die Stille wiegt schwer. Josh schnarcht nicht mehr; sein Kopf liegt auf einem flauschigen Kissen. Ich stehe auf, trage ihn hoch ins Bett und hoffe, dass ich, wenn ich wieder herunterkomme, den Schlüssel in der Haustür höre und Aidan hereinkommt. Ich brenne darauf, ihm die Jobangebote zu zeigen, die ich gefunden habe. Ich hoffe nur, er ist offen dafür, sich auf eins davon zu bewerben.

Ich spähe aus Joshs Fenster. Draußen auf der Straße ist es ruhig. Noch keine Spur von Aidans Auto. Ich lasse das Verdunkelungsrollo hinunter, schleiche aus dem Zimmer und ärgere mich langsam über Aidan, weil er nicht daran gedacht hat, mir wegen seiner Verspätung Bescheid zu geben. Es muss ihm doch klar sein, dass ich mir Sorgen mache. Vor allem nach der Stimmung, in der er gestern Abend war.

Die nächste halbe Stunde lang stecke ich in einer Schleife fest: Ich schaue aus dem Wohnzimmerfenster, checke meine Nachrichten auf dem Handy, ermahne mich dann, mir keine Sorgen zu machen, und fange wieder von vorne an. Es ist ein zweckloser Kreislauf, der mich nicht weiterbringt.

Ich gehe in die Küche, um mir eine Tasse Tee zu machen, die ich überhaupt nicht möchte, einfach nur zur Ablenkung. Doch ich habe inzwischen die Stufe erreicht, bei der ich mir jedes Horrorszenario vorstelle, das man sich überhaupt nur vorstellen kann. Aidan hatte einen Autounfall; Aidan ist so deprimiert, dass er versucht hat, sich umzubringen; Aidan hat eine Affäre mit einer anderen – mit Luanne oder einer Arbeitskollegin oder der Frau seines Chefs, Dani; Aidan ist in eine Prügelei mit Marcus geraten und verhaftet worden.

Ich ermahne mich selbst, mich zu beruhigen. Nicht so dramatisch überzureagieren. Er ist wahrscheinlich aus einem ganz harmlosen Grund noch nicht zu Hause. Er könnte zum Beispiel bei einem Kunden festsitzen und keine Gelegenheit haben, das Handy herauszuholen. Oder sein Auto hatte eine Panne und sein Akku ist leer. Doch er verspätet sich nun schon mehr als zwei Stunden, und wenn man einmal bedenkt, was vorgefallen ist ...

Soll ich seine Freunde anrufen und nachfragen, ob einer von ihnen ihn gesehen hat? Oder wäre das übertrieben? Was ist mit den Krankenhäusern? Der Polizei? Was, wenn ihm wirklich etwas zugestoßen ist? Was, wenn ich bereits Witwe bin? Ich kann keine alleinerziehende Mutter sein. Wie soll ich einen Dreijährigen und ein Neugeborenes ganz allein großziehen? Das schaffe ich einfach nicht! Natürlich schaffe ich das. Andere tun das auch, sie bekommen das hin und ich werde das ebenfalls. Ich will das aber nicht hinbekommen! Ich will meinen Mann. Ich will Aidan. Es ist mir völlig egal, ob er einen Job hat oder nicht. Wir können zusammen arm sein. Bitte lass es ihm gut gehen.

Das ist doch albern. Ich muss etwas unternehmen, damit ich nicht durchdrehe. Ich werde Luanne anrufen, sie wird wissen, was zu tun ist.

Dampf quillt aus dem Ausgießer des Wasserkochers, aber ich beachte ihn gar nicht und nehme stattdessen das Handy. Scrolle zu Luannes Nummer. Doch noch bevor ich auf Anrufen drücken kann, höre ich das Geräusch, um das ich schon den ganzen Abend bete. Das Geräusch von Aidans Schlüssel im Schloss. *O Gott sei Dank.*

Ich atme durch. Ich weiß, dass ich erleichtert sein sollte, und das bin ich auch. Doch es steigt auch Ärger in mir auf. Wut, dass er mich so einer Tortur ausgesetzt hat. Statt in die Diele hinauszueilen, mache ich mir weiter meinen Tee. Hole eine Tasse aus dem Schrank, schraube die Teedose auf und nehme mir einen Teebeutel heraus. Ich handle wie auf Autopilot, während ich angestrengt die Ohren spitze, ob ich die Stimme meines Mannes höre, eine Entschuldigung. Ich warte ungeduldig darauf, dass er zu mir hereinkommt.

Die Haustür knallt zu und seine Schlüssel rasseln über-trieben laut. Seine Schritte hören sich ungleichmäßig und schwerfällig an. Es klingt nicht nach Aidan. Mich beschleicht ein beängstigendes Kribbeln. Ich stelle den Wasserkocher ab und verlasse zögerlich die Küche.

Zu meiner Erleichterung stelle ich fest, dass es doch Aidan ist. Er steht mit dem Rücken zu mir und hat Schwierigkeiten, die Jacke auszuziehen. Er flucht und stolpert umher wie ein Irrer. Mir wird klar, dass er betrunken ist.

»Aidan!«, zische ich. »Was machst du denn? Warum hast du nicht angerufen?«

»Emily!«, ruft er, schaut mit benommenem Blick auf und nimmt meinen Tonfall überhaupt nicht wahr.

»Sch, du weckst noch Josh auf.«

»Josh!«, wiederholt er und nickt wissend. »Wo ist Josh? Wo ist mein kleiner Superheld?«

»Wo warst du?« Ich kann nicht länger mitansehen, wie er mit seiner Jacke kämpft, also helfe ich ihm dabei, seinen Arm aus dem Ärmel zu ziehen, und lege die Jacke dann über das Geländer. »Wo warst du so lange?«

»War mit Jez im Bricklayers.«

»Du willst mir also sagen, dass du die ganze Zeit im Pub um die Ecke warst? Ich war ganz krank vor Sorge.« Ich marschiere zurück in die Küche, während in mir Wut über seine Gedan-kenlosigkeit aufbrodelt. »Ich habe dich angerufen, dir Nach-richten geschrieben, ich dachte, dir wäre etwas passiert oder du wärst depressiv. Ich dachte ...« Ich balle die Fäuste und drehe mich zu ihm um.

Aidan schlingt die Arme um mich, Bieratem schlägt mir ins Gesicht und lässt mich würgen. »Oh, Em, du hast dir Sorgen um mich gemacht. Du bist eine gute Ehefrau. Eine gute Mum.«

Ich entwinde mich seiner betrunkenen Umarmung. »Du hast gesagt, du wärst bis halb fünf zu Hause. Wir wollten über alles sprechen. Es ist schon fast sieben. Ich dachte, du hättest einen Unfall gehabt.«

»Nein, mir geht's gut. Aber ich möchte nicht darüber reden.« Er wedelt mit der Hand durch die Luft. »Reden ist Blödsinn. Wir entspannen einfach, ja?«

Es ist hoffnungslos. Ich habe darauf gewartet, ein ernsthaftes Gespräch darüber zu führen, wie wir ihm einen neuen Job beschaffen. Ich habe sechs oder sieben echt gute Angebote gespeichert, die ich online gefunden habe. Aber es hat keinen Zweck, mit ihm zu reden, während er in diesem Zustand ist. Er ist sogar noch betrunkener als gestern Abend. Doch obwohl ich genau weiß, dass es sinnlos ist, kann ich nicht anders, als das Thema zumindest anzusprechen.

»Ich habe heute ein paar interessante Jobangebote für dich gefunden.«

Er ignoriert meine Aussage und ich weiß nicht, ob er es mit Absicht tut oder nur, weil er sich nicht konzentrieren kann. »Haste Hunger? Soll ich was von der Pommesbude holen? Bin am Verhungern.«

»Wir haben noch Käsenudel-Reste im Ofen. Du musst sie vielleicht noch mal warm machen.«

»Mmm, Käsenudeln. Ja, bitte.« Mein Mann schwankt durch die Küche zum Ofen und holt die rot-weiß gepunktete Auflaufform heraus. Er wühlt in der Besteckschublade nach einem Löffel und fängt an, sich die Nudeln in den Mund zu schaufeln. »Voll lecker.«

Sieht so jetzt mein Leben aus? Missmutige Männer mit Käsenudeln füttern? Kaum ist mir der Gedanke gekommen, nehme ich ihn auch schon wieder zurück. Josh bedeutet mir alles, genau wie Aidan. Es fühlt sich in diesem Moment bloß nicht so an.

Im Handumdrehen ist die Auflaufform leer. Aidan stellt sie auf dem Herd ab, streckt den Daumen nach oben und sieht mich dann traurig an. »Tut mir leid, Em.«

Ich zucke mit den Schultern. »Wenigstens bist du jetzt zu Hause.«

»Ja. Zu Hause.« Er reibt sich die Stirn und ich hoffe, er fängt nicht wieder an zu weinen. Doch er reißt sich zusammen, schenkt sich ein Glas Wasser ein und stürzt es in einem Zug hinunter. »Ah, schon besser. Wie geht's meinem kleinen Josh-Mann?«

Ich setze mich mit meinem Tee an den Tisch. »Er schläft. Wir haben heute im Park viel erlebt.«

»Ja? Und wie geht's unserem kleinen Würmchen?«

Ich lege mir eine Hand auf den Bauch. »Gut.«

»Und du? Bist du sauer auf mich? Du bist sauer auf mich, oder? Das seh ich, weil du die Nase so aufblähst und den Mund so klein machst.«

»Vielen Dank auch! Nein, ich bin nicht sauer. Ich ärgere mich nur darüber, dass du nicht Bescheid gesagt hast, wo du steckst. Ich hab mir Sorgen gemacht. Mir alles Mögliche ausgemalt.«

»Tut mir leid.« Er setzt sich neben mich. »Tut mir leid, Em. Das war nicht so gemeint. Verzeihst du mir?« Er nimmt meine Hände und fängt an, mir die Finger zu streicheln.

»Ich weiß, du hast Stress, weil du deinen Job verloren hast, aber du kannst nicht jeden Abend wegbleiben und dich betrinken. Das würde bloß alles noch zehnmal schlimmer machen.«

»Nicht jeden Abend. Nur zweimal.« Er hält mir zwei Finger vors Gesicht. »Zwei.«

»Na schön. Zwei Abende. Pass nur auf, dass nicht jeder Abend daraus wird.«

»Okay, Mum.«

Ich beiße die Zähne zusammen und stehe auf.

»Tut mir leid.« Er grinst, verzieht das Gesicht und streckt die Hände aus, als wolle er sich vor meinem Zorn schützen.

»Freut mich, dass du das witzig findest.«

»Nein. Nein.« Sein Lächeln verschwindet. »Es tut mir leid.

Wirklich.« Nun sieht er aus, als würde er tatsächlich wieder zu weinen anfangen. Ich bin mir nicht sicher, wer schlimmer ist – der betrunkene Arschloch-Aidan oder der betrunkene weinende Aidan.

Es ist noch zu früh, um ins Bett zu gehen, aber ich glaube nicht, dass ich das hier einen ganzen Abend lang aushalte. Ich bleibe stehen und weiß nichts mit mir anzufangen. Dann setze ich mich wieder. Ich sollte verständnisvoller sein. Es muss ein Schock für ihn gewesen sein, den Job zu verlieren. Kein Wunder, dass er ein bisschen neben der Spur ist. »Keine Sorge, Aidy. Wir schaffen das.«

Er senkt den Kopf.

»Aidan, alles okay?«

»Es ist nicht so, wie du denkst«, murmelt er.

»Was ist nicht so?«

»Alles. Es ist alles meine Schuld.«

»Quatsch. Es werden ständig Stellen gestrichen und die Leute selbst sind nicht schuld daran.«

Er reißt den Kopf hoch und fixiert mich, in seinen glänzenden Augen liegt ein flehender Blick.

»Aidan, was ist los?« Ein stechendes, ungutes Gefühl macht sich in meiner Magengrube breit.

»Em, ich muss dir etwas sagen.« Er hält inne. »Es wird dir nicht gefallen.«

ZEHN

DANI

Ich lasse meinen roten Range Rover Velar vorerst in der Einfahrt stehen und haste ins Haus.

»Hallo!« Ich spitze einen Moment die Ohren. »Marcus?!«

Er kommt in weißen Leinenshorts und einem kurzärmligen blauen Hawaiihemd – seinem Standard-Barbecue-Outfit – aus der Küche. »Hey, Babe, hattest du einen schönen Tag? Wie geht's Vicky?« Wenigstens scheint er die ausgeschlagene Einladung zum Mittagessen vergessen zu haben. Er zieht eine besorgte Miene, als er meinen Gesichtsausdruck sieht. »Was ist los?«

»Ich habe gerade jemanden Evening Hill hinunterrasen sehen ... in deinem Porsche.«

Marcus' Sorge scheint zu verfliegen, er winkt ab. »Ja, ich lasse ihn von einem der Angestellten zu Lovetts runterbringen, er soll mal kurz durchgecheckt werden.«

Ich hebe eine Augenbraue. Normalerweise lässt Marcus niemanden sein geliebtes Auto fahren. Nicht seine Angestellten. Nicht einmal mich. »Wer immer das auch war, ich glaube, der sollte wirklich nicht dein Auto fahren. Es wäre ein Wunder, wenn da noch kein Totalschaden entstanden ist. Er hätte fast einen schweren Unfall gebaut. Und als ich gesehen habe, dass das hinter dem Steuer nicht du warst, dachte ich ...«

»Das wird schon gut gehen.« Marcus denkt sicher, ich übertreibe.

Ich mache ein finsteres Gesicht und lege meine Handtasche auf den großen Glas-Konsolentisch.

Marcus sieht mich mit einer ungewohnten Abwehrhaltung an. »Ich hatte ja wohl kaum Zeit, ihn selbst zur Werkstatt zu bringen, oder? Immerhin kommen Alex und Carrie später.«

»Wer *war* dieser Typ überhaupt? Ich hab ihn nicht erkannt. Er hat mir übrigens den Mittelfinger gezeigt, als er vorbeigefahren ist. Kleiner Mistkerl.«

»Er ist neu, mach dir keine Gedanken. Ich rede mal mit ihm.«

»Tja, ich finde nicht, dass er für dich arbeiten sollte. Vor allem nicht im Showroom. Ich würde ihm nicht deine Autos anvertrauen. Das ist ein Raser. Würde mich nicht wundern, wenn er gleich erst mal seine Kumpels aufgabelt und mit ihnen eine Spritztour durch die Stadt macht.«

»Nur die Ruhe, ich lerne ihn noch an. Das wird alles, sobald er einmal den Dreh raushat. Warst du einkaufen?«

»Ist alles im Auto.«

Marcus reibt sich die Hände. »Na dann los, tragen wir's rein.«

»Kannst du das machen, Marc? Ich muss was trinken. Ich bin noch ganz neben der Spur nach dem Beinah-Unfall eben.«

Er reibt mir den Arm. »Du wirst schon wieder. Außerdem kennst du Jonesy doch schon, weißt du noch? Er war gestern Abend hier.«

»*Was?*« Dann fällt es mir wieder ein. Er war der junge Kerl mit dem wölfischen Grinsen. Der mich mit den Augen verschlungen hat, ohne sich darum zu scheren, dass mein Mann mit im Raum war. »*Jonesy?* Wer ist das überhaupt? Was macht er?«

»Ich hab's dir doch erzählt, ich lerne ihn für den Showroom an. Mach dir keinen Kopf, Dan.«

»Ich mag ihn einfach nicht. Er hat sich gestern Abend so was von danebenbenommen. Die Frau seines Chefs anzubaggern. Das sollte ein Kündigungsgrund sein.«

Marcus macht ein missbilligendes Geräusch. »Ich rede mal mit ihm.«

»Hmm.« Ich schüttle mich leicht und beschließe, das Thema zu wechseln. »Holst du jetzt die Einkäufe rein? Es ist heiß draußen. Wir müssen das Fleisch und den Fisch in den Kühlschrank schaffen.«

»Ich geh ja schon. Hast du die Steaks vom Metzger geholt?«

»Ja.«

»Und die ...«

»*Ja*, die Gourmet-Lammwürstchen auch.« Ich gebe mir Mühe, nicht die Augen zu verdrehen.

»Hervorragend.« Er reibt sich erneut die Hände. »Ich hab Alex von diesen Würsten erzählt, und er wettet, die von seinem Bauernmarkt wären viel besser. Aber ich hab ihm versichert, er weiß überhaupt nicht, wovon er redet, bis er diese probiert hat.«

»Du solltest nicht so viel Fleisch essen, Marcus. Lass mich dir doch einen gesunden Speiseplan aufstellen. Versuch es einfach mal einen Monat lang, dann wirst du dich fragen, warum du nicht schon früher damit angefangen hast. Das verleiht dir viel mehr Energie und ...«

»Ich hab genug Energie, vielen Dank.«

Ich schüttle den Kopf und lasse es fürs Erste gut sein. Ich wünschte, er würde das ernster nehmen. Er tut so, als wäre gesunde Ernährung ein Witz, aber so ist es nicht.

Ich gehe in die Küche, gieße mir ein Glas kühles Wasser ein und schaue auf die Bucht hinaus. Dort sieht es so ruhig und friedlich aus, das Wasser ganz blau und glitzernd und gleichgültig gegenüber menschlichen Ärgernissen. Manchmal habe ich das Gefühl, ich würde am liebsten in all dem Blau versinken, mich im Wasser auflösen und davontreiben.

Marcus kommt schnaufend in die Küche zurück, er trägt an die sechs Einkaufstaschen auf einmal. Er wuchtet sie alle auf die Kücheninsel. »Sieht aus, als hättest du den ganzen Supermarkt leergekauft, Dan.«

»Du kennst mich doch, ich verwöhne die Kinder so gerne.«

»Sie haben Glück mit ihrem großzügigen Tantchen. Ach ja, es freut dich wahrscheinlich zu hören, dass ich im Wohnzimmer aufgeräumt habe. Ich bin vielleicht nicht so gut wie Karen, aber wenigstens habe ich es versucht.«

Ich lege mir die Hand aufs Herz und lasse in gespieltem Schock die Kinnlade hinunterfallen. »Ist das zu glauben?«

Er nickt, lächelt und fährt sich mit den Fingernägeln übers Hemd. »Schau aber besser noch mal nach – Aufräumen ist nicht gerade meine Stärke.«

Ich gehe um die einkaufstütenbeladene Kücheninsel herum und gebe ihm einen Kuss. »Es sieht bestimmt toll aus.«

»Also bin ich nicht mehr Persona non grata?«

»Fürs Erste. Noch glücklicher wäre ich aber, wenn du meinen Ernährungsplan ausprobierst. Du fändest es super, versprochen.«

Marcus' Lächeln verfliegt. »Herrgott noch mal, Dan, kannst du nicht mal Ruhe geben damit? Können wir bitte heute Abend einfach ein schönes Barbecue genießen, ohne ständig von Gesundheit und Diäten und was weiß ich noch allem zu schwadronieren?«

»Na schön.« Ich balle die Fäuste und versuche, mir meinen Frust nicht anmerken zu lassen. Doch es fällt mir nicht leicht.

ELF

EMILY

Ich sitze in der Küche und lausche dem Rauschen der Dusche oben. Aidan meinte, er habe mir etwas zu sagen, aber dann hat er hinzugefügt, er müsse erst einen klaren Kopf bekommen. Also hat er einen starken Kaffee hinuntergestürzt, ist zum Duschen nach oben verschwunden und hat mich ratlos hier zurückgelassen. Schmorend. Was könnte abgesehen vom Verlust seines Jobs noch sein? Ich schiebe diese andere Möglichkeit beiseite. Diejenige, die ich mir nicht einmal im Ansatz vorzustellen erlaube. Nein. Worum es auch immer geht, das kann es nicht sein. Wir stellen uns jeglichem Problem gemeinsam.

Mein Magen gurgelt, und eine Welle der Übelkeit rauscht mir die Speiseröhre empor, mein Mund füllt sich mit Speichel. Ich bin so froh, wenn die morgendliche Übelkeit ein für alle Mal vorbei ist – wobei ich nicht weiß, warum man es überhaupt morgendliche Übelkeit nennt, wo sie doch zu jedem beliebigen Zeitpunkt zuschlagen kann. Ich habe heute Abend noch nichts in den Magen bekommen, doch der Gedanke an richtiges Essen ist ganz und gar nicht verlockend. Ich nehme ein Päckchen Cracker aus dem Schrank, breche einen entzwei und kaue auf einer Hälfte herum, um die Übelkeit in Schach zu halten. Für den Augenblick funktioniert das.

Die Dusche verstummt. Ich höre das Knarren von Aidans Schritten über mir. Dieses Haus besitzt so gut wie keine Schallisolation. Man kann in jedem Zimmer alles hören. Aber ich bin daran gewöhnt. Mir gefällt es. Es gibt mir das Gefühl, allen näher zu sein. Als gäbe es keinerlei Grenzen oder Geheimnisse. Abermals frage ich mich, was mein Mann mir zu sagen hat. Ich denke auch über die Jobangebote nach, die ich auf dem iPad gespeichert habe. Wird ihm etwas davon zusagen? Wird er sie sich überhaupt ansehen wollen?

Ich setze mich an den Tisch und schaue wie betäubt ins Nichts. Das Licht des Sommerabends brandet noch immer in den Wintergarten, eine warme Brise weht durch die offene Tür hinein. Dazu Vogelgesang und fernes Lachen. Der rauchige Geruch vom Grill eines Nachbarn.

»Hey.« Aidan erscheint mit feuchtem Haar in der Küche. Er trägt graue Jersey-Shorts und ein zerknittertes, weißes T-Shirt, seine Augen sehen immer noch trübe aus, aber er scheint zumindest ein wenig nüchterner geworden zu sein.

»Hi.« Der zitronige Duft seines Duschgels steigt mir in die Nase. Normalerweise liebe ich den Geruch, doch jetzt gerade regt er meine Übelkeit an. Ich schlucke Speichel hinunter und konzentriere mich darauf, nicht würgen zu müssen.

»Tut mir leid wegen vorhin. Ich hab mich echt wie ein Arsch aufgeführt. Habe dir nicht Bescheid gesagt, wo ich war, habe zu viel getrunken. Jetzt bin ich etwas ausgenüchtert. Immer noch ein bisschen angetrunken, aber ich kann wieder klarer denken. Ich bin nicht ... Ich ...« Er setzt sich mir gegenüber und legt das Kinn auf die Fingerspitzen.

»Du bist nicht was?«

»Ich bin nicht sicher, wie ich es dir sagen soll. Ich wünschte, ich müsste es gar nicht. Ach, ich wünschte, ich wäre ein besserer Mensch.«

Mir dreht sich der Magen um. Was zum Teufel wird er mir gleich sagen? Was auch immer es ist, es hört sich nicht gut an. »Aidan, du machst mir Angst.«

»Tut mir leid.« Er fährt sich mit der Hand durchs Haar, wie er es immer tut, wenn er besorgt oder nervös ist.

Mich beschleicht das Gefühl, dass ich, was immer Aidan mir gleich eröffnet, nicht hören möchte. Ich würde gern noch eine ganze Weile länger im Unklaren bleiben, denn sobald er es ausspricht, gibt es keine Möglichkeit mehr, es wieder ungehört zu machen. Am liebsten würde ich mir tatsächlich fest die Ohren zuhalten und anfangen, *lalala* zu singen, um es auszublenden.

»Du weißt doch noch, wie ich gesagt habe, wir könnten es uns nicht mehr leisten, weiter hier zu wohnen. Dass ich mein Leben verändern will. Ganz von vorne anfangen will. Und ich habe dir erzählt, dass ich meinen Job verloren habe.«

Ich nicke und ermahne mich, das Atmen nicht zu vergessen. Bemühe mich, die weiter aufsteigende Übelkeit zu ignorieren.

»Nun, das entspricht nur teilweise der Wahrheit.« Er lehnt sich zurück, streckt die Finger vor sich und betrachtet sie, als wären sie das Faszinierendste, das er jemals gesehen hat. Doch das liegt wohl eher daran, dass er nicht mich ansehen möchte.

»Welcher Teil ist denn nicht wahr?« Ich kratze mit dem Fingernagel über die Tischplatte und hinterlasse eine Reihe kleiner, paralleler Rillen im weichen Holz. Mein Herz rast. Unser ungeborenes Kind spürt mein Unbehagen und bewegt sich unruhig, also höre ich auf, über den Tisch zu kratzen, und lege mir die Hand stattdessen beruhigend auf den Bauch. Ich bin mir nicht mehr sicher, ob das unbehagliche Gefühl an der Unruhe des Babys oder an meiner Angst liegt.

Aidan räuspert sich. »Hinter dem Umzug steckt mehr als nur die Tatsache, dass wir sparen müssen.«

»Und zwar?« Erst vor wenigen Augenblicken wollte ich

nichts davon hören, doch nun werde ich bereits ungeduldig, weil er nur solche kryptischen Sätze von sich gibt. *Nun spuck's schon aus.*

»Na ja, ich habe meinen Job gar nicht wirklich verloren.«

»*Was?* Was soll das heißen? Warum solltest du bei so etwas lügen?« Er sieht mir immer noch nicht in die Augen. Er ist blass und kaut auf seiner Lippe herum. »Hast du gekündigt, ist es das?« Ich muss zugeben, damit hätte ich niemals gerechnet. Vielleicht hatte er Bedenken, dass ich versuchen würde, es ihm auszureden. Da hat er vermutlich recht, aber trotzdem ...

»Ich habe meinen Job nicht verloren oder gekündigt, aber ich werde dort nicht länger bleiben können.«

»Warum nicht?«

»Sei ...« Er streckt die Hand aus. »Kannst du einfach kurz still sein und es mich erzählen lassen?« Er sagt das beinah verzweifelt.

Ich presse die Lippen zusammen, fühle mich etwas getroffen, folge aber seiner Bitte.

»Es ist peinlich, das zuzugeben, aber ich habe Schulden.«

Ich öffne den Mund und will fragen, ob es um noch mehr Kreditkartenabrechnungen geht. Doch dann fällt mir wieder ein, dass er mich gebeten hat, nichts zu sagen, also schlucke ich die Worte herunter.

»Ich stecke in Schwierigkeiten, Em.« Nun sieht er zu mir auf, sein Blick begegnet meinem, beinahe flehend. »Es ist nichts, was sich wieder in Luft auflösen wird. Ich habe versucht, einen Ausweg zu finden, aber es gibt nichts, was ich tun kann.«

Meine Übelkeit kehrt mit voller Wucht zurück. Ich versuche, mich auf meinen Atem zu konzentrieren. So sehr mich die Worte meines Mannes auch erschrecken und verwirren, so sehr muss ich mich anstrengen, um mich nicht quer über den Tisch zu übergeben. Ich stehe auf. »Lass mich nur kurz ...« Ich hole mir schnell einen weiteren Cracker, fange an, darauf herumzukauen, und nehme das Paket mit zurück an den Tisch.

»Übelkeit?«

Ich nicke.

Er macht die Augen schmal. »Wahrscheinlich habe ich sie noch schlimmer gemacht. Dir Stress verursacht.«

Ich schüttle kurz den Kopf – was ein Fehler ist, denn dadurch wird mir noch übler. Ich muss stillhalten, die Aufmerksamkeit auf meinen Atem richten und auf die herrliche Trockenheit des Crackers.

»Wir können auch später über all das reden«, bietet er an. »Falls es dir gerade schlecht geht.«

»Nein, gib mir nur einen Moment, um das in den Griff zu kriegen.«

Wir sitzen schweigend da, während ich kaue. Ich sollte mir über Aidans Enthüllung Sorgen machen. Doch diese Übelkeit raubt mir jede Kraft. Ich renne aus der Küche zur unteren Toilette, wo ich Galle und Cracker erbreche. Mein ganzer Körper wogt und windet sich, meine Hände zittern. Einen Moment später reicht Aidan mir ein Glas Wasser, mit dem ich mir den Mund ausspüle. Ich würge noch ein paarmal, dann stehe ich auf. Ich bin noch wacklig auf den Beinen, fühle mich aber etwas besser.

»Alles okay?« Aidan legt mir eine Hand auf den Rücken. »Tut mir leid, blöde Frage.«

»Nein, es geht mir wirklich schon besser. Lass uns zurück in die Küche gehen.« Ich drücke die Toilettenspülung und wasche mir die Hände.

»Sicher?« Aidan sieht elender aus, als ich mich fühle.

»Ja.« Ich gehe zurück zum Esstisch und setze mich auf denselben Stuhl wie eben, jetzt mit klarerem Kopf. »Also, was sind das für Schwierigkeiten, in denen du steckst?«

»Ich war dumm. So was von dumm.« Er hält inne und zieht am Kragen seines T-Shirts, dann legt er die Hände auf die Rückenlehne des Stuhls.

»Wie viel Schulden haben wir? Können wir uns etwas leihen, um sie abzubezahlen?«

»Dafür ist es schon zu spät. Ich ...« Er schaut auf unser kleines Gartenstück hinaus und wendet sich dann wieder mir zu. Was er mir zu sagen versucht, muss ziemlich schlimm sein, denn alles in ihm sträubt sich dagegen, es auszusprechen. Sein Gesichtsausdruck wirkt gehetzt. Das sollte mir zu denken geben. Stattdessen bin ich einfach nur erleichtert, dass die Übelkeit vergangen ist.

»Ich bin süchtig nach Online-Glücksspielen. Das geht nun schon seit Monaten so. Immer noch. Meine Schulden gehen in die Tausende – zu viel, als dass wir auch nur hoffen könnten, das jemals abzubezahlen. Wir sitzen tief in der Scheiße.« Er holt tief Luft und platzt mit dem Rest heraus, bevor ich auch nur die Gelegenheit habe, das Gesagte zu verdauen. »Ich habe mir Geld geliehen und versucht, damit alles zurückzugewinnen, aber der Typ, von dem ich es mir geliehen habe, ist nicht gerade ein netter Kerl. Ihm ist klar geworden, dass ich es ihm nicht zurückzahlen kann, und das bedeutet, ich bin in Gefahr. Das bedeutet, *wir* sind in Gefahr.«

Ich kann noch gar nicht fassen, was er mir da sagt. Es klingt zu *abgedreht*. Wie aus einem Film. Nicht wie etwas, das *uns* passieren würde, einem normalen Autoverkäufer und einer Rezeptionistin mit einer jungen Familie. »Glücksspiele?«, sage ich stumpfsinnig. »Du bist süchtig nach Glücksspielen? Du spielst online?« Ich denke an all die Stunden zurück, die er wie festgeklebt vor dem Laptop und am Handy hing. Als er behauptete, er beschäftige sich mit Kunden, während er in Wirklichkeit ...

»Ich weiß.« Er hebt die Hände. »Es klingt so zwielichtig. Es klingt so übel. Es *ist* auch übel.« Sein Mund bleibt offen, als wollte er noch weitersprechen. Doch dann schließt er ihn wieder. Ein Schweißfilm hat sich auf seiner Stirn und Oberlippe gebildet.

»Wie bist du da hingekommen? Ich meine, warum hast du überhaupt ...?«

»Keine Ahnung, ich ... es war dämlich. Ich habe so eine Werbung gesehen, in der sie einem zwanzig Pfund gratis anbieten, um es mal auszuprobieren. Und ich dachte mir, das klingt ganz spaßig. Hab mich gefragt, ob ich wohl was gewinnen würde. Und das habe ich auch. Ich habe mein Startgeld verdreifacht. Und zwar ganz leicht. Es machte süchtig. Ich bin echt das reinste Klischee. Und jetzt habe ich es für uns alle noch viel schlimmer gemacht. Ich habe alles verbockt.«

»Warum hast du mir nichts gesagt, bevor es so weit gekommen ist? Wir hätten etwas unternehmen können. Dir Hilfe holen können.«

»Es ist so peinlich. Demütigend. Ich dachte, ich könnte das Geld zurückgewinnen, dann hättest du nie davon erfahren müssen. Aber es wurde einfach immer schlimmer und schlimmer. Ich habe mir immer mehr geliehen. Und jetzt habe ich nur noch ein paar Wochen Galgenfrist, bevor sie etwas richtig Schlimmes tun.«

»Wer? Etwas Schlimmes inwiefern?«

»Sie sind nicht ins Detail gegangen. Aber sie wissen von dir und Josh. Ich glaube nicht, dass wir hier sicher sind. Wir müssen die Stadt verlassen.«

Ich starre meinen Mann an, den Spielsüchtigen, der mir sagt, dass unsere Leben eventuell in Gefahr sind.

Ich sollte etwas empfinden – Angst, Wut, Beklommenheit, *irgendetwas*.

Stattdessen fühle ich mich wie betäubt.

ZWÖLF

Man erlebt es nicht alle Tage, dass man gutes Geld mit etwas verdient, das einem Spaß macht. Doch so ist es momentan bei mir. Ich. Liebe. Diesen. Job. Der Adrenalinkick, das Kribbeln in meinen Fingerspitzen, alle Sinne hellwach. Die Vorahnung, dass dieser Auftrag hier der bisher beste wird.

Sie wissen nicht einmal, dass es mich gibt, und doch führe ich innerlich bereits Gespräche mit ihnen. Lange, tiefgehende Gespräche, in denen ich verschiedene Taktiken ausprobiere, um zu testen, wie sie reagieren. Ständig verbessere und verfeinere ich meine Vorgehensweise. Spiele durch, mit welcher Persönlichkeit ich die besten Ergebnisse erziele. Mir ist klar, dass nichts davon wirklich notwendig ist. Ich weiß, dass es für das Endergebnis letztlich keinen Unterschied macht. Doch es geht darum, wie viel Spaß man an seinem Job hat.

Und ich ahne bereits, dass mir dieser spezielle Job eine ganze Menge Spaß machen wird.

DREIZEHN

EMILY

Einen Moment lang kneife ich fest die Augen zu, weil ich kaum glauben kann, dass das alles wahr sein soll. Doch die Welt auszusperren, wird mir nicht weiterhelfen, also mache ich die Augen wieder auf.

»Alles okay?« Aidan schaut mich an, als wäre ich kurz davor, etwas Drastisches zu tun, zum Beispiel wegzurennen oder ihm eine Ohrfeige zu verpassen.

»Zeig mir die Seiten.«

»Was?« Er runzelt die Stirn.

»Die Online-Glücksspiel-Seiten. Lass sie mich mal sehen.«

»*Wirklich?* Warum willst du die sehen?« Sein Gesicht nimmt einen tiefroten Ton an.

»Machst du das immer noch? Spielen?«

»Ich ... Ich habe kein Guthaben mehr. Also nein.«

»Aber wenn du welches hättest, dann würdest du? Was hast du gemacht, als ich dich die Woche am Laptop gesehen habe? Du hast mir gesagt, du würdest arbeiten. Stimmte das? Oder hast du gespielt?«

Er gibt nicht sofort eine Antwort, was für sich genommen schon eine Antwort ist. Endlich spricht er: »Ich habe nur ... Ich habe mich nur umgeschaut, ob ich vielleicht noch irgendwelche Seiten übersehen habe, auf denen ich ein Gratis-Startkapital bekommen könnte. Ich weiß, das hätte ich nicht tun sollen, aber ich dachte, wenn ich wenigstens ein bisschen Guthaben hätte, könnte ich anfangen, einen Teil wieder zurückzugewinnen. Ich könnte ...«

»Nein«, unterbreche ich ihn. »Du musst mir versprechen, dass du damit nicht mehr weitermachst. Diese Spiele sind manipuliert. Dabei gewinnt niemand was. Nicht auf lange Sicht. Ich dachte, das wüsste jeder. Du musst das doch wissen!«

»Ich weiß es auch. Glaub mir, das tue ich. Aber dann übernimmt etwas anderes die Kontrolle in meinem Hirn. Als würde eine Wolke das rationale Denken verdecken. Ich ... Ich weiß, dass ich ein Problem habe.«

Mir fällt etwas ein. »Als Dani mir gesagt hat, dass du einer ihrer besten Verkäufer seist, hat sie da die Wahrheit gesagt?«

»Was? Ja, ich bin gut in meinem Job.«

»Also verdienst du viel Provision, verspielst die dann aber komplett?«

Aidan gibt keine Antwort.

»Statt deine Einkünfte in deine Familie zu stecken, hast du ...«

»Ich habe jederzeit sichergestellt, dass ich genug für die Miete und die Rechnungen zurückbehalte.« Er reckt das Kinn. »Aber ja, ich weiß. Ich bin ein furchtbarer Ehemann. Ein furchtbarer Mensch.« Er lässt den Kopf in die Hände sinken.

»Und als du im Lotto gewonnen und mir den Mini gekauft hast?«

Aidan nickt. »Das war kein Lotto, das kam vom Spielen. Ich hatte eine Glückssträhne. Obwohl Lotto im Grunde genommen auch Glücksspiel ist. Es wird wohl nur breiter akzeptiert.«

Ich nicke und versuche, das alles zu verdauen.

Die nächste Stunde über sitzen wir nebeneinander im Wohnzimmer auf dem Sofa und ich lasse mir von ihm alle

Seiten zeigen, auf denen er unterwegs war. Wir gehen sie alle durch und löschen überall seine Konten. Zumindest hoffe ich, dass das alle waren. Ich muss mich auf Aidans Wort verlassen. Und vermutlich würde ihn auch nichts davon abhalten, sich jederzeit wieder anzumelden. Trotz seiner Beteuerungen, er werde aufhören, ist mir klar, dass er Hilfe braucht. Eine Selbsthilfegruppe oder so etwas in der Art. Aber immer einen Schritt nach dem anderen.

Auf einmal verspüre ich riesigen Hunger. Ich will kalten Toast, Butter und Marmite. Und zwar viel. Bevor ich in die Küche gehe, schaue ich oben bei Josh vorbei. Sein kleiner Körper liegt ausgestreckt im Bett, einen Arm hat er über den Kopf geworfen, seine Decke liegt als unordentlicher Haufen auf dem Boden. Hier oben ist es warm, also lasse ich ihn in Ruhe und decke ihn gar nicht erst wieder zu. Ich bin froh, dass er noch zu klein ist, um zu verstehen, was für einen grauenhaften Mist sein Daddy gebaut hat. Ich kann nur hoffen, dass wir das alles in den Griff bekommen und hinter uns lassen können, sodass er es niemals erfahren muss.

Zurück im Erdgeschoss setze ich mich mit einer Tasse Pfefferminztee an den Esstisch im Wintergarten und warte auf meinen Toast. Aidan lehnt sich an die Küchentheke. Er ist müde und sieht halb betrunken, halb verkatert aus, aber wenigstens bleibt er hier und stellt sich mir, statt sich ins Bett zu verziehen. Kurz werfe ich einen Blick hinaus in den dämmrigen Garten und empfinde bereits Wehmut über den Verlust unseres Zuhauses. »Wie lange genau können wir noch hierbleiben?«

»Ich habe nur noch etwas über einen Monat, bis ich den Betrag komplett zurückzahlen muss. Wir sollten aber schon vorher verschwinden.«

Ich drehe mich wieder zu ihm um. »Was glaubst du, was passieren würde, wenn wir blieben? Wenn wir es einfach ganz dreist riskieren? Diesen Kredithai auf die Probe stellen? Würde er wirklich gewalttätig werden? Tun Leute so was im echten Leben?«

»Das Risiko will ich nicht eingehen.«

»Nein, vermutlich nicht.« Ich denke an die Gangsterfilme und -serien, die wir uns zusammen angesehen haben – *Bube, Dame, König, grAs*, *Die Sopranos* und noch andere, deren Titel ich vergessen habe –, doch unsere Situation wäre doch sicher nicht damit vergleichbar, oder? Mein Toast springt hoch, ich stehe auf, nehme ihn aus dem Toaster und lege ihn zum Abkühlen auf die Seite.

»Du und Joshy seid mir mehr wert als alles Geld«, sagt Aidan sanft.

Ich schnaube leise. Schade, dass er daran nicht gedacht hat, als er alles verspielt hat. Aber das ist nicht fair. Ich bin ja auch nicht perfekt. »Wie wäre es denn mit einer Art Zahlungsplan? Wenn du immer noch ordentlich im Showroom verdienst und nicht mehr auf die Glücksspielseiten gehst, dann sollten wir doch in der Lage sein, den Typen jeden Monat einen guten Batzen zurückzuzahlen. Wie hoch sind deine Schulden denn genau?«

Aidan schluckt. »Das willst du gar nicht wissen.«

»Sag es mir einfach.« Das verlorene Geld wiegt schwer in der Luft zwischen uns. In meinem Kopf entstehen grässliche Bilder von Zwanzig-Pfund-Scheinen, die von virtuellen Spielautomaten aufgefressen werden, von Pokertischen, Roulettekesseln und anderen quietschbunten, blendend blinkenden Spielen, von denen ich noch nie gehört habe.

Er weicht der Frage aus. »Ich habe versucht, eine Fristverlängerung zu bekommen, und gefragt, ob sie auch Raten annehmen, aber dafür ist es schon zu spät. Sie hören mir nicht mehr zu.«

»Verstehe. Okay. Aber über wie viel reden wir hier? Zwanzig Riesen?«

Er antwortet nicht.

»Dreißig?«

Das Schweigen zieht sich, bis er schließlich einknickt. »Dreiundachtzig.« Aidan hat den Anstand, den Blick auf seine Füße sinken zu lassen.

»Dreiundachtzigtausend Pfund?« Ich muss mich zusammenreißen, um nicht laut loszufluchen. Dreiundachtzigtausend könnten genauso gut eine Million sein, denn es besteht nicht die geringste Chance, dass wir auch nur ansatzweise so viel Geld aufbringen könnten. Allein die Vorstellung, dass meine Sorge darin bestand, mir das Leben in Ashley Cross nicht mehr leisten zu können. Erst gestern erschien mir dieses Szenario wie das Ende der Welt. Wie sich herausstellt, kann es immer noch schlimmer kommen.

Kurz überlege ich, mich an meine Eltern zu wenden, aber die Idee verwerfe ich noch im selben Moment, in dem sie mir kommt. Wenn sie wollten, könnten meine Mutter und mein Vater mir einen solchen Betrag wahrscheinlich zukommen lassen. Doch ich weiß ohne jeden Zweifel, dass sie das niemals in Betracht ziehen würden. Nicht einmal, wenn mein Leben davon abhinge. Sie würden sich bloß einreden, ich würde überreagieren oder mich überzogen dramatisch aufführen.

»Bitte sag etwas«, fordert Aidan mich auf, seine Augen sind groß und er schaut ängstlich drein. »Ich weiß, dass das irrsinnig viel Geld ist. Es ist einfach alles aus dem Ruder gelaufen.« Er läuft kopfschüttelnd auf und ab. »Ich habe alles kaputtgemacht, das weiß ich, es tut mir leid. Ich weiß, du hast gehofft, wir könnten irgendwann einmal was Eigenes kaufen und uns ein schöneres Leben einrichten. Ich verspreche dir, ich werde alles tun, was in meiner Macht steht, um uns wieder dorthin zu bringen, aber für den Augenblick ...« Er bleibt stehen und holt tief Luft. »Für den Augenblick ist es das Wichtigste, uns alle in Sicherheit zu bringen.«

Mir ist klar, dass meine Träume im Vergleich zur Sicherheit meiner Familie keinerlei Bedeutung haben. Ich muss mich an den Gedanken gewöhnen, dass unsere einzige Option darin besteht, wegzuziehen. Doch wie weit genau wir wegziehen müssen, ist eine andere Frage.

Dieses ganze Umzugsthema ruft mir noch etwas anderes ins Gedächtnis. Ein Problem, von dem ich gehofft und gebetet habe, dass es sich irgendwie von selbst aus der Welt schafft. Momentan sieht es so aus, als wären meine Gebete erhört worden, wenn auch nicht auf die Art, die ich mir erhofft hatte – alles, was wir kennen, zurückzulassen, ist sicher nicht das, was ich wollte, auch wenn uns vermutlich keine andere Wahl bleibt. Doch an dieses andere Thema darf ich jetzt nicht denken. Wenn ich Glück habe, muss ich das auch nie wieder.

Ich komme zu dem Schluss, dass es keinen Zweck hat, wegen Aidans immensen Schulden auszurasten. Die konkrete Zahl spielt keine große Rolle, wenn wir es uns nicht einmal leisten können, auch nur einen Bruchteil davon zurückzuzahlen. Davon abgesehen meinte meine Ärztin, sie mache sich ein wenig Sorgen wegen meines Blutdrucks. Sie hat angeordnet, Stress zu vermeiden und es ruhig angehen zu lassen. Ha! Anstatt also an die Decke zu gehen, versuche ich, mich aufs Wesentliche zu konzentrieren. »Wie genau sieht der Plan aus? Du hast gesagt, wir sind noch ein paar Wochen sicher, aber was passiert danach?«

»Wie gesagt, wir werden von hier weggehen müssen.«

»Aber sie finden uns doch sicher. Spüren uns irgendwie auf. So eine Summe vergessen sie doch nicht einfach.«

»Sie werden uns nicht finden. Nicht, wenn wir die weitere Umgebung verlassen.«

Ich spüre, wie mein Blutdruck wieder steigt. Ich versuche, ruhiger zu atmen, aber es funktioniert nicht. Mein Stresslevel schießt in die Höhe. Ich lege die Hände auf den Tisch und atme ein paarmal stoßweise ein und aus.

»Es tut mir leid!« Aidan kommt zu mir herüber. Er legt die Arme um mich und versucht, mich zu beruhigen, aber meine

Gedanken drehen durch, mir ist heiß und es kribbelt mir am ganzen Körper. »Bitte versuch, dich zu beruhigen, Em. Ich will nicht, dass dir oder dem Baby etwas passiert. Wir werden zusammen sein, und deshalb wird alles gut. Wir schaffen das, okay?«

»Werden wir das?« Meine Stimme klingt weit weg.

»Ja«, antwortet er entschieden. »Es tut mir leid, dass ich dir das aufbürden musste, aber ich finde eine Lösung und du musst dir um nichts Sorgen machen. Ich kümmere mich darum, ja? Du musst nur Ruhe bewahren und für unser Baby da sein, in Ordnung?«

Ich nicke und versuche, meine Schultern zu entspannen. »Okay.« Ich muss zugeben, dass ich mich schon ein kleines bisschen besser fühle, da Aidan nun entschlossener auftritt. »Ich nehme also an, ich muss meinen Job kündigen?«

Aidan setzt sich auf den Stuhl neben mir. »Ja.«

»Und hast du irgendeine Idee, wo wir hingehen können?«

»Noch nicht. Aber ich überlege mir etwas.«

»Wir haben kein Geld. Ich glaube, momentan habe ich ungefähr fünfzig Pfund auf dem Konto.«

»Wir können den Mini verkaufen – tut mir leid, ich weiß, wie sehr du dieses Auto liebst. Meins muss dann zurück zur Leasingfirma. Einiges von unserem Krempel können wir auch online verkaufen. So viel Geld zusammenkratzen, wie wir können. Bestimmt finden wir bald wieder neue Jobs.«

»Nicht ohne Referenzen.« Ich komme mir vor wie die Totengräberin all seiner Vorschläge, aber einer von uns muss ja pragmatisch und realistisch denken. Ich hätte nur nicht gedacht, dass ich diejenige sein würde. Normalerweise bin ich die Optimistin in schwierigen Situationen.

»Wir könnten auch schwarzarbeiten«, sagt Aidan.

Ich nicke und versuche, die Panik in meiner Magengrube zu unterdrücken. »Können wir nicht einfach, ich weiß nicht, zur Polizei gehen? Den Typen anzeigen, der dich bedroht?«

Schon während ich die Frage stelle, weiß ich, dass das keine Option ist.

»Nein. Glaub mir, das wird alles nur noch schlimmer machen.«

»Aber vielleicht kommen wir dann in dieses Zeugenschutzding.«

»Vielleicht auch nicht. Vielleicht nehmen sie uns nicht ernst. Und wenn diese Leute rausfinden, dass ich zur Polizei gegangen bin ...« Alle Farbe weicht aus Aidans Gesicht.

»Wie wär's, wenn wir ins Ausland gehen?« Mir schwebt Griechenland oder Spanien vor. Ein warmer Ort am Strand. Ein einfaches, weiß getünchtes Häuschen, in dem wir im Austausch für Arbeit an der Bar oder als Kellner mietfrei wohnen dürfen. Kaum habe ich das Bild heraufbeschworen, ist mir auch schon klar, dass das ein lächerliches Hirngespinst ist. Viel wahrscheinlicher landen wir in einem Wohnwagen neben einer vierspurigen Autobahn oder in einem stickigen Apartment mit Betonwänden, in dem es nach Urin stinkt.

»Ich habe auch schon ans Ausland gedacht, aber es ist überall so teuer. Außerdem bräuchten wir Tickets und neue Pässe, und das können wir uns nicht leisten – ich habe nachgesehen, unsere sind alle abgelaufen; es kostet ein Vermögen, sie erneuern zu lassen.« Aidan wischt sich den Schweiß von der Stirn und ich bemerke, dass ihm die Hände zittern.

»Also irgendwo in Großbritannien?«

Aidan nickt. »Wir müssen uns nur überlegen, wo.«

Ich gehe Gegenden durch, die passen könnten. Im ländlichen Wales soll man zum Teil recht günstig leben können, außerdem ist es dort sehr schön. Ich bin aber kein Landei. Ich mag den städtischen Lifestyle – Cafés, Getümmel, Shoppingcenter. Allerdings ist mir klar, dass ich eventuell Abstriche machen muss. Und zwar so einige.

Und dann fällt es mir wie Schuppen von den Augen.

Mir kommt da eine Idee. Eine wirklich gute.

VIERZEHN

DANI

»Wascht euch die Hände!«, ruft Carrie zum fünften Mal an diesem Abend – ich habe mitgezählt. Meine Schwägerin hat unheimliche Angst vor Keimen, was enorm nervenaufreibend sein muss, wenn man drei kleine Kinder hat. Sie steht auf verlorenem Posten. Mit immer noch feuchten Haaren vom Pool machen Portia und Amelie auf dem Rasen Handstand und rennen zwischendurch immer wieder zum Tisch hinüber, um einen Snack zu stibitzen. Carrie hat sie ermahnt, erst zum Außenwasserhahn zu gehen, bevor sie etwas essen, außerdem hat sie eine Jumbopackung Desinfektionstücher dabei, mit der sie andauernd in ihre Richtung winkt. Ich hätte eher Sorge, dass ihnen nach ihrer Mischung aus Handstand, Radschlag und Junkfood schlecht wird.

»Soll ich ihn mal nehmen?« Ich strecke die Arme nach meinem bildhübschen, dunkelhaarigen, acht Monate alten Neffen Jack aus. Er ist nach Marcus' und Alex' Vater benannt und ein richtiges Energiebündel; gerade hört er erstmals mit dem Krabbeln und Erkunden auf, seit die Verwandtschaft vor einer Stunde angekommen ist. Zum Glück befindet sich der Swimmingpool hinter einer Mauer in einem anderen Teil des

Gartens, daher brauchen wir dort keine Unfälle zu befürchten.

»Ja, bitte.« Carrie sieht erleichtert aus. »Er wird langsam schwer. Und er ist ganz schön fordernd.«

Als ich ihn auf den Schoß nehme, schenkt Jack mir ein breites Lächeln, das mich dahinschmelzen lässt. Ich gebe ihm einen dicken Kuss auf die Nase, und da er lacht, gleich noch einen.

Carrie lehnt sich auf dem Gartensofa zurück und wendet ihr perfekt geschminktes Gesicht der Abendsonne zu. Sie arbeitet halbtags als Kosmetikerin, und alles an ihr sieht blendend aus. Von ihrem kastanienbraun gefärbten, welligen Haar über ihren frischen Teint bis hin zu ihren French Nails und teurer Zahnkorrektur. »Du hast so ein Glück, keine Kinder zu haben.«

Ich winde mich leicht, als sie so über ihre Sprösslinge spricht, obwohl ich weiß, dass sie es nicht wirklich so meint. »Eure Kinder sind zuckersüß.« Ich wippe Jack auf meinem Knie auf und ab und tue so, als würde ich ihn hinunterfallen lassen, worüber er sich kringelig lacht.

»Ganz ehrlich, du solltest deine Freiheit genießen, solange du noch kannst. Hinterher ist alles anders. Kein gediegenes Mittagessen oder Ausgehen mehr. Ich meine, ihr könntet euch zwar eine Nanny holen, aber ich würde mich nicht darauf verlassen, dass die den Job genauso gut macht. Und von deinem Traumkörper kannst du dich auch verabschieden. Ich hab es nie ganz geschafft, meine Figur zurückzubekommen. Nach den Mädels ging es noch, aber Jack hat mich ruiniert.«

»Carrie, du hast eine fantastische Figur.« Ich schaue gezielt ihre falschen Brüste an.

Sie öffnet ein Auge, bemerkt meinen Blick und schließt die Hände darum. »Was denn, die hier? Die hat Alex mir zum Trost spendiert.«

Ich beiße die Zähne zusammen. Sie braucht keinen Trost.

Sie hat doch den Jackpot gewonnen. Scheinbar entspannt schließt meine Schwägerin wieder die Augen. Doch sie hat eine Art sechsten Sinn und reißt sie auf, sobald die Mädchen herüberschleichen, um sich noch mehr Chips zu holen. »Wascht euch die Hände!«

Alex und Marcus stehen drüben beim Grill, tragen beide eine humorvolle Schürze, zischen ein Bier und diskutieren die Vorteile eines Gas- gegenüber eines Holzkohlegrills. Wenn sie so beisammenstehen, sieht man sofort, dass sie Brüder sind, mit ihrer gebräunten Haut, dem dunklen Haar und den blauen Augen. Beide haben eine gute Statur, sind dabei aber nicht sonderlich hochgewachsen. Alex muss so um die eins fünfundsiebzig groß sein, Marcus eins zweiundsiebzig. Auf die zwei Zentimeter legt mein Mann großen Wert.

Ich finde es toll, wie gut die beiden sich verstehen. Alex leitet ein örtliches Bauunternehmen und ist damit beinah so erfolgreich wie Marcus. Es herrscht aber kein Konkurrenzdenken zwischen ihnen. Sie helfen einander, wann immer sie können. Sie sind stolz darauf, was der jeweils andere erreicht hat. Und beide haben sie ihr Geschäft von Grund auf selbst aufgebaut.

Als Marcus und ich frisch verheiratet waren, habe ich angeboten, im Showroom zu helfen. Ich sagte ihm, ich könne im Büro das Telefon besetzen oder so etwas in der Art. Doch Marcus entgegnete, ich sei seine Prinzessin. Er wollte nicht, dass ich mir über das Geschäftliche Gedanken machen muss. Ich sollte einfach mein Leben genießen und mich ums Haus kümmern. Wir verfügen bereits über eine ganze Armada von Angestellten, die das Haus in Schuss halten – eine Putzfrau, einen Gärtner, einen Pool- und Whirlpool-Service, Raumgestalter und so weiter. Was bleibt da also noch für mich zu tun?

»Alles klar, Leute, die Würstchen sind fertig!« Marcus wendet sich mir zu. »Keine Sorge, Dani, ich habe auch an deinen Maiskolben gedacht, aber du hast echt keine Ahnung, was dir hier entgeht. Holt euch Teller und kommt rüber.«

»Was ist mit den Steaks?«, fragt Carrie.

»Die brauchen noch«, antwortet Alex.

Ich spiele immer noch mit Jack, daher bietet Carrie an, mir meine Portion mitzubringen. Ich singe meinem Neffen ein paar Zeilen Wiegenlieder vor, während ich warte. Als Erstes kommen mit vollgeladenen Tellern meine Nichten herüber, die sich links und rechts von mir und Jack platzieren, ihre kleinen Körper drücken sich dicht an mich.

»Kannst du Handstand, Tante Dani?«, fragt die sechsjährige Portia.

»Ich war mal richtig gut darin, als ich in eurem Alter war, aber ich habe es seit Ewigkeiten nicht mehr geübt.«

»Jack kann keinen«, sagt die vierjährige Amelie und gibt ihrem Bruder einen Kuss auf die mollige Wange.

»Dann müsst ihr es ihm beibringen, wenn er größer ist.« Ich lege die Lippen an den Bauch meines Neffen und mache pustend ein schnaubendes Geräusch, woraufhin er in wildes Glucksen ausbricht.

»Er kann nicht mal laufen«, gibt sie ernst zu bedenken.

»Oder sprechen«, fügt Portia hinzu. »Er macht nur süße Geräusche, außer wenn er weint.«

»Also dann!« Marcus und Alex gesellen sich zu uns an den Tisch.

»Ich gebe dir etwas von meinem Kartoffelsalat, okay, Dani?«

Ich kenne Carries Kartoffelsalat, er ist superlecker, aber ich muss konsequent sein und mich an meinen Ernährungsplan halten. »Schon gut, ich nehme nur ein bisschen grünen Salat und Gurke, danke.«

»Stimmt was nicht mit meinem Kartoffelsalat?« Carrie stemmt sich in gespielter Empörung die Hand in die Hüfte, aber ich merke, dass sie tatsächlich pikiert ist.

»Komm schon, Dan, ein paar Bissen schaden doch nicht.«

Marcus nimmt eine Gabel davon und beginnt zu kauen. »Verdammt köstlich, Carrie.«

»Danke, Marc.«

»Also gut. Gerne.« Doch am liebsten würde ich heulen. Wie soll ich mich bei all diesem Druck an meinen Plan halten? Das ist ja, als wäre man wieder ein Teenager und würde zum Rauchen und Trinken gedrängt.

Abgesehen von der Kartoffelsalat-Affäre ist der Rest des Abends richtig nett. Die Kinder sind die reinsten Engel und die Verwandten gute Gesellschaft. Wir lachen viel und mir wird warm und wehmütig ums Herz. Es ist fast perfekt.

Wir vier Erwachsenen sitzen um den Feuerkorb und sehen zu, wie die Sonne über der Bucht untergeht, ein extravagantes Schauspiel aus Rot, Orange und Türkis, das sich allmählich zu Lavendelblau und Indigo verdunkelt. Währenddessen schläft Jack auf meinem Schoß ein und die Mädchen werden vor dem Fernseher müde, wo sie in Dauerschleife *Die Eiskönigin* gucken. Die Gesprächslücken werden länger, Carrie streckt sich, steht auf und zieht den recht angetrunkenen Alex auf die Füße. »Das Taxi ist unterwegs, Al.«

Marcus und ich helfen ihnen, ihre Sachen zusammenzusuchen und die Kinder auf die Beine zu bringen, und schließlich winken wir ihnen hinterher. Schläfrig räumen wir das Essen aus dem Garten und der Küche auf und beschließen, den Rest bis morgen liegen zu lassen.

»Das war so ein schöner Abend.« Ich nehme Marcus' Hand und führe ihn die Eichenholztreppe hinauf.

»Alex hat zugegeben, dass meine Würste die besten sind.«

»Du und deine dämlichen Würstchen.« Ich grinse und versetze meinem Mann einen Stoß in die Rippen.

»Was denn? Er ist mein kleiner Bruder, ich muss ihn ab und zu mal in die Schranken weisen. Das Stichwort lautet Respekt.« Marcus grinst. Er legt einen Arm um mich und zieht mich an sich, um mich zu küssen. Ich erwidere den Kuss, führe ihn ins

Schlafzimmer, fange an, die Knöpfe meines Kleides zu öffnen, und kicke mir die Schuhe von den Füßen.

»Du bist sehr verführerisch, Dan, aber ich bin zu müde. Ein anderes Mal, ja?« Marcus löst sich von mir.

Meine gute Stimmung verflüchtigt sich in die Nacht. Ich stehe da und spüre eine hoffnungslose Leere in der Magengrube. Bin mir des riesigen, einsamen Hauses um uns herum nur allzu bewusst. Die Enttäuschung schnürt mir die Kehle zu. »Du bist zu müde?«

Er lächelt mir unsicher zu. »Ja. Das ist doch okay, oder? Müde zu sein?«

Ich gebe keine Antwort, weil ich Angst davor habe, was ich dann vielleicht sagen würde. Aber ich glaube, mein Gesicht bringt es deutlich zum Ausdruck.

Marcus entscheidet sich für die Variante, so zu tun, als hätte er nichts bemerkt. »Lass uns ins Bett gehen.« Er will meine Hand nehmen, doch ich ziehe sie weg. »Komm schon, Dan.«

Je länger ich hier brodelnd stehenbleibe, desto wahrscheinlicher wird es, dass ein krachender Streit ausbricht. Ich könnte mein Gesicht entspannen, die Schultern sinken lassen und die Hand meines Mannes nehmen. Ihn verschonen. Es sein lassen. Wir hatten einen so schönen Abend, dass es verkehrt scheint, diese Gefühle die Überhand gewinnen und alles kaputtmachen zu lassen. Doch ich kann nichts dagegen tun.

»Dani, was ist los? Geht es dir gut?«

»Nein. Es geht mir nicht gut, Marcus. Es geht mir nicht ... gut.«

Er hebt die Hände, um meine kalte Wut abzuwehren, doch es fühlt sich an, als würde ich etwas von der Leine lassen, das sich nicht wieder zurück in seinen Käfig sperren lässt. Mein Frust scheint ein eigenes Wesen zu sein. Eine heiße Träne rinnt mir die Wange hinunter und ich balle die Fäuste an den Seiten.

»Interessiert es dich überhaupt, wie ich mich fühle?«

Er zieht eine finstere Miene, als ihm klar wird, dass ich mich nicht mit zärtlichen Worten besänftigen lassen werde. »Was ist das für eine Frage? Natürlich interessiert es mich, verflucht noch mal. Du bist meine Frau, oder etwa nicht?« Er atmet durch und murmelt: »Ob es mich interessiert ...«

»Bin ich nicht schön genug, liegt es daran?«

»Jetzt wirst du albern. Du bist verdammt noch mal umwerfend. Und das weißt du auch. Sonst hätte ich dich nicht geheiratet.«

»Warum willst du dann nicht mit mir schlafen?«

»Weil ich den ganzen Tag gearbeitet und ordentlich einen gekippt habe und jetzt müde bin!« Sein Gesicht ist rot angelaufen, er ist inzwischen richtig sauer.

Ich sollte damit aufhören, mich entschuldigen und ins Bett gehen. Doch ich kann diesen Gefühlsschwall nicht im Zaum halten. »Tut mir leid, dass ich mich nicht als die Ehefrau herausgestellt habe, die du erwartet hast. Nicht so wie die formvollendete Carrie. Du musst wahnsinnig enttäuscht von mir sein.« Der missgelaunte, spöttische Klang meiner Stimme widert mich selbst an, aber ich muss herausfinden, was er wirklich denkt. Ich muss ihn provozieren, damit er es zugibt.

»Was? *Nein!* Warum sagst du so was überhaupt?«

»Doch, du bist enttäuscht. Du kannst es ruhig zugeben, Marcus. Du hast aufs falsche Pferd gesetzt.«

»Was ist heute Abend mit dir los? Du hast nichts getrunken, daran kann es also schon mal nicht liegen.«

»Du weißt genau, was los ist.« Ich fange an, seine Shorts zu öffnen. »Und du weißt auch, was du dagegen tun kannst.« Ich lasse eine Hand in seine Boxershorts gleiten und küsse ihn.

Marcus erwidert es für wenige Sekunden, bevor er meine Hand von sich schiebt und einen Schritt zurückmacht. »Dani, du benimmst dich wie eine Verrückte. Lass uns einfach ins Bett gehen und vergessen, dass die letzten zehn Minuten jemals passiert sind, ja?«

»Was ist so verrückt daran, mit meinem Mann schlafen zu wollen?« Ich stoße ein frustriertes Knurren aus. »Wie sollen wir ein Baby bekommen, wenn du nicht mal mit mir schlafen willst? Wenn du dich weigerst, dich gesund zu ernähren, und auch nicht weniger trinkst und rauchst? Du weißt doch, dass das nicht gut für die Fruchtbarkeit ist!«

»Das hier!«, poltert Marcus. »Genau das hier ist der Grund, warum ich jetzt nicht mit dir schlafen will. Weil du besessen bist! Ich komme mir vor wie eine Spermamaschine. Du willst nicht meinetwegen mit mir schlafen. Ich bin bloß ein Mittel zum Zweck!«

Seine Worte treffen mich wie ein Schlag vor die Brust. »Das ist nicht wahr! Du hast gesagt, du willst auch eine Familie. Du hast gesagt, du könntest es gar nicht erwarten, Kinder mit mir zu haben. Aber weil ich nicht so fruchtbar bin wie die perfekte Carrie, versuchst du es nicht einmal. Lädst du deshalb Arbeitskollegen zu uns ein und bleibst ewig lang auf? Damit du nicht ins Bett gehen musst, solange ich noch wach bin?«

»Was? Nein! Natürlich nicht.«

»Tja, ich glaube aber schon. Du gehst mir aus dem Weg. Gerade hast du es zugegeben. Du hast gesagt, du willst nicht mit mir schlafen!«

»Das habe ich nicht so gemeint. Ich wollte nur sagen ...«

»Weißt du eigentlich, dass diese Typen bloß ein Haufen Blutsauger sind? Die sind doch nur hier, weil du reich bist und sie meinen, dich ausnutzen zu können. Trotzdem verbringst du deine Zeit lieber mit ihnen, statt zu versuchen, mit deiner Frau ein Baby zu machen! Du willst deine Ernährung nicht umstellen, um unsere Chancen zu erhöhen. Du rauchst Zigarren, trinkst. Künstliche Befruchtung willst du nicht mal in Betracht ziehen ...«

»Weil ich schon miterlebt habe, wie hart das für Paare ist. Was für ein Stress. Das will ich uns nicht antun.«

»Was ist mit Adoption?«

»Tut mir leid, Dani, aber das möchte ich auch nicht durchmachen. Alle möglichen Ämter, die ihre Nasen in unser Leben stecken und prüfen, ob wir auch gut genug sind.«

»Und was ist mit dem, was *ich* will?«

»Ich tue, was ich kann, Dani.«

»*Tust* du das? Tust du das wirklich? Aus meiner Sicht sieht es nämlich nicht danach aus!«

Er beißt die Zähne zusammen und funkelt mich an.

Mein Herz wummert und meine Hände zittern. Marcus und ich versuchen nun schon seit beinah drei Jahren, ein Baby zu bekommen, doch das ist das erste Mal, dass wir uns wirklich deswegen streiten. Dass wir ehrlich aussprechen, wie wir uns fühlen.

»Du hast ja keine Ahnung, Dani. Du hast keine Ahnung, was ich für dich tue.«

»Warum sagst du es mir nicht?«

Sein Gesicht verschließt sich.

»Dachte ich's mir doch.« Ich drehe mich um und marschiere durch den Flur.

»Wo gehst du hin?« Er klingt jetzt genervt und erschöpft, die Streitlust ist ihm vergangen.

»Ins Gästezimmer.«

»Ach, sei doch nicht so, Dan.« Ich höre, wie er mir folgt, drehe mich aber nicht um. »Du weißt doch, ohne dich im Bett kann ich nicht schlafen. Ich brauche meine liebe, süße Ehefrau.«

Ich gehe weiter, weiß aber bereits, dass ich einknicken werde. Ich kann meinem Mann nicht widerstehen, wenn er um Verzeihung bittet.

»Dani ...« Er nimmt mich bei der Hand und dreht mich zu sich um. »Du weißt, dass ich dich liebe, und ich verspreche dir, es wird alles gut werden.«

»Das kannst du aber nicht versprechen.«

»Doch. Und jetzt komm mit ins Bett.«

Ich schaue finster drein, merke aber, dass er es mir nicht abkauft. Er weiß, dass er mich rumgekriegt hat.

»Hör mal, wenn es dich glücklich macht, fange ich morgen mit deiner furchtbaren Diät an.«

Ich versetze ihm einen Stoß gegen die Schulter. »Sie ist nicht furchtbar!«

»Okay, dann fange ich morgen eben mit deiner vorzüglichen, unglaublichen Diät an. Okay?«

»Okay«, murmle ich.

»Gut. Kommst du jetzt, da das geklärt ist, mit ins Bett? Ich schlafe hier schon im Stehen ein.«

Ich nicke und lasse mich von ihm zurück in unser Schlafzimmer führen, wo wir schläfrigen, wunderschönen Versöhnungssex haben. Und ich erlaube mir die wage Hoffnung, dass es dieses Mal vielleicht klappt und ich schwanger werde.

FÜNFZEHN

EMILY

Aidan kommt mit einem müde dreinblickenden Josh auf dem Arm in die Küche.

Ich sitze am Esstisch, nippe an meinem Tee und knabbere an einer Scheibe Toast. Ich bin schon seit sechs Uhr auf, in meinem Kopf schwirren die Pläne umher. »Das Wasser ist noch heiß.«

»Danke.« Er streicht Josh mit einem Finger über die Wange. »Hey, Kumpel, möchtest du Cornflakes?«

Er zeigt auf meinen Teller. »Toast.«

»Mit Marmelade?«

Er schüttelt den Kopf. »Marmite wie Mummy.«

»Hier.« Ich halte ihm eine halbe Scheibe entgegen, er entwindet sich seinem Vater und klettert mir auf den Schoß, wo ich ihm den Rest meines Toasts überlasse. Mein Sohn ist warm und duftet nach Schlaf, er trägt noch seine zerknitterten Pyjamashorts und ein T-Shirt. Ich küsse ihn auf den Kopf und bin plötzlich dankbar dafür, dass er noch zu klein ist, um mitzubekommen, was in unserem Leben vor sich geht.

»Konntest du einigermaßen schlafen?« Aidan setzt einen Topf Porridge auf.

»Nicht wirklich. Und du?«

»Ungefähr ein oder zwei Stunden.«

Josh rutscht von meinem Schoß. »Darf ich in den Garten?«

»Okay, Joshy.« Sobald ich ihm in seine Leinenschuhe geholfen habe, rennt er hinaus, setzt sich auf seinen Plastiktraktor und fängt an, wie wild über den Rasen zu kurven.

Aidan macht sich eine Schale Porridge und steckt noch ein paar weitere Scheiben Brot in den Toaster. Zwischen uns hängt eine merkwürdige Stimmung in der Luft, was nicht gerade überraschend ist. Mehr als alles andere wünschte ich, wir könnten einen ganz normalen Sonntag miteinander verbringen. Draußen ist es warm und sonnig. Wir hätten einen Familienspaziergang machen können, ein bisschen bummeln, einen Kaffee trinken und uns mit Lu, Troy und Ivy treffen. Stattdessen schmieden wir Pläne, von zu Hause zu fliehen. Beinah muss ich darüber lachen, wie absurd das ist.

Kurz habe ich in Betracht gezogen, Luanne und Troy um das Geld zu bitten, aber dann hätten sie Fragen gestellt und die ganze Situation wäre noch komplizierter geworden. Zumal wir Jahre brauchen würden, um es ihnen zurückzuzahlen.

Aidan steht an der Küchentheke und schmiert Butter auf seinen Toast, während das Porridge abkühlt. »Wie geht es dir heute Morgen? Mit all dem, meine ich.« Er dreht sich zu mir um, seine Haut ist blass, seine Augen sind blutunterlaufen. Er wirkt verkatert und angespannt.

»Wohl immer noch ein bisschen in Schockstarre, schätze ich.«

Er nickt. »Es tut mir wirklich leid, Em. Das alles. So habe ich mir unser Leben nicht vorgestellt. Ich hab es schon ziemlich in den Sand gesetzt, oder?« Er bringt sein Frühstück herüber und setzt sich neben mich. Wir schauen unserem Sohn im Garten zu, statt einander anzusehen. Aus dem Augenwinkel sehe ich Aidan ein paar Löffel Porridge essen. Beim Gedanken daran dreht sich mir der Magen um. Zum Glück legt er den Löffel dann einen Moment lang beiseite.

Ich wollte Aidan gestern Abend nicht von meiner Idee erzählen, damit er sich keine falschen Hoffnungen macht. Stattdessen habe ich meine Patentante Bianca angeschrieben und gefragt, ob ich heute mal zu ihr fahren kann. Sie meinte, sie würde sich freuen, mich zu sehen, also haben wir uns für ein frühes Mittagessen in einem Pub bei Bath verabredet, was ungefähr auf der Hälfte zwischen hier und ihrem Haus in Gloucestershire liegt. Ich wäre auch bereit gewesen, die gesamte Strecke bis zu ihr zu fahren, aber sie meinte, sie hätte Lust auf einen Ausflug.

»Wär es okay, wenn du heute bei Josh bleibst?«, wende ich mich meinem Mann zu.

»Ähm, ja, denke schon.« Er wirkt verdutzt. »Warum? Was hast du vor?«

Ich schlucke. »Ich will nur … Ich wäre gern mal ein paar Stunden für mich, wenn das okay ist. Um alles sacken zu lassen.« Ich lüge ihn ungern an, hoffe aber, dass er das schluckt.

»Oh. Okay. Na klar.« Er wippt unter dem Tisch mit dem rechten Bein und mir ist klar, dass ihn mein Wunsch, allein zu sein, verunsichert. Er hat vermutlich erwartet, wir würden den Tag über gemeinsam über unsere nächsten Schritte nachdenken, und das wäre auch absolut logisch gewesen. Vielleicht hat er Angst, dass ich abhauen und nie mehr zurückkommen könnte.

Ich nehme seine Hand, schaue ihm in die Augen und versuche, ihm die Furcht zu nehmen. »Keine Sorge. Heute Nachmittag bin ich wieder zurück.«

»Nee, klar, kein Problem.«

Ich senke den Blick und bemerke, dass Aidans Porridge beginnt, in der Schale zu erstarren. Ich versuche, nicht hinzusehen.

Die Fahrt nach Bath verläuft ereignislos, abgesehen von ein paar ungeplanten Stopps, bei denen ich mich am Straßenrand übergeben muss. Seit Aidans Enthüllung ist meine morgendliche Übelkeit schlimmer geworden. Und ich bekomme den Anblick und Geruch von Aidans Porridge einfach nicht aus dem Kopf.

Ich komme zwanzig Minuten zu früh im Riverside Inn an. Im Garten des Pubs wimmelt es von Leuten, und gerade will ich mich umdrehen und nachsehen, ob drinnen noch etwas frei ist, als ich meine Patentante etwas abseits vom Trubel an einem Tisch unter einem riesigen Sonnenschirm entdecke, wo sie an ihrem Getränk nippt und eine laminierte Speisekarte studiert. Sie hat einen Platz nahe dem Flussufer ergattert, ein Stück entfernt vom Parkplatz und dem Kinderspielbereich. Man kann sich immer darauf verlassen, dass Bianca den besten Tisch erwischt. Ich bahne mir den Weg zu ihr.

Sie hebt den Blick, als ich mich nähere, und schiebt sich die Jackie-O-Sonnenbrille auf die Stirn. »Sieh dich an, meine Hübsche! Du bist ja förmlich aufgeblüht. Die Schwangerschaft steht dir.«

»Hi, Bianca. Danke, aber ich weiß, dass ich schrecklich aussehe. Ich habe gestern Nacht kaum geschlafen und meine Übelkeitsanfälle sind kaum auszuhalten. Ich stecke ganz tief in der nächsten ätzenden Phase der Schwangerschaft.«

»Hm, das tut mir leid. Aber wenn du erst mal in meinem Alter bist, bekommst du ein neues Verständnis dafür, was ätzend bedeutet.«

»Blödsinn. Du siehst fantastisch aus, wie immer.« Ich setze mich ihr gegenüber und sie schiebt mir ein Glas Mineralwasser zu.

»Ich hab dir ein Wasser bestellt, und das Sandwich, das du

wolltest. Aber sie haben hier eine echt gute Speisekarte, falls du dich noch umentscheiden möchtest?«

»Ein Käsesandwich ist perfekt.«

Bianca ist Ende fünfzig, sieht aber mit ihrer schlanken Figur und ihrem aschblonden Haar immer noch unglaublich aus – wie eine abgemilderte Form von Joanna Lumley. Sie ist zweifach geschieden und hat keine Kinder, was ein Jammer ist, weil sie bestimmt eine tolle Mutter gewesen wäre. Als ich ihr das einmal gesagt habe, war sie entschieden anderer Meinung. *Das wirkt nur so auf dich, weil du mich so selten siehst. Dafür bin ich wirklich nicht gemacht, Schätzchen. Zu selbstsüchtig.*

Meine eigenen Eltern waren und sind immer noch eins dieser Traumpaare mit zauberhaftem Leben. Bevor Dad in Rente ging, war er Pilot und Mum Teil der Kabinencrew. So lernten sie sich kennen, verliebten sich ineinander und reisten um die Welt, machten Party und ordentlich einen drauf, bis Mum mit mir schwanger wurde. Offenbar habe ich den ganzen Spaß verdorben. Das haben sie mir auch oft so erzählt, bevor sie hinzufügten, dass sie ja nur Scherze machen würden. Doch ich wusste, dass es keine Scherze waren. Ein weiterer »Scherz«, den sie mir gegenüber gern hören lassen, lautet, ich solle kein Erbe erwarten, weil sie fest entschlossen seien, alles auf den Kopf zu hauen, um das Leben zu genießen.

Mir soll es recht sein.

Gleich nach meiner Geburt kauften sie ein Haus ganz in der Nähe von dort, wo Aidan und ich jetzt leben, im grünen Vorstadtviertel von Lower Parkstone. Es war ein hübsches, großes Haus mit viel Charakter nahe dem Golfplatz – rückblickend war es die Art Haus, von der ich jetzt als Erwachsene nur träumen kann. Sie spielten gern die Gastgeber, wenn sie zu Hause waren, was allerdings nicht sehr häufig der Fall war. Den Großteil meiner Kindheit stand ich unter der Obhut einer ganzen Reihe von Au-pairs und Tagesmüttern, die zwischen erstaunlich nett und vollkommen desinteressiert schwankten und in einem Fall sogar als furchterregend psychotisch zu bezeichnen waren.

Meine Eltern setzten sich für den Ruhestand nach Spanien ab, sobald ich mit sechzehn von der Schule abging, da ich ja nun endlich alt genug sei, mich um mich selbst zu kümmern. Zu diesem Zeitpunkt war ich schon mit Aidan zusammen, zu dem sie absolut keine Meinung hatten. *Wenn er dich glücklich macht, Emily, dann nur zu, geh mit diesem Jungen aus.* Sie verkauften unser Haus, als sie nach Spanien zogen, weshalb ich mir selbst eine Unterkunft suchen musste. Glücklicherweise überzeugte Aidan seine Eltern, Marion und Phil, mich mit in ihre Sozialwohnung ziehen zu lassen. Doch es war unangenehm – ich merkte, dass sie mich nicht für die Richtige für ihren Sohn hielten. Das tun sie immer noch nicht, aber Aidan und Josh zuliebe machen sie gute Miene zur bösen Schwiegertochter. Ich konnte es gar nicht erwarten, auszuziehen und mir mit Aidan eine eigene Wohnung zu suchen. Am Ende wohnte ich etwas mehr als ein Jahr bei ihm, seinen Eltern und seiner jüngeren Schwester Michelle, bis wir es uns leisten konnten, etwas Eigenes zu mieten – eine winzige Einzimmerwohnung in Upper Parkstone.

Die einzige wunderbare Konstante in meiner Kindheit und darüber hinaus war die beste Freundin und Arbeitskollegin meiner Mutter, Bianca Friedman – meine Patentante. Inzwischen lebt sie in Gloucestershire, aber es vergeht kaum eine Woche, in der wir nicht telefonieren. Sie hält mich auf dem Laufenden darüber, wie es meinen Eltern geht, weil ich mit beiden kaum noch rede, und wenn doch, bin immer *ich* es, die *sie* anruft. Sie haben es gerade so zu meiner Hochzeit geschafft, ihren Enkel bisher aber erst zweimal gesehen. Das erste Mal, als sie für die Beerdigung meines Großvaters nach Großbritannien gekommen sind. Das zweite Mal, als sie zur Silberhochzeit von

Freunden hergeflogen sind. Bianca hingegen hat über all die Jahre hinweg immer Wert darauf gelegt, mit mir in Kontakt zu bleiben. Ich weiß nicht, wie jemand so Liebes überhaupt mit meinen Eltern befreundet sein kann.

»Wartest du schon lange?«, frage ich.

»Überhaupt nicht.«

»Du hattest Glück, dass du einen Tisch bekommen hast.«

»Mit Glück hatte das gar nichts zu tun. Ich habe angerufen und reserviert.«

Das ist Bianca, wie sie leibt und lebt – perfekt organisiert. »Gut mitgedacht, mir war gar nicht in den Sinn gekommen, dass es so voll sein könnte.« Ich sehe mich im belebten Garten um – Paare und Großfamilien, Hunde und Kinder. Mehrere Neuankömmlinge drücken sich an den Hecken herum und halten Ausschau nach einem freien Tisch, obwohl eigentlich klar ist, dass keine Chance besteht. »Wie geht's dir so, Bee? Wie läuft's mit deinem Neuen?«

Sie verzieht das Gesicht und nimmt einen Schluck von ihrem Drink. »Vollkatastrophe. Hat sich als der langweiligste Mann im Universum herausgestellt.«

Darüber muss ich lachen. »Oh nein, das tut mir leid.«

»Jammerschade, so ein Bild von einem Mann, und auch ziemlich gut im Bett. Aber kaum hat man ein Wort mit ihm gewechselt, kam man aus dem Gähnen nicht mehr heraus. Die Hälfte der Zeit wollte ich ihn nur noch knebeln – aber nicht auf die gute Art.«

»Also ...«

»Jep, hab ihn vor die Tür gesetzt. Hatte ein etwas schlechtes Gewissen, weil der arme Kerl ganz vernarrt in mich war. Aber keine Frau sollte es ertragen müssen, sich zwei Stunden lang die Vorteile eines Makita-Bohrers gegenüber einem von Bosch anzuhören. Außerdem werde ich nächstes Jahr sechzig.«

»Hör auf, schon?«

»In der Tat. Und ich will am Lebensabend keine Lusche an

der Backe haben. Ich will etwas Ansporn und Aufregung, damit das klar ist.«

»Ich kann es dir nicht verdenken.« Wobei sich ein Teil von mir fragt, wie viel Ansporn und Aufregung sie wohl aushalten würde. Zählt die Bedrohung durch einen Kredithai und die erzwungene Flucht aus dem eigenen Zuhause als Aufregung?

»Also gut, Schätzchen, was liegt im Argen?« Sie sieht mich mit Argusaugen an, während ein junger Kerl unsere Bestellung bringt – ein beachtliches Käse-Salat-Sandwich auf Vollkornbrot für mich und einen Caesar-Salat mit Hühnchen, aber ohne Dressing, für meine Patentante.

»Wie kommst du darauf, dass etwas im Argen liegt?«

»Ach, ich weiß auch nicht – möglicherweise, weil du mich Samstag spätabends anschreibst und fragst, ob ich am nächsten Tag zum Mittagessen Zeit habe. Das war schon irgendwie ein Hinweis, Süße. Außerdem fummelst und spielst du schon die ganze Zeit mit deinen Fingern herum, und das sagt alles. Das hast du als kleines Mädchen schon immer gemacht, wenn du Angst hattest.«

Ich werde rot und schaue auf mein Käsesandwich hinab. »Tut mir leid. Und ja, du hast recht.«

»Schon in Ordnung, Schätzchen.« Sie drückt meine Hand. »Also raus mit der Sprache. Hoffentlich hat es nichts mit deinem hinreißenden Ehemann zu tun. Er behandelt dich doch immer noch gut, oder?«

»Ja, Aidan behandelt mich gut ...« Ich halte inne.

»Aber?«

Und dann sprudelt alles aus mir heraus. Alles. Die komplette, unverblümte Wahrheit über Aidans missliche Lage. Deshalb wollte ich nicht, dass er heute mitkommt, denn dann hätte er sich nur beschämt und gedemütigt gefühlt. Ich hätte Rücksicht auf sein Ego nehmen und alles herunterspielen müssen. Doch ich muss Bianca die Wahrheit sagen, denn Schwätzer erkennt sie schon Meilen gegen den Wind. Ich beende meinen Bericht und schließe ab mit: »Ich bin nicht hier, um um Geld zu bitten. Nicht, dass du das denkst.«

Ein paar Augenblicke lang sagt sie gar nichts. Blickt nur auf den Fluss hinaus. »Hmm, da sitzt ihr ganz schön in der Patsche.«

Hoffentlich war dieses Geständnis nicht zu viel für Bianca. Hoffentlich wendet sie sich hiernach nicht von mir ab. Ich spüre Tränen aufsteigen, darf sie sie aber nicht sehen lassen. Ich war immer stolz darauf, ihr gegenüber stark zu sein. Ihr meine Gefühle nicht zu zeigen, um sie zu beeindrucken. Um ihr zu zeigen, dass ich unabhängig und taff bin, so wie sie. Sie war wohl immer mein Vorbild, meine Ersatzmutter. Ich wünschte, Bianca wäre *wirklich* meine Mutter. Wie schön es wäre, eine Mutter zu haben, der ich nicht egal bin.

»Es tut mir leid, dass ich das alles bei dir ablade«, füge ich hinzu. »Aber ich wusste nicht, an wen ich mich sonst wenden sollte.«

Bianca steht von ihrem Stuhl auf, kommt herüber und setzt sich neben mich. Sie umschließt meine Hand mit ihren beiden und gibt mir einen Kuss auf die Schläfe. »Hast du eine Idee, wie ich euch helfen könnte?«

»Na ja ...« Ich hole Luft. »Ich weiß, das klingt unverschämt, sag bitte nein, wenn es nicht geht, dann bin ich auch absolut nicht beleidigt, aber ... Steht eins deiner Häuser eventuell frei, damit wir eine Weile dort wohnen könnten? Nur so lange, bis wir neue Jobs gefunden haben, und, na ja, wahrscheinlich auch neue Identitäten. Ich weiß ehrlich gesagt nicht, wie wir das alles hinbekommen sollen. Aber wenn wir einfach erst mal ein paar Monate außer Gefahr durchatmen könnten, können wir uns etwas einfallen lassen. Es ist nur so, da ich schwanger bin und wir ja auch noch Josh haben ...«

Ich klinge immer kopfloser. Ich muss mich zusammenreißen. Bianca hat noch nie erlebt, wie ich durchdrehe. Sie soll mich auf keinen Fall für ein Nervenbündel halten. Und ich bereue es bereits, sie überhaupt gefragt zu haben. Es fühlt sich so raffgierig an. Ich komme mir vor wie eine Blutsaugerin. Sie schaut mich mit einem Gesichtsausdruck an, der nach Entsetzen und vielleicht Enttäuschung aussieht. Ich glaube, ich habe gerade einen furchtbaren Fehler begangen.

SECHZEHN

EMILY

Ich sitze im vollbesetzten Garten des Pubs und höre das Rauschen der Bäume und das Plätschern des Flusses, darüber das an- und abschwellende Murmeln gelassener Gespräche. Während ich darauf warte, dass meine Patentante mich freundlich abweist, springt mein Kopf schon weiter zu alternativen Möglichkeiten, wohin Aidan und ich fliehen könnten, abgesehen von einem Zelt im Wald. Vielleicht bieten wir so etwas wie einen Haus-Sitting-Service an. So etwas wird wohl eher über Fachmagazine angeboten, aber vielleicht finde ich ja online etwas. Aber so oder so brauchen wir wahrscheinlich Referenzen. Es sei denn, wir können die irgendwie fälschen.

Biancas schockierter Gesichtsausdruck mildert sich zu Mitleid ab. »Selbstverständlich, mein Schätzchen. Selbstverständlich könnt ihr in eines meiner Häuschen ziehen. Es wäre mir ein Vergnügen.«

Ich atme aus und wage es kaum zu glauben, dass sie zugestimmt hat. Ich war voll und ganz davon überzeugt, sie würde sagen, dass nichts zur Verfügung steht. »Bist du da ganz sicher? Ich meine, ich weiß ja, dass du sie vermietest und Einkommen daraus beziehst, und es ist nur so, wie gesagt, wir haben kein Geld, also könnten wir keine Miete bezahlen ...«

»Verschwende da keinen weiteren Gedanken dran. Zufälligerweise wird bald ein Haus mit drei Schlafzimmern frei. Gut möglich, dass die derzeitigen Mieter es ein wenig verwohnt haben, da sie jahrelang da gelebt haben. Aber wenn es euch nichts ausmacht, dort zu renovieren und ein bisschen was instand zu setzen, seid ihr darin so lange willkommen, wie es nötig ist. Wollen wir den Vertrag erst mal für ... ein Jahr aufsetzen? Miete müsst ihr natürlich nicht zahlen, übernehmt einfach die Rechnungen, ja?«

Mir fehlen die Worte. Mein Herz quillt beinah über. Die Erleichterung ist derart groß, dass ich kaum atmen kann. »Ich ... Ich weiß nicht, was ich sagen soll.«

»Dann halt den Mund und nimm mich in den Arm, du Dummerchen. Ist doch klar, dass ich euch helfe. Du bist mein Patenkind, ganz zu schweigen von meinem Lieblingsmenschen auf der ganzen Welt.«

»Ach, Bianca. Du rettest uns das Leben. Buchstäblich.«

»Nun, dank mir nicht zu früh. Du hast die Bude ja noch nicht gesehen.«

»Ich muss sie gar nicht sehen, um zu wissen, dass sie unser Rettungsring ist. Wo ist das Haus denn?« Ich hoffe auf ein hübsches Reihenhaus irgendwo in einer lebhaften Stadt. Bianca hat einen hervorragenden Geschmack, ihre Häuser sind also bestimmt alle fantastisch.

»Nicht allzu weit weg, aber wahrscheinlich weit genug für eure Bedürfnisse. Nördliches Dorset.«

»Also auf dem Land?«

»Kann man wohl so sagen. Genauer gesagt, mitten im Nirgendwo, und es gehören zwei Hektar Felder und Wald dazu. Nicht dein Fall, Schätzchen, ich weiß. Aber alle meine anderen sind bis auf Weiteres vermietet.«

»Momentan ist das genau mein Fall.« Ich muss zugeben,

dass es nach einer kleinen Herausforderung klingt, aber Aidan und ich werden das hinbekommen.

»Dann ist ja gut. Es bietet reichlich Möglichkeiten, sich selbst zu versorgen, weißt du. Ihr könnt Holz verkaufen, Hühner halten, eigenen Anbau betreiben, so was in die Richtung.« Sie kehrt auf ihren Stuhl mir gegenüber zurück und macht sich über ihren Salat her.

Dieses ländliche Leben klingt so weit entfernt von meiner Komfortzone, dass es genauso gut auf einem anderen Planeten stattfinden könnte, aber in der Not frisst der Teufel Fliegen, und das ist mehr als großzügig von Bianca. Aidan und ich werden das definitiv hinbekommen. »Ich danke dir von ganzem Herzen. Keine Ahnung, wie ich mich dafür je revanchieren soll. Gestern noch hat sich alles so furchterregend und hoffnungslos angefühlt.«

»Es ist mir eine Freude, euch zu helfen. Mehr als eine Freude. Eine Ehre.«

»Du erzählst Mum und Dad doch nichts davon, oder?«

»Du solltest es ihnen erzählen. Ihnen ebenfalls die Chance geben, euch zu helfen.«

»Du weißt doch, dass sie das nicht tun werden.«

Bianca nickt knapp. »Die zwei Bescheuerten. Ich hab sie unheimlich lieb, aber sie waren nie dafür gemacht, Eltern zu sein. Ein bisschen so wie ich.«

»Du sorgst viel besser für mich, als sie es jemals getan haben!«

Bianca hebt eine Augenbraue. »Das liegt daran, dass du nicht mein Kind bist. Ich *muss* mich nicht einbringen oder Verantwortung übernehmen. Ich wollte es eben. Emily, du weißt ja, dass du die Tochter bist, die ich nie hatte. Bist du sicher, dass du mich nicht einfach die Schulden für euch bezahlen lassen willst? Dann könnt ihr euer Leben weiterführen. Es würde ein paar Monate dauern, bis ich das Geld zur

Verfügung hätte, aber wenn diese Leute noch etwas warten könnten ...«

Mein Herz schlägt schneller bei der Vorstellung, unser Leben auf einen Streich zurückzugewinnen. Doch es gibt zu viele Gründe, warum es eine miese Idee wäre, das Bargeld anzunehmen. Was, wenn Aidan wieder mit dem Glücksspiel anfängt, es erneut verliert und wir dann noch mehr Schulden anhäufen? An wen könnte ich mich dann noch wenden? Und über achtzigtausend Pfund von jemand anderem anzunehmen, würde sich ohnehin falsch anfühlen, selbst wenn sie von meiner Patentante kämen. Wären es meine Eltern, würde ich das Geld als Ausgleich für eine beschissene, von Vernachlässigung geprägte Kindheit werten. Aber von Bianca? Auf keinen Fall. Ich darf es nicht riskieren, unsere Beziehung zu zerstören. Hinzu kommt das Zeitproblem – wir haben nicht den Luxus, ein paar Monate warten zu können. Wenn sie das Geld auf der Stelle parat hätte, sähe die Sache vielleicht anders aus.

Mich überrascht meine eigene Reaktion auf ihr äußerst großzügiges Angebot. Vielleicht bin ich nicht so materialistisch veranlagt, wie ich dachte. Vielleicht übernehmen die Schwangerschaftshormone auch das Ruder in meinem Kopf, und ich werde meine Entscheidung irgendwann bereuen.

»Danke, Bianca, aber wir können das Geld nicht annehmen. Dass du uns eine Unterkunft anbietest, ist schon unglaublich genug.«

Sie nickt, und ich bin mir nicht sicher, ob sie mit dieser Antwort gerechnet hat oder überrascht davon ist. So oder so hat meine Patentante unsere kleine Familie gerettet, und ich kann es gar nicht erwarten, Aidan diese guten Neuigkeiten zu überbringen.

SIEBZEHN

DANI

Während ich meinen morgendlichen Smoothie zubereite, sitzt Marcus an der Kücheninsel, nippt an seinem Granatapfelsaft und isst seinen Vollfett-Frühstücksjoghurt mit Heidelbeeren und Sonnenblumenkernen, dazu zwei Scheiben Vollkorntoast mit Honig. Das muss man ihm zugutehalten, er hat Wort gehalten und folgt die ganze Woche lang seinem fruchtbarkeitssteigernden Ernährungsplan. Zumindest zu Hause. Ich kann nicht überprüfen, was er bei der Arbeit isst, aber immer einen Schritt nach dem anderen. Nachdem Marcus sich bereit erklärt hat, sich gesünder zu ernähren, habe ich Selena gebeten, ihm einen Plan zu erstellen. Sie sagte, es wäre besser, wenn er selbst zu einem Termin zu ihr käme, aber dem hätte Marcus nie im Leben zugestimmt, also hat sie mir widerwillig einen allgemeinen Plan gemailt.

Auch, wenn es bis jetzt gedauert hat, dass wir beide auf uns achten, hoffe ich, bereits schwanger zu sein. Ich habe so ein Gefühl, dass es vielleicht letzte Woche passiert ist, als wir uns nach dem Barbecue gestritten haben und danach Versöhnungssex hatten.

Marcus ist fast mit dem Joghurt fertig und hat mit dem

Toast angefangen. Er nimmt einen großen Bissen und beginnt zu kauen. »Das schmeckt gar nicht mal so übel.«

»Tu nicht so überrascht. Nur weil es gesund ist, heißt das nicht, dass es nicht auch gut schmecken kann.«

»Tja, was soll ich sagen, es ist zwar kein Rührei mit Speck, aber es passt schon. Aber könnten wir den Ingwertee vielleicht mal auslassen?«

»Der ist gut für die Absorption.«

»Für die was?«

»Für das Aufnehmen von Vitaminen und Mineralstoffen.« Ich stelle ihm ein großes Glas Tee hin. »Trink wenigstens die Hälfte.«

»Na gut.« Er verzieht das Gesicht, als er einen Schluck nimmt. »Scheiße noch eins, ist das ein abscheuliches Zeug.«

»Probier's doch mal mit ein bisschen Honig dazu«, schlage ich vor.

»Vergiss *Honig*, da braucht's schon eher 'ne halbe Flasche Tequila.« Marcus schüttelt sich überzogen.

Ich kichere über sein Gesicht. »Ach, und denk dran, ich komme heute erst spät nach Hause.«

»Ja, keine Sorge, ich weiß Bescheid.« Er stellt den Tee wieder ab und schiebt das Glas von sich weg.

»Ich habe dir dein Abendessen mit Anweisungen in den Kühlschrank gestellt.«

»Krieg ich nicht auch mal einen Abend frei?« Er setzt seinen Hundeblick auf und legt die Hände zusammen, als wolle er mich anflehen.

Ich verdrehe die Augen. »Also gut. Übertreib's nur nicht mit dem fettigen Kram und dem Alkohol, ja?«

»Großes Pfadfinderehrenwort.« Er macht den entsprechenden Gruß mit drei Fingern.

»Du warst doch gar nicht bei den Pfadfindern«, spotte ich mit einem leichten Grinsen.

»Aber fast. Alex und ich wurden als Wölflinge rausgeschmissen.«

»Das kann doch nicht sein!«

»War aber so! Da kannst du Al fragen. Unser Akela war ein richtiger Dreckssack – Steve Duffy. Mochte Alex und mich nicht. Er war mit unserem alten Herrn zur Schule gegangen, und sagen wir mal so, Dad und Steve haben sich nicht so gut verstanden.«

»Das ist ja furchtbar. Ich stelle mir euch gerade in euren Uniformen vor, ganz klein und niedlich. Und warum hat er euch rausgeschmissen?«

»Al und ich hatten eine kleine Rauferei mit einem anderen Jungen. Nichts Schlimmes, bloß normaler Kinderkram. Aber es war genau der Vorwand, den Steve brauchte. Hat uns mit einem Schreiben nach Hause geschickt, in dem es hieß, wir wären unsozial.«

Ich gehe um die Insel herum und drücke meinem Mann sanft die Wange. Plötzlich überrollt mich eine Woge der Liebe zu ihm. »Mein armer Schatz. Wir werden es nicht zulassen, dass jemand *unsere* Kinder so schikaniert.«

»Auf gar keinen Fall.« Marcus' Miene verdüstert sich. »Wenn jemand den Baines-Kindern übel mitspielt, schlag ich ihm die Rübe ein.« Er beugt sich vor, küsst mich und zieht mich dicht zu sich ran. Er schmeckt nach Honig und Ingwer. Ich frage mich, ob ich ihn dazu verleiten kann, für einen Quickie ins Bett zu kommen, doch er löst sich von mir und streicht mir abwesend übers Haar. »Okay, dann mach ich mich mal lieber auf den Weg. Will nicht zu spät kommen.«

Bedauernd mache ich einen Schritt zurück. *Egal.* Ich bin mir sowieso ziemlich sicher, bereits schwanger zu sein.

Er hat den Großteil seines Ingwertees stehen gelassen, aber ich dränge ihn nicht dazu, ihn auszutrinken. Ich muss strategisch vorgehen. Marcus steht auf, nimmt seine Schlüssel und sein Handy von der Theke und gibt mir noch einen schnellen

Kuss auf die Lippen. »Richte Vicks meine Glückwünsche zum Geburtstag aus.«

»Mache ich.«

»Wo geht ihr Mädels denn hin?«

»Ins Harbour View, auf einen Nachmittagstee und Drinks.« Wobei ich bei Mineralwasser bleiben werde.

»Nett. Okay, also dann, viel Spaß, Babe.«

»Danke. Bis später, Marc.«

Das Geräusch des Torsummers unterbricht unsere Verabschiedung.

Marcus runzelt die Stirn. »Kann doch nicht schon der Postbote sein. Erwartest du jemanden?«

»Nein. Vielleicht ein Paket, für das wir unterschreiben müssen.«

Marcus nimmt das Handy aus der Tasche und wischt ein paarmal darauf herum. »Es ist dein Bruder auf seinem klapprigen, alten Rad. Bisschen früh am Tag für einen Besuch, meinst du nicht?« Er hält mir das Handy entgegen, um mir die Übertragung der Überwachungskamera zu zeigen.

»Mach ihm auf.« Ich sehe meinen älteren Bruder Jay immer gerne.

Marcus verdreht die Augen und folgt meiner Anweisung. Die zwei haben nicht besonders viel füreinander übrig, und ich weiß nicht genau, warum.

Ich gehe in die Diele, öffne die Haustür und beobachte, wie mein Bruder in Radlerhose, grellem Trikot und Sportsonnenbrille die Auffahrt hochgefahren kommt. Marcus gibt mir noch einen Kuss und geht durch die Tür.

»Morgen, Jay.« Marcus nickt ihm zu und geht auf die Garage zu.

»Marcus.« Jay nickt, ohne zu lächeln.

Es nervt mich, dass meine beiden Lieblingsmenschen sich nicht verstehen, aber ich habe es aufgegeben, die zwei zu besten Freunden machen zu wollen. Das wird niemals geschehen. Ich bin mir nicht sicher, warum Jay nicht von meinem Mann angetan ist; jedes Mal, wenn ich ihn danach frage, streitet er es ab. Und Marcus war beleidigt, als mein Bruder sich weigerte, seinem Charme zu verfallen, also macht er sich inzwischen ebenfalls nicht mehr die Mühe, freundlich zu sein.

Ich winke Marcus zum Abschied zu, der mit dem Porsche aus der Garage fährt und die Auffahrt hinunterbraust. Ich wende mich meinem Bruder zu und küsse ihn auf die Wange. Jay war vor seiner Schicht auf einer frühmorgendlichen Radtour um die Bucht unterwegs und dachte sich, er kommt kurz zum Plaudern vorbei. Er lehnt sein Fahrrad gegen einen riesigen Lavendelkübel in der Auffahrt und folgt mir in die Küche.

»Ich hatte ganz vergessen, wie fabelhaft diese Aussicht ist.« Jay blickt aufs Wasser hinaus, während er die Schnalle seines Fahrradhelms löst und ihn auf die Theke legt. Er streicht sich das verschwitzte, blonde Haar glatt.

»Möchtest du was Kaltes zu trinken?«

»Für eine Cola light würde ich töten.«

Ich hole eine Dose aus dem Kühlschrank und will dann zum Schrank hinübergehen.

»Ich brauch kein Glas.« Jay streckt die Hand nach der Dose aus, öffnet sie und stürzt die Hälfte in einem großen Schluck hinunter, gefolgt von einem kaum gedämpften Rülpser.

»Jay!« Ich werfe ein Geschirrtuch nach ihm und er grinst.

Mein Bruder ist fünf Jahre älter als ich, groß, drahtig und charismatisch. Außerdem ist er geschieden und dauerpleite, er arbeitet als Auslieferungsfahrer bei Tesco. Seine Ex-Frau Rochelle hat nach der Scheidung das Haus behalten, also lebt Jay nun in einer winzigen Einzimmer-Mietwohnung in Parkstone. Ich habe ihm angeboten, ihm mit der Anzahlung für eine Wohnung auszuhelfen, aber er würde lieber sterben, als unsere Hilfe anzunehmen. Er schwelgt beinah in seiner Geldknappheit und stellt sein antimaterialistisches Wesen stolz zur

Schau. Kurz gesagt sind Jay und ich das genaue Gegenteil voneinander, aber wir lieben uns abgöttisch.

Wir sind nur mit unserer Mum aufgewachsen. Dad hat uns verlassen, als ich noch zu klein war, um mich daran zu erinnern, und hat zu keinem von uns den Kontakt gehalten, während wir noch Kinder waren. Seit ich erwachsen bin, spreche ich von Zeit zu Zeit mal mit ihm, aber Jay will nichts mit ihm zu tun haben. Er steht mit unerschütterlicher Loyalität zu Mum, und ich kann unseren Dad nicht einmal erwähnen, ohne dass er wütend wird. Mum weiß nicht einmal, dass ich Kontakt zu ihm habe.

Jay und Mum haben ein sehr enges Verhältnis und sehen sich jede Woche; unterm Strich kann er für sie überhaupt nichts verkehrt machen. Ich habe eine kompliziertere Beziehung mit ihr. Wir haben uns lieb, geraten aber oft aneinander. Sie kritisiert mich und die Entscheidungen, die ich getroffen habe. Ihr zufolge gebe ich mich nie zufrieden. Deswegen vertraue ich mich ihr auch nie an. Selbst, als Marcus und ich ihr den Bungalow, den sie gemietet hatte, als Geburtstagsgeschenk kauften, wusste sie das nicht wirklich zu schätzen. Sie meinte bloß, ihr wäre es auch recht gewesen, weiterhin zur Miete zu wohnen, aber dass mir der Bungalow irgendwann wahrscheinlich ohnehin zugefallen wäre. Als hätte ich ihn als Investment für mich selbst gekauft statt zur Erleichterung für sie. Ich sagte ihr, sie könne ihn auch einem Katzenschutzverein vermachen, wenn ihr das lieber wäre. So sieht jedenfalls die Beziehung zwischen mir und meiner Mutter aus – verzwickt.

Meine verkorkste Kindheit ist zum Teil der Grund, warum ich unbedingt eine eigene Familie gründen will. Ich hatte kein normales, glückliches Familienleben, also möchte ich mir selbst eins erschaffen.

»Wollen wir uns raussetzen?« Ich gehe auf die Tür zu.

Jay folgt mir auf die Terrasse. »Wie ist die Lage bei dir, Dani? Ich hab dich ein paarmal versucht zu erreichen.«

»Ja, tut mir leid. Ich wollte dich immer zurückrufen, aber ich war die letzten Wochen ein bisschen mies drauf und wollte keinen Missmut verbreiten.«

»Du weißt ja, du kannst jederzeit mit mir reden. Es macht mir nichts aus, wenn du dich mal auskotzen willst.« Jay streckt sich auf einer Liege aus und schließt gerade die Augen, als sich eine graue Wolke vor die Sonne schiebt und ein frischer Windstoß vom Meer hochpustet.

Ich setze mich neben ihn auf die Liege, schlinge die Arme um mich und schaue zum Himmel hoch. »Sieht nach Regen aus.«

Er öffnet die Augen und richtet sich auf. »Also, was liegt dir auf dem Herzen, Sis? Behandelt Marcus dich gut?«

»Marcus?« Ich runzle die Stirn. »Ja, warum auch nicht?«

»War ja nur ‘ne Frage.«

»Es hat nichts mit Marcus zu tun. Es ist bloß ... das Übliche. Wir versuchen, schwanger zu werden, und schaffen es nicht.«

Jay sieht mich mitfühlend an. »Das muss beschissen sein. Das geht jetzt schon eine ganze Weile.«

»*Jahre*. Ich tue alles Mögliche, um die Chancen zu erhöhen – mache Sport, ernähre mich vernünftig, nehme die ganzen wichtigen Vitamine und Mineralstoffe zu mir. Aber nichts davon hilft. Die Ärzte haben nichts festgestellt, was mit mir oder Marcus körperlich nicht stimmen würde, also besteht kein wirklicher Grund, warum es nicht klappt. Ich bin einunddreißig, also nicht superalt oder so.« Ich lasse die Schultern hängen, rufe mir dann aber ins Gedächtnis, dass durchaus die Chance besteht, dass ich in diesem Moment bereits schwanger bin, also sollte ich nicht so durchhängen. Doch es tut gut, meinem Bruder gegenüber einmal alles rauszulassen. Marcus kann es schon nicht mehr hören, und vor meinen Freundinnen beklage ich mich nicht gern, da sie alle Kinder haben und ich ihr Mitleid nicht ertragen würde.

Jay schiebt sich die Sonnenbrille auf die Stirn und fixiert

mich. »Versteh das nicht falsch, Dan, aber vielleicht strengst du dich ein bisschen zu viel an.«

Ich spanne mich an. »Was meinst du damit?«

»Nur, dass dein Körper wahrscheinlich gestresst ist vor lauter strenger Diäten und Training und Besess... ich meine ...«

»Du wolltest *Besessenheit* sagen, oder? Du findest, ich bin besessen davon, ein Baby zu bekommen.«

»Nicht besessen, nur ein bisschen zu sehr darauf eingeschossen, weiter nichts. Ich denke, deine Chancen würden besser stehen, wenn du dich ein bisschen entspannst. Auch mal ein Weilchen an etwas anderes denkst.«

Meine Anspannung steigt und ich beiße die Zähne zusammen. »Vielen Dank, Doktor Hewitt. Warum bin ich da nicht selbst draufgekommen? Ich werde einfach den Zauberstab schwingen, meine biologische Uhr ausschalten und an was anderes denken.«

»Ach, ich hab geahnt, dass ich den Mund nicht hätte aufmachen sollen. Ich will dich nicht niedermachen. Ich will nur, dass du glücklich bist.« Er sieht aufrichtig zerknirscht aus.

»Tut mir leid, Jay. Das weiß ich doch. Mach dir nichts draus.«

Mein Bruder nimmt mich in die Arme.

»Iih, du bist ganz verschwitzt vom Fahrradfahren, lass mich los.« Er umarmt mich noch fester und bringt mich damit zum Lachen, ich stoße ihn von mir weg. »Hast du Hunger? Willst du was frühstücken?«

»Ich dachte schon, du fragst nie.«

Jay folgt mir zurück nach drinnen, während die ersten dicken Regentropfen zu fallen beginnen. Ich schiebe die Glastür zu, schüttle mich und denke daran, dass Vicky nicht begeistert über den Wetterumschwung sein wird. Sie hatte gehofft, dass wir heute Nachmittag draußen sitzen können. Das Harbour-View-Hotel ist bei schlechtem Wetter nicht dasselbe.

Ich mache Jay Rührei auf Toast und dann setzen wir uns an

den Tisch und sprechen über weniger emotionsgeladene Dinge, um Familienthemen machen wir einen großen Bogen. Er erzählt mir ein paar witzige Anekdoten von der Arbeit und ich erinnere ihn an ein paar alberne Sachen, die wir als Kinder angestellt haben. Während wir uns unterhalten, rinnt der Regen die Schiebetüren hinunter und verwandelt die Bucht in eine grauweiße, wogende Masse.

»Das schmeckt richtig gut, Dan. Kann ich noch etwas Toast haben? Ich muss mein Energielevel für die Heimfahrt hochhalten.«

»Du willst doch nicht durch dieses Wetter Fahrrad fahren?« Ich sehe ihn ungläubig an, während ich noch zwei Scheiben in den Toaster stecke.

»Ist doch bloß ein Schauer. Schon in Ordnung.«

»Ich bring dich nach Hause. Oder noch besser, ich kaufe dir ein Auto. Du weißt doch, dass Marcus dir einen ordentlichen Deal beschaffen könnte.«

Jay blickt finster drein. »Danke, aber ich brauche keine Mitfahrgelegenheit, und ganz bestimmt will ich kein Auto von ...« Er lässt den Satz unvollendet. »Ich mag mein Leben simpel und kompakt. Minimalistisch.«

»Wie wäre es mit einem simplen, kompakten Auto?« Ich lächle.

»Ja, klar, absolut simpel, solange es keine Panne hat oder durch den TÜV rasselt oder der Versicherungssatz steigt. Nein danke. Ich bleibe bei meinem Rennrad. Es lässt mich nicht im Stich. Außerdem erinnert mich Autofahren an meinen Job.«

»Wie du willst, Brüderchen.«

Er isst sein Frühstück auf, und während ich uns eine Tasse Tee mache, beschließe ich, mir zu Hause einen entspannten Tag zu machen, statt ins Fitnessstudio zu gehen, wie ich es eigentlich vorgehabt hatte. Vielleicht hatte Jay gar nicht so unrecht mit der Besessenheit. Und falls sich herausstellen sollte, dass ich *tatsächlich* schwanger bin, dann schadet mir ein bisschen Ruhe bestimmt nicht. Mein Hauptziel heute wird darin bestehen, nicht der Versuchung zu erliegen, einen Schwangerschaftstest zu machen. Ich habe ein halbes Dutzend davon im Badezimmerschrank, aber es ist noch zu früh dafür.

Der Regen lässt schon wieder nach, als ich meinem Bruder die Auffahrt hinunter hinterherwinke und mit der Fernbedienung das Tor öffne. Obwohl ich wünschte, er würde mich ihm etwas spendieren lassen, liebe ich ihn auch umso mehr dafür, wie wenig materialistisch und unabhängig er ist. Seine Ex-Frau hat wirklich Mist gebaut, als sie ihn betrogen hat. Er ist vielleicht nicht reich, hat aber ein Herz aus purem Gold.

Zurück in der Küche wusele ich umher und räume die Frühstückssachen auf. Dann mache ich mir eine Tasse Himbeerblättertee und beschließe, sie mit nach oben zu nehmen und mich noch ein paar Stunden zu entspannen, bevor ich mich zum Ausgehen fertigmachen muss. Als ich es mir auf dem Bett bequem mache und die aktuelle Ausgabe der *Grazia* aufschlage, strahlt mir das Foto einer Promi-Mum mit ihren süßen Zwillingsbabys entgegen. Ich habe immer von einer großen Familie geträumt, aber ich wäre auch mit bloß einem Kind zufrieden – einer wunderschönen Mischung aus Marcus und mir. Das Geschlecht ist mir egal. Ich möchte nur ein Kind, das ich lieben und großziehen kann. Das ich durch alle seine Meilensteine begleiten kann. Ich möchte einfach nur »Mum« genannt werden.

Ich schließe die *Grazia*, lege die Hände auf meinen flachen Bauch und wünschte, er wäre durch ein neues Leben darin ganz rund. Ich glaube, ich ertrage es nicht, über die perfekte Familie irgendwelcher Promis zu lesen, also lege ich die Zeitschrift zur Seite und nehme stattdessen das Handy zur Hand. Erst scrolle ich durch Social Media, doch dann lande ich wie meistens auf ein paar Websites, die Tipps für eine gesunde Schwangerschaft geben. Schließlich gebe ich meinen beiden heimlichen Vergnügungen nach, browse über Seiten mit

Kinderkleidung, auf denen ich mir süße Outfits für Babys und Krabbelkinder ansehe, und suche bei Pinterest nach Ideen für die Einrichtung von Kinder- und Spielzimmern. Normalerweise scrolle ich voller Sehnsucht und sogar Bitterkeit durch diese Seiten, doch heute spüre ich ein kleines Hoffnungsflattern in der Brust. Ich lege mir erneut die Hand auf den Bauch und stelle mir vor, wie dort ein kleiner Samen aufgeht. *Stell dir nur einmal vor.*

Und dann spüre ich es. Das kleine Sickern, das für diesen Monat das Ende der Hoffnung bedeutet. Ich halte ganz still und hoffe, dass ich mich getäuscht habe. Doch ich weiß, dass, wenn ich ins Bad gehe und nachsehe, ich einen roten Fleck in meiner Unterwäsche vorfinden werde. Ich werde zum wiederholten Mal feststellen, dass nichts von dem, was ich tue, auch nur den geringsten Unterschied ausmacht. Das Geld, die Diät, der gesunde Lebensstil, die Ernährungsberaterin, der Sex. Nichts davon hilft. *Nichts.* Bei mir jedenfalls nicht.

ACHTZEHN

Die meisten würden annehmen, es sei langweilig. Stundenlang in einem warmen Auto herumsitzen. Nur zu warten und zu beobachten. Aber ich finde es ganz und gar nicht langweilig. Es hängt alles von der Perspektive ab. So, wie ich es betrachte, ist das hier der aufregende Teil. Der Aufbau. Das Herauskitzeln. Ich warte darauf, einen kurzen Blick zu erhaschen. Ich warte darauf, dass sie etwas Ungewöhnliches tun.

Ich warte darauf, dass sie einen Fehler machen.

NEUNZEHN

EMILY

Als Aidan früh von der Arbeit nach Hause kommt, findet er mich in der Küche vor, umgeben von Umzugskartons. Bevor wir uns überhaupt begrüßen können, kommt Josh aus dem Garten herein und flitzt Aidan gegen die Beine.

»Hey, Joshy.«

»Daddy!«

Aidan beugt sich hinab, um seinem Sohn einen Kuss auf den Kopf zu geben.

»Hi, Em. Was machst du da?«

»Wonach sieht es denn aus? Ich packe.« Ich wollte ihn nicht anschnauzen, aber mit einem Mal dringt alles zu mir durch. Die Tatsache, dass wir weggehen. Dass wir vielleicht niemals zurückkommen können. Dass mein Mann unsere Zukunft verspielt hat. Doch ich weiß auch, dass meine Bissigkeit nicht allein daher rührt. Sie liegt hauptsächlich an der Nachricht, die ich heute erhalten habe. Die deutlich macht, dass wir noch aus einem anderen Grund von hier wegmüssen. Ein Grund, für den mein Mann hingegen rein gar nichts kann.

Aidan schüttelt den Kopf, als würde er sich über sich selbst ärgern. Unser Sohn erzählt ihm von seinem Tag in der

Vorschule, doch Aidan hat keinen Kopf dafür, ihm Aufmerksamkeit zu schenken. Die ist zu sehr von mir eingenommen. »Wie war's bei der Arbeit? Konntest du deine Kündigung einreichen?«

Ich lege mir eine Hand auf den Bauch und atme durch. Ich versuche, meine Stimme weicher werden zu lassen und weniger streitlustig zu klingen. »Ja, alles erledigt.« Aidan und ich haben uns überlegt, dass ich heute kündigen sollte, damit wir nach der einmonatigen Frist immer noch eine Woche Zeit haben, um die Stadt zu verlassen, bevor Aidans Schulden fällig sind. Es wäre sicherer gewesen, noch früher wegzuziehen, aber jeder Penny zählt. Aidan bekommt seine noch ausstehende Provision in zwei Wochen ausgezahlt, damit landet noch ein wenig mehr im Sparschwein.

»Und? Haben sie es gut aufgenommen?«

Ich wiege den Kopf hin und her. »Ich glaube, Doreen war sauer.« Doreen managt die Hausarztpraxis, in der ich arbeite. Als sie mich damals einstellte, sagte ich ihr, ich hoffte auf eine langfristige Anstellung. Ich bin nun seit vier Jahren dort und fühle mich im Team sehr wohl. Ich weiß, dass sie mich genauso vermissen werden wie ich sie. Aber ich darf nicht darüber nachdenken. Ich muss mich auf die Vorteile konzentrieren – zum Beispiel darauf, dass ich mehr Zeit mit Josh verbringen kann, und mit dem Baby, sobald es da ist.

»Hast du Doreen gesagt, sie soll es nicht an die große Glocke hängen?«

»Habe ich, aber sie meinte, sie müsse sich ja nach Ersatz für mich umsehen, also wisse sie nicht, wie viel Stillschweigen sie bewahren kann.«

Aidan nickt.

Wir haben beschlossen, niemandem zu erzählen, dass wir fortziehen. Das schließt auch unsere Freunde – was mir sehr schwerfallen wird – und Familie mit ein, Letzteres wird für Aidan schlimm werden. Wir sagen allen, dass wir eine Auszeit nehmen, um vor der Geburt des Babys noch ein paar Monate lang quer durch Europa zu reisen. Hoffentlich klingt das glaubhaft genug. Ich kann noch gar nicht fassen, dass ich vielleicht nie wieder mit Luanne sprechen werde. Was wird sie wohl von unserem Weggang halten? Ich hoffe, dass sie nicht zu viele Fragen stellt, gleichzeitig weiß ich, dass das Wunschdenken ist. Sie wird mich einem wahren Kreuzverhör unterziehen. Deswegen darf ich es ihr auch erst in allerletzter Minute erzählen, damit ich nicht doch noch einknicke und ihr die Wahrheit sage.

»Daddy, du hörst nicht zu. Ich will, dass du mit mir im Garten spielst.« Josh zieht Aidan am Arm.

»Jetzt nicht, Kumpel. Daddy hat zu tun, okay?«

»Doch! Jetzt!« Josh fängt an, Aidan gegen die Beine zu schlagen.

Aidan macht einen Schritt zurück. »Schluss damit, Josh. Es wird nicht gehauen!«

»Nein! Du musst mit mir spielen, Daddy!« Dieses Mal tritt Josh ihm gegen das Schienbein.

»Josh! Das war sehr ungezogen von dir!«

Ich seufze innerlich. Offensichtlich färbt unser Stress auf Josh ab. »Josh, entschuldige dich bei Daddy.«

Er sieht mich finster an und ich überlege, ihm ein Time-Out aufzudrücken. Aber ich glaube nicht, dass ich jetzt mit einem Wutanfall zurechtkäme.

»Wenn du ganz lieb Entschuldigung sagst, darfst du zwei von diesen großen Kartons mit zum Spielen in den Garten nehmen. Du kannst ein Auto oder ein Boot daraus machen.«

Er mustert die besagten Kartons und wägt meinen Deal ab. Einen Moment später wendet er sich Aidan zu. »Entschuldigung, Daddy.« Er lässt den Kopf hängen.

Aidan geht in die Hocke. »Schon okay. Aber mach das nicht noch mal, ja? Du hast mir am Bein wehgetan.«

Joshs Augen füllen sich mit Tränen. »Tut mir leid, Daddy. Soll ich dir ein Küsschen darauf geben?«

Aidan wuschelt seinem Sohn durch die Haare. »Das wäre sehr lieb von dir. Mir tut es auch leid, Josh. Weißt du was? Geh doch schon mal mit den Kartons vor, und wenn Mummy und ich fertig geredet haben, komme ich raus und spiele mit dir, ja?«

Unser Sohn nickt, sein Gesicht sieht genauso blass und benommen aus wie das seines Vaters. Seit ich am Sonntag vom Treffen mit Bianca zurückgekehrt bin, ist Aidan dieser perplexe Ausdruck nicht mehr vom Gesicht gewichen. Ich glaube, nun, da wir einen festen Plan haben, erscheint alles viel zu real.

Er hilft Josh, die Kartons in den Garten zu tragen, kommt dann zurück nach drinnen, zieht seine Anzugjacke aus und hängt sie über einen der Esstischstühle. »Soll ich dir helfen? Was packst du denn ein?«

»Bloß Deko und Sachen, die wir nicht jeden Tag brauchen. Ich dachte mir, ich könnte eigentlich schon mal anfangen.«

Aidan krempelt sich die Ärmel hoch und sieht sich um, unsicher, wo er beginnen soll.

»Du könntest die Anrichte ausräumen.« Ich zeige auf einen Stapel Zeitungen. »Wickle einfach alles damit ein.«

Er nickt und legt los.

»Ich habe auch bei Izzy Bescheid gesagt, dass wir das Haus kündigen«, erzähle ich.

»Wie ist das gelaufen?«

»Sie meinte, sie fände es wahnsinnig traurig, so tolle Mieter zu verlieren.«

Aidan hält inne, greift sich seitlich an den Kopf und zupft an seinem kurzen, dunklen Haar. »Es tut mir so leid, Emily. Du musst mich echt hassen.«

Ich schüttle den Kopf. »Nein, ich hasse dich nicht. Ich stehe nach all dem nur unter Schock. Ich habe viel zu verarbeiten.«

»Ich weiß. Ich kann's immer noch nicht glauben, dass

Bianca sich für uns einsetzt. Sie ist so etwas wie deine gute Fee. Sie rettet uns buchstäblich das Leben.«

Als ich am Sonntag aus Bath zurückkam und Aidan alles über Biancas Cottage in Nord-Dorset erzählt habe, weinte er fast vor Erleichterung. Er fragte, warum ich ihm nicht vorher von meinem Plan erzählt hatte, und ich antwortete, dass ich ihm keine falschen Hoffnungen machen wollte. Doch nach unserer anfänglichen Euphorie über diesen wundersamen Ausweg, der sich uns eröffnet hatte, holte uns bald die Angst ein. Wir fühlen beide, wie sie uns umgibt, auf uns eindringt. Sie lauert hier bei uns im Haus und draußen auf der Straße. Sie lauert bei der Arbeit und in Joshs Vorschule. Bis wir Ashley Cross verlassen haben, werden wir uns nicht einmal annähernd sicher fühlen.

Als ich Aidan fragte, was diese Leute uns konkret antun würden, wenn wir sie nicht bezahlen können, konnte oder wollte er das nicht genauer ausführen. Er beharrte lediglich darauf, dass es nichts Gutes sein würde und er uns nicht lang genug hier haben wollte, um es herauszufinden.

Jedes Knarzen im Haus und jede Autotür, die draußen zuknallt, lässt uns zusammenzucken. Doch wir dürfen uns nichts anmerken lassen, denn wir wissen nicht, wer uns vielleicht beobachtet. Wir müssen genauso weitermachen wie bisher, bis zum letzten Augenblick, bevor wir aufbrechen.

Während Aidan die Anrichte ausräumt und unsere Habseligkeiten in einen der Kartons packt, setze ich mich zum Verschnaufen kurz an den Tisch. »Ich frage mich, wie das Haus so sein wird.«

»Ich nehme an, es ist sehr nett, so wie ich deine Patentante kenne. Ich kenne niemand sonst mit so gutem Geschmack.«

»Sie hat mich gewarnt, dass es vielleicht nicht im besten Zustand ist. Die letzten Mieter haben dort jahrelang gewohnt.«

»Bestimmt ist alles in Ordnung. Wir können es uns überall schön machen.«

»Dann lass dir besser noch schnell ein Heimwerker-Gen einsetzen.«

»Sehr witzig. So schlecht stelle ich mich auch wieder nicht an.«

»Aidan, du hast Joshs Regal verkehrtherum aufgebaut.«

»Wenigstens habe ich mich dran versucht.« Er bekommt ein schwaches Lächeln zustande.

»Wir gewöhnen uns besser daran, mehr eigenhändig zu erledigen. Es hörte sich so an, als müssten wir eventuell von dem leben, was das Land hergibt.«

»Dann verhungern wir.« Aidan steht da in seiner Anzughose und seinen Hemdsärmeln und seinem akkuraten French Crop und sieht aufrichtig verängstigt aus.

»Bianca meinte, wir könnten Holz verkaufen und Hühner halten, Gemüse anbauen. Wir finden doch sicher einen Weg, wie wir uns noch etwas dazuverdienen können. Zu dem Haus gehören zwei Hektar Land. Wir sollten uns ein paar Bücher über Landwirtschaft besorgen. Über ... Wie nennt man das, wenn man einen kleinen Bauernhof hat? Gibt es da nicht einen Begriff für?«

»Kleinbauernhof?«, schlägt Aidan vor.

»Vielleicht einfach so, ja. Wir kaufen uns ein paar Bücher über Kleinbauernhöfe. Oder vielleicht sollten wir das Geld sparen und sie uns aus der Bücherei ausleihen.«

»Meinst du, wir kriegen das hin? Irgendwo leben, wo sich Fuchs und Hase Gute Nacht sagen, ohne richtige Jobs oder Freunde?«

»Warum nicht? Ich kann backen und kochen, wie diese Fernsehköchin Nigella. Wir können uns einen Küchengarten anlegen. Ich könnte mir einen Instagram-Account über das Landleben aufbauen und zur Haus-und-Garten-Göttin werden.«

»Du kannst nicht auf Social Media auftreten, Em. Der

Zweck des Ganzen ist doch, von der Bildfläche zu verschwinden.«

»Ich könnte einen falschen Namen benutzen.«

»Nein. Das wäre zu riskant.«

»Hmm.« Enttäuscht ziehe ich eine Schnute. Es wäre schön gewesen, eine Beschäftigung zu haben, die mir dabei hilft, mich mit dem wirklichen Leben verbunden zu fühlen.

»Wir werden noch etwas anderes tun müssen.« Aidan stellt den Teller ab, den er gerade eingewickelt hat, kommt zu mir herüber und setzt sich neben mich.

»Was denn?«

»Ich denke, wir sollten unsere Namen ändern.«

»Was?! Das klingt ein bisschen drastisch.«

Aidan pult an seinen Fingernägeln herum. »Es ist auch drastisch. Aber notwendig, glaube ich.«

»Wie würde das überhaupt funktionieren? Was ist mit unseren Bankkonten und EC-Karten? Außerdem bekomme ich ein Baby, falls dir das noch nicht aufgefallen ist.« Zur Betonung lege ich mir eine Hand auf den Bauch. »Wie soll ich die nötigen Untersuchungen machen lassen, wenn ich meinen richtigen Namen nicht angeben kann?« Ich stehe auf, tigere im Esszimmer auf und ab und denke angestrengt nach, wie genau wir das anstellen sollen. »Was ist mit Josh? Wie sollen wir ihn bei einer neuen Vorschule anmelden, wenn er nicht im System ist?«

»Darum kümmern wir uns später. Er muss nicht unbedingt zur Vorschule gehen. Wichtiger ist, dass wir erst einmal ankommen.«

In meinem Kopf rasen die Gedanken an all die Veränderungen, die wir vornehmen müssen. Völlig neue Identitäten für uns alle. Es ist so extrem. Doch noch während ich damit hadere, weiß ich, wie unumgänglich es ist. Ich denke an diese letzte Nachricht zurück und mir dreht sich der Magen um. »Ich werde Bianca über unsere Namensänderungen Bescheid sagen müssen, nur für den Fall.«

»Ich denke, das geht in Ordnung. Ich meine, sie lebt in Gloucestershire und kennt hier niemanden, es sollte also egal sein. Aber sag ihr ganz deutlich, dass sie das unbedingt für sich behalten muss.«

Ich nicke und bemühe mich, mögliche eklatante Fehler in unserem Plan zu finden. Mögliche Löcher, die es zu stopfen gilt, mögliche Schwächen, die jemand ausnutzen könnte, um uns aufzuspüren. »Bist du ganz sicher, dass es keinen anderen Weg gibt, das alles zu verhindern? Vielleicht ein Darlehen von woanders, um diese Typen zu bezahlen?« Ich überlege, Bianca anzurufen und ihr Angebot anzunehmen. Doch selbst, wenn es noch auf dem Tisch wäre – sie hat bereits gesagt, dass es Monate dauern würde, das Geld aufzubringen. Monate, die wir nicht haben.

»Es tut mir leid, Em. Das ist die einzige Möglichkeit, um für unsere Sicherheit zu sorgen.«

Ich nicke, da ich weiß, dass er recht hat. Genauso weiß ich, dass wir auch ohne Aidans Schulden weggehen müssten. Das Schlamassel meines Mannes hat dafür gesorgt, dass ich ihm nichts von meinen eigenen Schwierigkeiten erzählen muss. Zumindest hoffe ich das.

ZWANZIG

DANI

Missmutig und mit verquollenen Augen liege ich auf dem Bett. Mein normalerweise flacher Bauch fühlt sich plötzlich aufgebläht und schwer an. Mein eigener Körper verrät mich, zudem komme ich mir so unglaublich dumm vor, weil ich mir eingebildet habe, dieser Monat könnte irgendwie anders verlaufen als all die anderen Monate, die mir das Herz gebrochen haben. Ich habe mir eingebildet, ich könnte tatsächlich schwanger sein. Ich meine, wie arrogant und verblendet war das eigentlich von mir – anzunehmen, es sei wahr, bloß weil ich daran geglaubt habe? Ich lege mich auf die Seite, ziehe die Knie an die Brust und lasse weitere Tränen zu, die mir die Wangen hinabrinnen. Vielleicht hatte Jay recht damit, dass ich mich zu sehr anstrenge. Dass der dadurch bedingte Stress den gegenteiligen Effekt auf meinen Körper hat, sodass er sich verkrampft und rebelliert. Aber was wäre die Alternative? Mit dem Sport aufhören? Jedes beliebige Junk-Food essen, nach dem mir gerade der Sinn steht? Meinen Zyklus nicht mehr tracken? Ich glaube nicht, dass ich irgendetwas davon hinbekomme.

Ich weiß, mein Bruder meinte es gut, er hat aber nicht die gleichen Nachforschungen angestellt wie ich. Er hat nicht all die Artikel gelesen und von all den Erfolgsgeschichten gehört. Ich habe Jahre damit verbracht, mir die ganzen bewährten Maßnahmen anzulesen, die die Chancen auf eine Empfängnis erhöhen – und zu diesen Maßnahmen gehört unbedingt, den Körper gesund zu halten. Ich versuche, nicht an die Millionen von schwangeren Frauen auf der Welt zu denken, die krank sind, oder übergewichtig oder untergewichtig oder rauchen oder trinken. Stattdessen schließe ich die Augen und stelle mir meinen Körper als einladenden Ort für ein Baby vor. Ein gesundes, nährendes Nest.

Ich schlage die Augen auf und richte mich auf, wobei ich die allzu vertrauten, schmerzhaften Periodenkrämpfe ignoriere. Ich weiß, dass es für mich gerade das Beste ist, mich auf positive Energie zu fokussieren und diese ganze Negativität loszuwerden. Ich werde zu Porter's gehen und einen Yogakurs machen. Mich auf Ruhe und Zen konzentrieren.

Ich ziehe mir meine Trainingsklamotten an, schnappe mir die Sporttasche und verlasse das Haus. Draußen haben sich die Wolken verzogen und die Sonne ist zurückgekehrt. Wo der Verkehr es erlaubt, trete ich rücksichtslos aufs Gas. Meine Emotionen fahren immer noch Achterbahn – im ersten Moment bin ich wütend, im nächsten spüre ich Tränen aufsteigen. Doch ich wiederhole ununterbrochen das Mantra, dass ich ruhig bleiben und durchatmen muss.

Als ich bei Porter's ankomme, habe ich nur noch eine Minute Zeit, bevor der nächste Kurs beginnt, also haste ich die Stufen hoch, dann runter zur Umkleidekabine, stopfe meine Tasche in einen Spind und laufe direkt zu Studio vier. Der einstündige Kurs ist genau das, was ich gebraucht habe, und hinterher fühle ich mich ein wenig entspannter. Ich bin immer noch am Boden zerstört, aber wenigstens hat mein Kopf etwas Ruhe bekommen.

Auf dem Weg nach unten zur Umkleide beschließe ich, Vicky zu schreiben, dass ich es nicht zu ihrer Geburtstagsrunde schaffe. Dann werde ich nach Hause fahren und ein bisschen auf der Terrasse meditieren, bevor Marcus von der Arbeit kommt. Doch es sieht ganz so aus, als müsste ich ihr gar nicht schreiben, denn ich werde aus meinen Gedanken gerissen, als ich Vicky meinen Namen rufen höre. Sie kommt mir die Treppe hoch entgegen, und sieht in ihren Sportsachen wie immer absolut makellos aus.

Ich ringe mir ein Lächeln ab. »Hi, Vicky. Herzlichen Glückwunsch zum Geburtstag!«

»Danke, Süße.« Wir umarmen uns und sie begleitet mich hinunter zu den Umkleideräumen. »Bist du bereit für Kuchen und Alkohol? Das wird meine jährliche Orgie, ich kann's gar nicht erwarten.«

»Das klingt richtig gut.« Ich halte inne. »Hör mal, Vicks, sei mir bitte nicht böse, aber ich habe richtig fiese Periodenschmerzen. Ich glaube, ich muss nach Hause gehen, eine Paracetamol nehmen und mich ins Bett verkriechen.«

»Oh nein, du Ärmste.« Sie mustert mich. »Du siehst auch ein bisschen mitgenommen aus. Kommst du gerade aus einem Kurs?«

»Hatha Yoga. Ich hatte gehofft, dass ich mich danach besser fühle, aber wenn überhaupt, geht es mir jetzt schlechter.«

Sie sieht mich mitfühlend an.

»Tut mir leid, du musst dir an deinem Geburtstag nicht mein Gejammer anhören. Geh nur und hab ganz viel Spaß, wir quatschen dann nächste Woche, okay?«

Sie zieht eine Schnute. »Lou und ich werden dich vermissen. Ohne dein wunderschönes Gesicht wird es nicht dasselbe sein.«

Ich versuche, meine Kräfte zusammenzunehmen und in mich hineinzuhorchen, ob ich mich heute Abend nicht doch aufraffen kann. Doch zusätzlich zu meinem krampfenden Bauch und den Kopfschmerzen lastet auf meinem gesamten Körper eine unerträgliche Schwere. Ich denke, ich bin einfach total niedergeschlagen. »Es tut mir furchtbar leid, Vicky. Du weißt ja, ich würde kommen, wenn ich mich fit genug fühlen würde. Ich verpasse nur ungern einen schönen Abend mit meinen Mädels.«

»Ich weiß.« Sie drückt mir den Arm. »Na gut. Tja, dann sieh mal zu, dass es dir bald besser geht, und ruf mich an, wenn du wieder auf den Beinen bist. Vielleicht kann ich nächste Woche ja noch eine zweite Geburtstagsparty schmeißen.«

»Klingt nach einem Plan.«

Wir umarmen uns zum Abschied und ich hole meine Tasche aus dem Spind. Ich bin erleichtert, dass Vicky mir wegen heute Abend kein schlechtes Gewissen gemacht hat. Sie ist tatsächlich eine ziemlich gute Freundin. Keine superenge Freundin, der ich meine Hoffnungen und Ängste anvertrauen kann, aber so jemanden habe ich auch nicht wirklich. Abgesehen von meinem Bruder und Marcus natürlich.

Ich war nie ein typisches Mädchen. In der Schule habe ich nirgendwo richtig hineingepasst. Ich war zu still und unsicher, um mit den beliebten Mädchen abzuhängen, zu weich für die harten Mädchen und zu hübsch, um bei den Freaks aufgenommen zu werden. Also hing ich zwischen den Grüppchen und nahm jeden Krümel Freundschaft an, der mir hingeworfen wurde. Bei den Jungs war das anders – auf dem Gebiet hatte ich nie irgendwelche Probleme. Das hat mich bei den Mädchen aber auch nicht gerade beliebter gemacht. Sie stempeln mich meist als hochnäsig ab. Als würde ich mich für etwas Besseres halten oder so etwas. Aber das tue ich gar nicht.

Ich schätze, ich bin skeptisch gegenüber Frauen-Freundschaften. Ich genieße sie, kann darin aber nie voll und ganz ich selbst sein. Nicht so, wie ich mit Marcus bin. Das ist wahrscheinlich ein weiterer Grund, warum ich unbedingt eine Familie gründen möchte. Ich wünsche mir mein eigenes kleines Rudel, in dem es keine Rolle spielt, was im Rest der Welt passiert, solange wir uns haben. Es ist ein körperliches Verlangen, eine Sehnsucht, von der ich nicht glaube, dass ich sie jemals werde loslassen können.

Die Heimfahrt verläuft weniger hektisch. Ich kurve durch die Straßen und genieße die Aussicht auf die Bucht. Die Regenwolken sind verschwunden, der Himmel ist wie leergesaugt. Es ist ein wunderschöner Nachmittag. Vicky wird doch draußen auf der Harbour-View-Hotelterrasse sitzen können. Und ich auf meiner eigenen Terrasse meditieren.

Ich freue mich auf die Geruhsamkeit meiner vier Wände, doch als ich die Auffahrt hochkomme, dort ein halbes Dutzend Autos entdecke und mir wummernde Bässe aus unserer Outdoor-Musikanlage entgegenschlagen, erstarre ich und spüre, wie mein Puls zu rasen beginnt. Was zum Teufel geht hier vor? Hat Marcus wieder seine Kumpels eingeladen? Das hat mir gerade noch gefehlt.

Auf der Auffahrt ist kein Platz mehr, und da sie sogar die Garage blockiert haben, bin ich gezwungen, auf dem Rasen zu parken. Perry, unser Gärtner, wird davon gar nicht begeistert sein. Ich steige aus, bleibe einen Moment stehen und höre den Klängen von rauem Gelächter und Wasserplantschen zu, die die Musik übertönen. Der Geruch brennender Holzkohle wabert mir vom Haus entgegen. Marcus' Freunde sind offenbar am Pool und haben den Grill angeschmissen. Meine Meditationspläne sind jedenfalls im Eimer.

Ich möchte wirklich nicht die Sorte Ehefrau sein, die wegen so etwas ausrastet. Immerhin war vorgesehen, dass ich selbst ausgehe, wieso sollte Marcus also nicht seine Freunde dahaben – oder Arbeitskollegen oder wer auch immer sie sind. Es trifft sich bloß schlecht, dass es mir so mies geht. Das Letzte, worauf ich jetzt Lust habe, ist Geselligkeit mit Fremden in meinem eigenen Haus. Das hier soll doch mein Rückzugsort sein.

Ich beschließe, Marcus nur kurz Bescheid zu geben, dass ich da bin, ihn zu bitten, die Musik einen Tick leiser zu stellen, und mich dann oben in unser Zimmer zurückzuziehen und fernzusehen.

Mir ist klar, dass ich schon mal besser aussah, aber es ist mir gerade egal, wie ich daherkomme. Wenn Marcus erkennt, dass es mir nicht gut geht, dann bleiben seine Gäste hoffentlich nicht allzu lang. Ich schlüpfe ins Haus und spähe durch die Küche, um zu sehen, ob ich vielleicht meinen Mann entdecke. Der Pool befindet sich weiter rechts in einem abgetrennten Bereich, also kann ich ihn von hier aus nicht sehen. Draußen auf der Terrasse ist jedenfalls niemand. Ich schreibe Marcus:

Hey, bin zu Hause, kannst du mal in die Diele kommen?

Ich warte auf eine Antwort und bemühe mich, meine Unruhe unter Kontrolle zu halten. So hatte ich mir diesen Nachmittag und Abend nicht vorgestellt. Es sind schon zwei Minuten vergangen, ohne dass ich eine Antwort erhalte. Vielleicht ist er im Pool oder unterhält sich gerade. Eventuell schaut er noch ewig nicht aufs Handy. Ich seufze und stelle fest, dass ich doch hinausgehen muss. Ich könnte mich auch einfach ins Schlafzimmer davonstehlen, aber es wäre mir lieber, wenn er wüsste, dass ich zu Hause bin. Ich werfe einen Blick in den Spiegel. Das Haar habe ich zu einem Pferdeschwanz zusammengebunden, mein Gesicht sieht trotz Make-up blass aus und ich habe dunkle Ringe unter den Augen. Ich komme mir selbst wie eine Fremde vor.

Das ist doch albern. Warum schleiche ich in meinem eigenen Haus herum? Ich marschiere durch die Küche und beiße die Zähne zusammen, als ich leere Essensverpackungen, Flaschen und Dosen quer über die Arbeitsflächen verstreut liegen sehe, ebenso auf meinem schönen Esstisch. Ich erkenne Krümel und nasse Glasabdrücke auf der hellen Holzoberfläche. Der weiße Marmorboden ist rutschig vor Wasser, Marcus' Gäste müssen ins Haus gegangen sein, während sie noch tropfnass vom Pool waren. Ziemlich unhöflich, wenn man mich fragt. Wir haben ein Poolhaus – warum konnten sie nicht dort essen und trinken?

»Hey.« Ein Mädel Mitte zwanzig mit tropfnassem langem schwarzem Haar und goldenem Stringtanga-Bikini betritt die Küche und setzt sich mit ihrem nassen Hintern auf einen meiner Esstischstühle.

»Hallo, ich bin Dani.« Ich versuche mich zu beherrschen, obwohl sie meine Küche so in Beschlag nimmt, aber ganz kann ich die Schärfe in meiner Stimme nicht zurückhalten. Was zum Teufel treibt diese atemberaubende Frau in meinem Haus, während ich nicht da bin?

»Ah ja, ich bin Bluebell«, sagt sie vornehm.

Bluebell? Das soll ein Name sein? Okay, unter anderen Umständen fände ich ihn wahrscheinlich schön, aber momentan gibt es im ganzen Universum keinen bescheuerteren Namen. »Wie gesagt, ich bin *Dani*, Marcus' Frau. Das hier ist mein Haus.«

Sofort fällt die lässige Haltung von ihr ab, sie wird rot und springt auf. »Ach, du bist Marcus' Frau. Ich dachte, du wärst das Hausmädchen oder so.« Sie wischt ohne Erfolg über das Sitzpolster, als ihr auffällt, dass es nun völlig durchnässt ist.

Ich ignoriere die Stichelei mit dem Hausmädchen. »Ist mein Mann draußen am Pool?« Ich warte ihre Antwort nicht ab, sondern stapfe hinaus, an zwei Männern vorbei, die neben dem Grill rauchen und Bier trinken. Sie nicken mir zu und lassen die Blicke an mir hoch- und runterwandern, doch ich achte nicht auf sie. Stattdessen gehe ich durch das Tor über die blassgrünen Porzellanfliesen zu unserem traumhaften Infinity-Pool, der einen Blick auf die Bucht bietet. Daneben steht das langgestreckte, niedrige Poolhaus mit Glasfront, in dem sich eine Sauna, zwei Umkleideräume und ein topmoderner Trainingsbereich befinden. Hier draußen tummeln sich bestimmt ein Dutzend Leute – Männer und Frauen in Badehosen und

Bikinis –, die sich auf den Liegen rekeln, sich Champagner hinter die Binde kippen und zwei Paare anfeuern, die im Pool dieses Spiel spielen, bei dem die Frauen auf den Schultern der Männer sitzen und versuchen, einander ins Wasser zu stoßen. Sie lachen und kreischen.

Bluebell ist mir gefolgt und sagt etwas, doch ich kann es über die Musik und das Gelächter nicht verstehen. Marcus sehe ich nirgends.

»Er ist nicht da«, wiederholt sie etwas lauter.

Ich drehe mich wieder zu ihr um. »Was soll das heißen, er ist nicht da? Was macht ihr hier alle ohne meinen Mann?«

»Schon in Ordnung«, gibt sie leichthin zurück. »Uns ist der Champagner ausgegangen und Marc war als Einziger noch nüchtern, also ist er losgefahren und holt Nachschub.«

»Alles klar.« Mal abgesehen davon, dass sie ihn »Marc« genannt hat, schießt mein Stresslevel in die Höhe, als mir klar wird, dass mein Mann einen Haufen Fremder auf unserem Grundstück allein gelassen hat, mit freiem Zugang zu all unseren Besitztümern. Er mag vielleicht nichts getrunken haben, verhält sich aber ganz bestimmt nicht wie jemand Nüchternes, oder überhaupt nur wie jemand bei gesundem Verstand. *Was zum Teufel ist hier los?*

Luanne hält mir die Tür auf und ich betrete die Lobby des Harbour-View-Hotels. Sie bequatscht mich schon die ganze Woche, heute mit ihr auf einen Nachmittagstee herzukommen. Ich habe ihr mindestens ein Dutzend Mal gesagt, es tue mir leid, aber ich würde es nicht schaffen – weil ich momentan viel zu viel zu tun habe und auch, weil die Preise hier exorbitant sind –, aber sie blieb hartnäckig. Sie meinte, sie müsse etwas Wichtiges besprechen. Sogar Aidan fand, ich solle hingehen. *Das ist vielleicht das letzte Mal, dass du Zeit mit ihr verbringen kannst.* Beim Gedanken daran musste ich weinen.

Hoffentlich hat Luanne keinen Wind davon bekommen, dass wir vorhaben, die Stadt zu verlassen. Ich bin mir nicht sicher, ob ich sie anlügen könnte, wenn sie mich ganz direkt von Angesicht zu Angesicht fragen würde. Aber wie sollte sie davon erfahren haben? Wir haben niemandem etwas gesagt. Ich löse meine Anspannung und ermahne mich, mir keine Sorgen zu machen, mir ein wenig Spaß zu erlauben. Lu meinte schon, dass das Essen heute auf ihr Spesenkonto geht. Ich weiß, dass sie das nur sagt, um mich nicht in Verlegenheit zu bringen, und dass sie es in Wirklichkeit aus eigener Tasche bezahlt. Doch

Stolz kann ich mir nicht leisten, also habe ich vorgegeben, ihr zu glauben.

Es wird schön werden, mir einmal ein paar Stunden lang keinen Kopf darüber zu machen, was bei Aidan los ist, oder über seine Spielsucht, oder über die Tatsache, dass wir fliehen müssen. Ich habe mich heute auch bei meinem Aussehen mal ins Zeug gelegt, denn wer weiß, wann ich das nächste Mal die Gelegenheit dazu bekomme, schick irgendwo hinzugehen. Ich habe mir das Haar zur Hälfte hochgesteckt und Ewigkeiten an meinem Make-up gefeilt. Ich trage ein blau-weißes Kleid im Empire-Schnitt und dazu ein Paar Riemchensandalen, die vermutlich ein Fehler waren, da sie bereits jetzt an meinen geschwollenen Füßen scheuern. Doch ich bin fest entschlossen, jede Sekunde auszukosten. Heute leide ich gern, um hübsch auszusehen.

Luanne nennt einer Angestellten ihren Namen, es ist eine junge, osteuropäische Frau, die exzellentes Englisch spricht. »Folgen Sie mir. Ihr Tisch ist dort drüben am Fenster. Wir haben Ihnen den mit der besten Aussicht reserviert, wie Sie es gewünscht haben.«

Das Restaurant ist fast bis auf den letzten Platz besetzt und es herrscht angenehme Gesprächigkeit, während die Sonne durch die offenen Glastüren, die die gesamte Länge des riesigen Raums einnehmen, hineinströmt. Jenseits dieser Türen erstreckt sich eine weite, in Stufen angelegte Terrasse mit schattenspendenden Bäumen, üppig begrünten Pflanzenkübeln und Sitzgruppen. Und dahinter, weit unten in der Ferne, liegt der tiefblaue, glitzernde Ozean mit seinen grünen Inseln und winzigen Booten.

Auf der Terrasse entdecke ich eine Gruppe glamouröser Frauen, die ich vage wiedererkenne. Ich glaube, ein paar davon gehen in Luannes Fitnessstudio. Dani ist aber nicht darunter. Mein Blick begegnet dem einer blonden Frau mit viel Make-up, und ich lächle knapp. Ich bin mir sicher, dass sie mich gesehen hat, aber sie schaut mit Absicht weg, ohne mich zur Kenntnis zu nehmen. Tja, wenn sie sich so anstellen will, dann nur zu. Ich werde mir heute von nichts die Stimmung vermiesen lassen.

»Überraschung!« Luanne bleibt neben einem belegten, rechteckigen Tisch stehen, der mit Blumen und Sträußen von Heliumballons in rosa, blau und weiß dekoriert ist. Einen Augenblick lang bin ich verwirrt und nicht sicher, was ich hier eigentlich vor Augen habe, aber dann fällt mir auf, dass ich jeden am Tisch kenne.

»Luanne!« Ich grinse, als der Groschen fällt.

»Deine Babyparty. Dachtest du etwa, wir würden vergessen, dir eine zu schmeißen?«

Ehrlich gesagt, hatte ich keine Sekunde lang darüber nachgedacht. Obwohl ich einräumen muss, dass sich das alte Ich genau darüber Gedanken gemacht hätte. »Oh, Lu! Das wäre doch nicht nötig gewesen!«

Sie lächelt über meine offensichtliche Freude, und ich schlinge die Arme um meine beste Freundin auf der ganzen Welt, atme Wolken ihres Jo-Malone-Parfüms ein und muss mich zusammenreißen, um mir nicht die Augen auszuweinen.

»Bianca!« Als ich meine Patentante entdecke, freue ich mich zwar, sie zu sehen, merke aber auch, wie sich eine gewisse Angst in meiner Brust rührt.

Als ich sie umarme, flüstert sie mir ins Ohr: »Keine Sorge, ich habe niemandem ein Wort gesagt. Lass uns heute einfach einen schönen Tag haben.«

»Danke«, flüstere ich zurück und bete, dass mir nichts herausrutscht.

Eine nach der anderen begrüße ich meine Freundinnen und Familienmitglieder. Aidans jüngere Schwester Michelle und meine Schwiegermutter Marion stehen auf und umarmen mich. Es überrascht mich, dass sie gekommen sind, es freut mich aber auch. Vielleicht erwärmen sie sich nach all den

Jahren ja doch endlich für mich, jetzt, da ich drauf und dran bin, für immer aus ihrem Leben zu treten.

»Sarah! Wie schön, dich so bald schon wiederzusehen.« Ich winke meiner Freundin Sarah Parr zu, die auf der anderen Tischseite sitzt.

»Hey, Emily. Luanne hat mich zu deiner Party eingeladen, als wir uns letzte Woche auf Aidans Geburtstag kennengelernt haben.«

Ich wende mich Lu zu. »Das hast du schon letzte Woche geplant?«

»Na klar. Du hast doch nicht angenommen, ich würde alles in letzter Minute organisieren, oder? Für was für eine Freundin hältst du mich?«

Alle lachen.

Ich sage Hi zu Caroline und Tamara, meinen Freundinnen von der Arbeit. Caroline sitzt mit mir an der Rezeption und Tamara ist eine der Arzthelferinnen. »Ihr zwei könnt euch ja richtig rausputzen, wenn ihr nicht bei der Arbeit seid.«

»Nicht so vorlaut«, gibt Tamara zurück und wirft mir über den Tisch einen Luftkuss zu.

Ich quietsche los, als ich Talia entdecke, meine gute Freundin aus Schulzeiten, die inzwischen in Southampton lebt. Ich habe sie schon seit Jahren nicht mehr gesehen, obwohl wir oft die Posts der jeweils anderen bei Social Media liken und kommentieren und uns immer wieder vornehmen, uns mal wieder zu treffen. Ich versuche, nicht darüber nachzudenken, dass ich all diese Menschen heute vielleicht zum letzten Mal sehe.

»Okay, Ladys, los geht's«, sagt einer der Kellner, als sie mit Tabletts voller Tortenständer an den Tisch kommen, auf denen sich Mini-Sandwiches und Gebäck stapeln. Es gibt Tee und Kaffee in geblümten Vintage-Tassen, außerdem Cocktails und Mocktails – ich entscheide mich für einen Virgin Mojito, der zum Niederknien lecker ist.

Der Nachmittag ist von vorne bis hinten eine herrliche Realitätsflucht. Ich weiß genau, dass ich diesen Tag mein ganzes Leben lang nicht vergessen werde. Wir lachen und weinen und lachen dann wieder. Ich esse, bis ich fast platze, und trinke so viele Mocktails, dass ich zwischen Tisch und Toilette hin- und herpendle wie ein Jo-Jo. Sarah als einzige andere Schwangere begleitet mich auf meinen vielen WC-Trips.

Nach ein paar Stunden wundervoller Gespräche steht Luanne auf und klingt gegen ihr Glas. Ich schaue zu ihr auf und frage mich, ob sie jetzt eine emotionale Rede halten wird, die mich wieder zum Weinen bringt.

»Ich wette, du dachtest, ich halte jetzt eine langweilige Rede.« Sie lacht. »Aber würde ich dir das antun? Nein, natürlich nicht. Stattdessen schlage ich vor, wir kommen zu den Geschenken!«

»Yay, Geschenke!«, ruft Tamara eine Spur zu laut. Ich glaube, sie ist ordentlich angeschickert.

Luanne deutet auf einen Beistelltisch, der hinter mir aufgetaucht ist und auf dem sich glänzend eingepackte Geschenke stapeln.

»Das wäre doch nicht nötig gewesen.« Ich lege mir eine Hand aufs Herz.

»Aber klar war das nötig.« Luanne verdreht die Augen. »Geschenke sind doch der beste Teil. Abgesehen von Kuchen und Alkohol.«

Die nächste halbe Stunde lang packe ich alle Geschenke aus, und die ganze Runde macht eifrig »Ooh« und »Aah« beim Anblick der Babyspielsachen, süßen Strampler und diversen luxuriösen Pflegeprodukte für Mutter und Kind. Bianca hat wohlüberlegt auch noch eine wahnsinnig tolle Spielzeug-Geschenktüte für Josh beigesteuert, damit er sich nicht übergangen fühlt.

»Eins fehlt noch.« Meine Schwägerin Michelle überreicht

mir das letzte Geschenk – eine silberfarbene Box mit goldener Schleife.

»Ist das von dir?«, frage ich.

»Nein.« Sie schüttelt den Kopf und wir lassen die Blicke durch die Runde schweifen, ob sich jemand meldet.

»Von wem ist das?«, fragt Talia.

»Ich weiß nicht. Ich dachte, ich hätte schon von jeder von euch eins ausgepackt.« Ich schaue noch einmal alle an, aber niemand beansprucht es für sich.

»Da ist ein Anhänger an der Schleife«, bemerkt Marion.

Ich drehe das goldene Schildchen um und lese es laut vor. In ordentlicher, aber recht kindlich wirkender Handschrift steht darauf:

Liebe Emily,
herzlichen Glückwunsch.
Alles Liebe.

Ich runzle die Stirn. »Es steht kein Name dabei.«

»Mach es auf«, drängt Lu.

Ich löse die Schleife. Das seidige Goldband gleitet auf den Tisch und fällt von dort auf den Boden. Ich öffne den Deckel und mir quillt jede Menge weißes Seidenpapier entgegen. Ich hole es heraus.

»Was ist drin?« Sarah reckt den Hals.

Alle versuchen, einen besseren Blick darauf zu erhaschen.

Es sieht nach einem Dekoartikel aus. Ich hole ihn aus der Box, und alle seufzen. Es ist ein niedliches Keramik-Cottage etwa von der Größe einer Kaffeetasse, vielleicht ein wenig größer. Daran hängt ein Kabel mit einem Stecker am Ende.

»Ein Nachtlicht«, sagt Marion. »Wie süß.«

Auf einer Seite ist das Häuschen offen, sodass man die Figuren darin erkennen kann. Ich drehe es um, um die Szene besser sehen zu können.

»Es sind die drei Bären aus dem Goldlöckchen-Märchen!« Sarah zeigt hinein. »Guck mal – der kleine Bär, Mummy-Bär und Daddy-Bär. Ups, sieht ganz so aus, als wäre Daddy-Bär kaputt. Sein Kopf ist abgebrochen.«

Sie hat recht, der Kopf liegt unten in der Lampe auf der Seite. Ich stecke die Finger hinein, um danach zu angeln, doch während ich es noch versuche, zerbricht der Rest von Daddy-Bär in kleine Teile. Keiner scheint es komisch vorzukommen, dass das Geschenk von niemandem hier am Tisch stammt. Zumindest hat sich keine gemeldet. Alle sind sich einig, wie schade es ist, dass es kaputtgegangen ist, und was das für ein blödes Unglück war.

Doch während ich die zerbrochene Familienszene betrachte, durchfährt mich plötzlich ein Schaudern und mir wird klar, dass die Vaterfigur nicht aus Versehen zerbrochen ist.

Ich begegne Biancas Blick und sehe sofort wieder weg, aus Sorge, dass wir Aufmerksamkeit auf uns ziehen. Ich frage mich, ob sie dasselbe denkt wie ich – dass dieses Geschenk hier als Warnung abgelegt wurde.

Es wirkt noch bedrohlicher, da ich es so kurz, nachdem Bianca uns das Cottage überlassen hat, erhalte. Kennt die Person, die dahintersteckt, unsere Pläne? *Nein*, unmöglich. Niemand kann wissen, worüber ich mit Bianca gesprochen habe. Wir zwei waren allein dort. Die Tatsache, dass es sich um ein Keramik-Cottage handelt, muss ein Zufall sein. Die Warnung hat wohl eher nur mit der Familie darin zu tun.

Meiner Familie.

Ich bin ins Haus zurückgekehrt und habe die Schiebetüren abgeschlossen, sodass niemand von Marcus' Freunden hineinkommen kann. Es ist mir egal, wenn sie mich für eine ungesellige Ziege halten, auf gar keinen Fall will ich sie hier ein- und ausgehen sehen, wie es ihnen gefällt, während ich allein hier drinnen bin.

Ich gehe nach oben ins Schlafzimmer und schließe die Tür. Das Haus ist gut isoliert, trotzdem höre ich noch immer das Wummern der Musik und ab und zu ein quietschendes Lachen vom Pool. Ich lasse mich aufs Fußende des Bettes fallen und tippe wild auf mein Handy ein. Es klingelt zweimal, dann lande ich auf der Mailbox.

»Marcus, als ich nach Hause kam, war das Haus voller fremder Leute. Was ist hier los? Kannst du bitte zurückkommen?« Ich habe meine Wortwahl und Lautstärke hinuntergeschraubt, doch innerlich fluche und schreie ich. Ich gehe zum Fenster an der Vorderseite hinüber, blicke auf die Auffahrt hinunter und balle die Fäuste beim Anblick dieser Massen an Autos – ein paar Range-Rover-Sportmodelle, ein Jaguar XF, ein

Bentley Continental, irgendein Sportwagen von Peugeot und ein paar Audis. Und immer noch keine Spur von Marcus.

Diese Männer am Pool sahen mir ziemlich zwielichtig aus. Zu viel Prahlerei. Zu wenig Respekt. Und die Frauen sahen auch nicht nach Ehefrauen oder festen Freundinnen aus. Zu jung und hübsch, eher wie Accessoires als wie Partnerinnen. Was treibt Marcus hier für ein Spiel? Ich frage mich, ob etwas passiert ist … Ob er gezwungen wird, den Gastgeber für diese Leute zu spielen … Ob sie ihn irgendwie bedrohen. Oder bin ich übertrieben misstrauisch?

Wie ist mein Tag so schnell den Bach runtergegangen? Er fing mit so viel Hoffnung an, mit dem Gedanken daran, vielleicht schwanger zu sein, dann kam Jay zu Besuch und ich freute mich auf einen schönen Nachmittag und Abend in Gesellschaft meiner Freundinnen. Dann habe ich meine Periode bekommen, und jetzt will ich den Tag nur noch in die Tonne treten. Zu allem Überfluss lungert jetzt auch noch eine Horde Schmarotzer in meinem Garten herum.

Ich würde am liebsten dort hinausgehen und ihnen allen sagen, dass sie sich verpissen sollen. Aber das käme gar nicht gut bei Marcus an. Seine neuen »Kumpels« scheinen ein Schwachpunkt bei ihm zu sein. Ich weiß nicht, wer sie sind oder was sie mit meinem Mann zu tun haben, aber ich bin entschlossen, es herauszufinden. Ich habe den leisen Verdacht, dass sie ihn und sein gutes Herz ausnutzen. Schade, dass ich mich nicht in der Lage fühle, rauszugehen und sie zur Rede zu stellen, aber wenn ich einmal damit anfangen würde, würde ich sicherlich auch etwas sagen, das ich später bereue.

Ich versuche noch einmal, Marcus zu erreichen, aber er geht immer noch nicht dran. Und nach wie vor keine Spur von seinem Auto in der Auffahrt. Vielleicht sollte ich sie alle machen lassen. Zurück zu Porter's fahren und den Stress wegtrainieren. Mein Bauch fühlt sich immer noch schwer und unwohl an, aber das hat mich noch nie von einem Kurs abgehalten. Was mich schon eher davon abhält, ist die Vorstellung, dass jemand mich sehen könnte und Vicky davon erfährt. Sie wäre sehr gekränkt, dass ich mich fit genug fürs Studio fühle, aber nicht für ihr Geburtstagstreffen. Sie wäre vielleicht so sehr gekränkt, dass sie und Louise nichts mehr mit mir zu tun haben wollen. Das möchte ich nicht. Sie sind meine einzigen richtigen Freundinnen.

Ich könnte Vicky Bescheid sagen, dass es mir besser geht. Den Abend mit meinen Freundinnen im Harbour View verbringen. Doch beim Gedanken daran fühle ich mich noch erschöpfter. Außerdem bringe ich es nicht fertig, mich aufzubrezeln. Was auch immer ich tun will, hierbleiben kann ich momentan jedenfalls nicht. Selbst hier oben im Zimmer fühle ich mich belagert. Eingesperrt. Und wenn Marcus dann irgendwann doch nach Hause kommt, wird er wollen, dass ich mir etwas Hübsches anziehe und mich zu seinen Freunden geselle. Oder vielleicht auch nicht. Vielleicht wird er verärgert sein, dass ich nicht bei Vicky bin, und erleichtert darüber, dass ich im Zimmer bleiben will, weil er dann ohne meinen kritischen Blick Spaß haben kann. Das wäre sogar noch schlimmer.

Mir wird klar, dass ich raus muss. Vielleicht bekomme ich mit einer Joggingrunde an der Bucht entlang den Kopf frei. Ein Teil von mir lehnt sich dagegen auf, das Haus zu verlassen, während diese Fremden bei uns im Garten sind, aber schließlich fand Marcus es in Ordnung, sie mit unserem Hab und Gut allein zu lassen – und zumindest habe ich die Hintertüren abgeschlossen.

Nun, da ich entschieden habe, laufen zu gehen, fühle ich mich etwas besser. Ich trage immer noch meine Sportsachen, also brauche ich nur noch mein Handy und meine Wasserflasche. Wir haben auch hier oben einen Kühlschrank mit Getränken, also muss ich zum Glück nicht zurück in die Küche. Ich will nicht, dass diese Leute mich anstarren oder fragen, warum ich die Türen abgeschlossen habe. Ich fülle meine Flasche mit gefiltertem Leitungswasser, laufe die Treppe hinunter und verlasse das Haus durch die Vordertür, wobei ich bete, dass niemand von Marcus' Gästen zum Auto geht, während ich vorbeikomme. Dann endlich bin ich durch das Tor hinaus und auf der Straße, wo ich mich zum Warmmachen dehne und dann loslaufe.

Es ist ein sonniger Nachmittag, aber nicht zu heiß. Es liegt eine willkommene Frische in der Luft, die mir dabei hilft, den Kopf freizubekommen und einige der giftigen Gedanken hinauszupusten. Das ist eigentlich sogar ziemlich schön. Ich glaube, ich bleibe noch ein paar Stunden weg. Nach dem Joggen kann ich mir ein ruhiges Plätzchen am Strand suchen, um zu meditieren.

Der stetige Rhythmus meiner Schritte beruhigt mich. Normalerweise würde ich über Kopfhörer Musik hören, doch für den Moment genieße ich es, den Geräuschen um mich herum zu lauschen. Das Brummen der Boote, das Schreien der Möwen und sogar das Rauschen und Dröhnen des vorbeiziehenden Verkehrs. Ich sage mir, dass ich nicht so gereizt wäre, wenn ich heute nur nicht meine Tage bekommen hätte. Dadurch erschien alles andere einfach schlimmer, weiter nichts.

Bald verstummen meine Gedanken und ich drifte ab. Ich habe die wunderbare Phase beim Laufen erreicht, in der die Endorphine freigesetzt werden und alles andere in den Hintergrund rückt. Mein Atem geht gleichmäßig und mein Körper fühlt sich an, als gleite er den Gehsteig entlang. Nichts anderes zählt jetzt gerade.

Eine unfassbar laute Hupe reißt mich aus meinem beseelten Zustand. Ich zucke zusammen, laufe aber weiter, obwohl noch ein paar kürzere Huper folgen. Dann merke ich, dass sich mir das Auto nähert. Ich ziehe auf dem Gehweg zur Seite, sodass ich weiter von der Bordsteinkante entfernt bin, doch als ich aufsehe, stelle ich fest, dass es mein Mann in seinem Porsche ist, mit einem verblüfften Grinsen auf dem Gesicht. Ich werde langsamer, jogge auf der Stelle weiter, nehme einen Schluck Wasser und warte darauf, dass er neben mir anhält.

Marcus lässt sein Fenster hinunter und lehnt sich zu mir hinaus. »Hey, Dan, hab ich's doch richtig gesehen, dass du das bist. Was machst du hier? Ich dachte, du bist heute mit Vicky und Louise unterwegs.«

»Ganz offensichtlich dachtest du das«, gebe ich mit dem Gedanken an die Poolparty zu Hause zurück.

Er runzelt die Stirn. »Oh Shit. Warst du zu Hause?«

»Ähm, ja. Hoffentlich war das okay, dass ich in mein eigenes Haus komme? Als ich dort ankam, saß nur leider eine Zwanzigjährige im Bikini bei uns in der Küche, und ein ganzer Haufen Fremder hat sich köstlich in unserem Pool amüsiert.«

»Ach Mist. Tut mir leid, Dani.« Er schaltet den Motor aus. »Das war eine Last-Minute-Geschichte. Ich wusste, dass du nicht da bist, also habe ich ein paar der Jungs eingeladen, und sie haben gefragt, ob sie ihre Freundinnen mitbringen können, und dann ist es irgendwie aus dem Ruder gelaufen. Ich hätte sie nicht eingeladen, wenn ich gewusst hätte, dass du zu Hause bist. Ich weiß ja, dass du es nicht magst, wenn ich Leute dahabe.«

»*Was?*« Ich höre mit dem Joggen auf der Stelle auf und verschränke die Arme. »Wer sagt denn, dass ich das nicht mag?«

»Du.«

»Es ist nicht so, dass ich es nicht mag, wenn du Leute dahast, es liegt nur daran, dass ich sie nicht kenne und sie so ...« Ich zögere, weil ich meinen Mann nicht vor den Kopf stoßen will, doch dann denke ich: *Scheiß drauf.* »... zwielichtig wirken.«

»Sie sind schon in Ordnung, Dan, sie haben bloß ein paar Ecken und Kanten. Du solltest mit zurück nach Hause kommen und sie kennenlernen. Was ist denn aus deiner Verabredung geworden?«

»Mir war nicht danach.«

»Warum nicht?«

Ich beiße mir auf die Lippe und versuche, eine feste Stimme zu bewahren. »Ich habe meine Tage gekriegt.«

Marcus steigt aus dem Auto und kommt zu mir auf den Gehsteig. Er nimmt mich in die Arme. »Das tut mir leid, Dan. Ich weiß, wie schwer das jeden Monat für dich ist.«

Ich schniefe die Tränen zurück, will nicht mitten in der Öffentlichkeit zusammenbrechen. Ich löse mich aus seiner Umarmung. »Ich dachte wirklich, diesen Monat bin ich vielleicht schwanger geworden. Ich habe mir solche Hoffnungen gemacht. Ich bin so was von dämlich.«

»An Hoffnungen ist doch nichts auszusetzen.«

»Doch, wenn sie immer wieder enttäuscht werden. Es fühlt sich jedes Mal an wie ein Schlag in die Magengrube, wenn klar wird, dass es wieder nichts wird.«

»Steig mal kurz ins Auto.«

»Ich bin noch nicht mit meiner Runde fertig.«

»Bloß eine Minute. Ich möchte mit dir über etwas reden.«

Ich folge seiner Bitte und wir setzen uns in den kühlen Porsche. »Hör mal, Dani, ich arbeite da gerade an etwas, und wenn alles klappt, gehen all deine Wünsche in Erfüllung, okay?«

Ich starre meinen Mann an. Schaue in seine funkelnden, blauen Augen. »An was arbeitest du?«

»Das kann ich dir nicht verraten.«

»Ist es ein geschäftlicher Deal mit diesen Typen bei uns zu Hause? Es ist doch nichts Illegales, oder?«

Er verdreht die Augen, sein Blick sagt: »Als ob.«

»Hör mal, ich meine das ernst, noch reicher zu werden, geht mir echt am Arsch vorbei. Momentan würde ich auch in einer Sozialwohnung leben, wenn wir dafür eine Familie hätten.«

Marcus nimmt meine Hand. »Bleib einfach positiv, ja? Wie ich schon sagte, ich arbeite da an etwas.«

»Na gut. Aber ich hätte heute Abend wirklich nichts lieber getan, als mich zu Hause zu entspannen.«

»Würde es dich glücklich machen, wenn ich sie rausschmeiße?«

Das würde mich sogar ganz euphorisch machen, aber ich werde Marcus nicht darum bitten. Ich will, dass er von selbst darauf kommt.

»Wenn du das möchtest, tue ich das nämlich.«

Ich zucke mit den Schultern.

Er seufzt. »Hör zu, lauf du deine Runde zu Ende, und bis du wieder da bist, sagen wir in« – er wirft einen Blick auf seine Patek-Philippe-Uhr – »einer halben Stunde, sind sie alle verschwunden und wir machen uns einen ruhigen Abend, okay?«

Ich spüre, wie mein Stress augenblicklich abebbt. »Sicher?«

»Absolut.«

Ich beuge mich zu ihm hinüber und gebe ihm einen Kuss. »Iss doch erst noch einen Burger und trink was mit ihnen. Lass uns eine Stunde sagen.«

»Perfekt. Ich verspreche, dass sie weg sind, wenn du wiederkommst.«

»Danke.« Ich steige aus dem Auto und dehne mich erneut. »Ich liebe dich, Marcus.«

»Ich liebe dich auch, Babe.« Marcus startet den Motor, hält nach einer Lücke im Verkehr Ausschau und dröhnt dann heimwärts. Ich schaue ihm nach und fühle mich augenblicklich besser.

Der Rest meiner Runde ist herrlich, ich beende sie mit einem weiteren Dehnen zum Abkühlen und setze mich dann im Schneidersitz nahe dem Ufer hin, um den Kopf vollends freizubekommen. Nach einer halben Stunde Meditation mache ich mich über den schmalen Streifen Strand auf den Weg nach Hause.

Als ich an unserem Tor ankomme, ist es schon fast zwei Stunden her, seit mein Mann nach Hause gefahren ist. Ich runzle die Stirn, weil ich die Musik immer noch plärren höre, aber vielleicht wollte Marcus sie weiterhören. Unsere Nachbarn werden sich über die Lautstärke nicht gerade bedanken. Ich werde ihnen später als Entschuldigung eine Flasche Wein vorbeibringen müssen.

Marcus' Freunde sollten längst verschwunden sein, und so schießt mein Puls in den roten Bereich, als ich durch das Tor und die Auffahrt hinaufkomme und all ihre Autos noch immer dort stehen sehe. Dann fällt mir wieder ein, dass sie alle etwas getrunken haben. Vielleicht haben sie sich Taxis gerufen und die Fahrzeuge bis morgen hier stehen lassen. Doch wenn das der Fall ist, warum höre ich dann immer noch Musik ... und Gelächter?

Ich schließe die Haustür auf und gehe in die Küche. Durch die offenen Türen sehe ich, dass sie alle noch da sind, um den Grill stehen oder auf den Terrassenmöbeln sitzen. Die Hände der Männer kleben an den Mädchen. Marcus bemerkt meinen Blick, lächelt und winkt mich herüber, aber mir ist nicht danach, allen vorgestellt zu werden. Ich komme mir wie die ultimative Spaßbremse vor, aber das hier ist mein Haus und ich will es nicht voller fremder Leute haben, wenn ich so durchhänge.

Sieht ganz so aus, als müsste ich mich wieder in meinem Zimmer verstecken. Marcus holt mich in der Diele ein. »Hey, Babe.«

Ich murmle ein knappes Hallo.

»Komm mit raus und lern die Jungs kennen.«

»Ich bin müde, Marc. Ich gehe ins Bett.«

»Komm schon«, versucht er mich einzulullen. »Bloß ein halbes Stündchen Hallo sagen.«

»Heute nicht.«

»Herrgott noch mal, Dani, tu nicht so, als hätte ich etwas falsch gemacht.«

Ich wirbele herum und funkele ihn an. »Du hast gesagt, sie wären weg, wenn ich nach Hause komme. Du hast das angeboten. Es war dein Vorschlag.«

»Ja, aber ich konnte sie doch nicht rauswerfen, nachdem ich sie erst eingeladen hatte. Das wäre total unhöflich gewesen.«

»Warum hast du es dann überhaupt angeboten ...? Ach, weißt du, was? Vergiss es.« Ich stampfe die Treppe hoch.

»Sie bleiben nicht mehr allzu lang, okay?«, ruft er mir hinterher.

Ganz eindeutig hat er eine ganze Menge getrunken und nicht einmal den Anflug eines schlechten Gewissens. Normalerweise ist er nicht so. Sonst stehe ich bei ihm an erster Stelle und er schert sich nicht darum, was andere davon halten. Was ist mit unserer Ehe los? Wer sind diese Leute, deren Vergnügen offenbar über meinem Wohlbefinden steht? Will er sie beeindrucken? Was auch immer seine Gründe sind, ich bin damit nicht glücklich und ich werde herausfinden, was dahintersteckt.

DREIUNDZWANZIG
EMILY

Unsere Straße ist ruhig und dunkel, die Luft so kühl wie schon eine ganze Weile nicht mehr. Im orangefarbenen Schein der Straßenlaternen fallen Schatten auf unsere schmale Auffahrt und verstärken den unwirklichen Eindruck dieser Nacht.

Bianca hat mir vor ein paar Tagen geschrieben, dass ihr Haus in Nord-Dorset nun frei ist. Dass unser neues Zuhause für uns bereitsteht. Obwohl ich es noch nicht einmal auf Bildern gesehen habe, stelle ich es mir als gemütlichen Unterschlupf vor, der nur darauf wartet, uns Schutz zu gewähren. Eine verträumte Hütte inmitten eines Märchenwalds. Und dennoch ist der Gedanke daran, weit draußen im Nirgendwo zu leben, immer noch beängstigend. Ich kann nur hoffen, dass dort keine bösen Hexen oder hungrigen Wölfe darauf lauern, uns zu verschlingen. Das zerbrochene Nachtlicht kommt mir wieder in den Sinn. Am Ende habe ich es weggeworfen, ohne Aidan etwas davon zu erzählen. Was hätte das gebracht? Er macht sich sowieso schon genug Sorgen.

Mir bleiben immer noch ein paar Wochen bei der Arbeit, und Aidan und ich haben beschlossen, unser Hab und Gut etappenweise zur neuen Bleibe zu bringen. Eine Umzugsfirma können wir uns nicht leisten, und so oder so wollen wir keine Aufmerksamkeit auf den Umzug lenken, indem wir einen riesigen Laster zu uns bestellen. Daher erledigen wir das nach und nach selbst.

Um ganz sicher zu gehen, hat Aidan vorgeschlagen, die Transportfahrten nachts zu erledigen und so das Risiko neugieriger Fragen aus der Nachbarschaft minimal zu halten. Oder, noch beunruhigender, das Risiko, dass uns jemand dorthin folgt und unseren Fluchtplan aufdeckt. Entsprechend sind wir gestern Abend um sieben ins Bett gegangen, in der Hoffnung, noch eine ordentliche Mütze Schlaf zu bekommen, bevor unser Wecker um ein Uhr nachts klingelt. Natürlich haben weder Aidan noch ich auch nur ein Auge zugetan, weil unsere Gedanken pausenlos rotierten. Gegen neun Uhr gaben wir es auf und verbrachten den Rest des Abends damit, noch mehr Kartons zu packen.

»Wir können nicht jede Nacht aufbleiben«, flüstere ich meinem Mann zu, während er den quengelnden Josh in seinen Kindersitz auf der Rückbank des Audis schnallt.

»Ich weiß. Morgen sind wir beide gerädert.«

»Hoffentlich wird es einfacher, sobald wir das Haus gesehen haben. Es macht mich so nervös, nicht zu wissen, wo wir die nächsten zwölf Monate wohnen werden.« Ich schlüpfe auf den Beifahrersitz, warte auf Aidan und zucke zusammen, als er die Tür viel zu laut zuknallt, woraufhin Josh wieder zu weinen anfängt. Ich versuche, unseren Sohn zu beruhigen, strecke mich, um eine seiner warmen, rundlichen Hände in meine zu nehmen, und streichle seine Handfläche mit dem Daumen.

Als Aidan die Einfahrt verlässt, lasse ich den Blick über die Fenster der Nachbarn und die an der Straße geparkten Autos schweifen und halte Ausschau nach irgendwelchen Anzeichen dafür, dass jemand uns beobachtet. Bevor wir überhaupt einen Fuß aus der Tür gesetzt haben, hatte ich die Straße bereits vom

Fenster aus abgesucht, und erst, als ich überzeugt war, dass dort draußen niemand ist, habe ich Aidan das Auto vollpacken lassen.

Dank der Dunkelheit und der Bewegung des Autos schläft Josh recht bald wieder ein. Aidan und ich bleiben während der Fahrt still. Die paar Male, die hinter uns ein Wagen einschert, spüre ich meine Nervosität in die Höhe schnellen, doch sobald die Fahrzeuge wieder abbiegen, erlaube ich mir wieder, ein wenig zu entspannen.

Nun, da wir Poole hinter uns gelassen haben und tiefer ins ländliche Dorset vorgedrungen sind, sind die schmalen, heckengesäumten Straßen vollkommen verlassen. Schon mehrmals musste Aidan ziemlich abrupt bremsen, weil kleine Tiere vor uns über die Straße gehuscht sind, in einem Fall sogar ein Paar schwarz-weißer Dachse, die ohne die geringste Sorge um ihre Sicherheit dahintrotteten. Es fühlt sich an, als wären wir in ein fremdes Land unterwegs statt nur in die Außenbezirke desselben Countys.

Ich drehe mich zu Josh um, der immer noch tief und fest schläft. Armer kleiner Mann, mitten in der Nacht aus seinem gemütlichen Bett geholt. Hoffentlich können wir es wiedergutmachen. Hoffentlich genießt er das Landleben, wenn wir in ein paar Wochen komplett umgezogen sind. Ich weiß nicht, wie er damit klarkommen wird, nicht zur Vorschule zu gehen. Ich mache mir Sorgen, dass er seine Freunde vermissen wird, vor allem Ivy. Ich versuche, nicht zu viel darüber nachzudenken. Das hilft mir nicht weiter. Ich muss mich auf das Positive konzentrieren.

Weil das Navi Josh nicht stören soll, benutze ich die Karte auf meinem Handy, um Aidan zu lotsen. »Fahr nach der nächsten Abzweigung links etwas langsamer. Unsere Straße kommt direkt danach.«

Aidan folgt meiner Anweisung. In den Nachtstunden hier draußen zu sein, fühlt sich seltsam an. Alles erscheint surreal, wie in einem Traum. Das wäre alles viel normaler, wenn wir tagsüber hätten herkommen können. Aber wir hätten uns einfach nicht sicher dabei gefühlt, das Haus bei Tageslicht in einem Auto voller Kartons zu verlassen.

Die Straße ist so uneben und voller Löcher, dass ich froh bin, nicht mit dem Mini gekommen zu sein. Aidan bremst den Audi auf Schrittgeschwindigkeit herunter und zieht scharf die Luft durch die Zähne ein, als wir durch ein Schlagloch rumpeln. »Das ist überhaupt nicht gut für die Federung. Wir werden einen Allradwagen brauchen.«

Ich schaue wieder auf Google Maps, wo mir anzeigt wird, dass wir unser Ziel erreicht haben. »Ich glaube, wir sind da. Das Grundstück sollte irgendwo auf der rechten Seite sein.«

Die Scheinwerfer treffen auf ein Holzschild, auf dem ich gerade so die Worte *Briar Hill Farm* erkennen kann. »Da!« Ich zeige auf das Schild und Aidan biegt scharf nach rechts ab. Wir fahren eine weitere Straße entlang, die vermutlich zum Grundstück gehört. Zum Glück ist der Straßenbelag hier glatter und gut in Schuss, und es fühlt sich wie ein wahrer Luxus an, nicht mehr herumgeruckelt zu werden.

Vor uns kann ich im Licht der Scheinwerfer eine Reihe Gebäude erkennen. Links ein paar Nebengebäude, darunter eine große Scheune, und rechts ein charmantes steinernes Cottage, das aussieht wie von einem Kind gemalt. Es ist perfekt symmetrisch, in der Mitte befindet sich eine Tür, zu beiden Seiten jeweils ein Schiebefenster und oben drei weitere Fenster. Als wir näherkommen, zucke ich zusammen, denn die Sicherheitsbeleuchtung springt an und taucht uns in ihr gleißend helles Licht. Dann fällt mein Blick auf eine Alarmanlage unter dem Dachvorsprung, das rote Licht blinkt. Bianca meinte, sie würde die Sicherheitsvorkehrungen für uns aufstocken, und wie man sieht, hat sie nicht zu viel versprochen.

»Wow!« Aidan hält das Auto an und schaltet den Motor aus. »Deine Patentante ist der Hammer. Ernsthaft!«

Ich nicke. »Das ist sie wirklich.«

»Und wir dürfen hier echt ein Jahr mietfrei wohnen?«

»Das hat sie gesagt.«

»Ich hab Angst, dass wir nicht mehr wegwollen.«

Wir bleiben noch einen Moment im Wagen sitzen und lassen alles auf uns wirken: das Cottage, die Scheune, die turmhohen Bäume, die wie ein natürlicher Schutzschirm hinter den Gebäuden aufragen. Die völlige Abgeschiedenheit dieses Ortes.

»Hoffen wir, dass es von innen genauso hübsch ist wie von außen«, murmle ich. Obwohl ich schon jetzt so verliebt in die Außenansicht bin, dass es von innen die reinste Bruchbude sein könnte und wir trotzdem zurechtkommen würden.

»Was machen wir mit Josh?« Aidan dreht sich zu unserem Sohn um, der im Schlaf das gerötete Gesicht an seine Decke schmiegt und dessen Mund weit offen steht. »Es wäre ein Jammer, ihn aufzuwecken.«

»Lassen wir ihn im Auto. Das wird schon gehen – wir kommen ja gleich wieder und laden die Kartons aus, und außer uns ist niemand hier.«

»Okay.« Aidan wendet sich mir mit einem nervösen Lächeln zu. »Nun, wollen wir dann mal einen Blick nach drinnen werfen?«

Das muss das erste Mal sein, seit Aidan seine Bombe hat platzen lassen, dass ich Zuversicht spüre. Wenn wir heil aus Ashley Cross herauskommen und das Leben hier zum Laufen kriegen, dann rechne ich uns eine echte Chance darauf aus, glücklich zu werden. Vielleicht gefällt es uns sogar so gut, dass wir für immer hierbleiben wollen. Uns Arbeit suchen und Miete bezahlen. Aber ich denke zu vorschnell. Ich begründe meinen ganzen Optimismus auf einen ersten Blick in tiefster Nacht. Wir haben es ja noch nicht einmal von innen gesehen.

Wir steigen aus dem Auto aus und gehen zur Haustür hinüber. Selbst die Luft riecht hier süßer. Frisch und sommerlich. Ich hole den Schlüssel aus der Tasche, dazu die Anweisungen, die Bianca per Post geschickt hat. Der Schlüssel gleitet anstandslos ins Schloss, ich öffne die Tür und wir finden uns in einer dunklen, modrig riechenden Diele wieder. Ich schalte das Licht an und gebe den Code in die Schaltfläche der Alarmanlage rechts neben der Tür ein. Sobald das Piepen verstummt, entspanne ich mich ein bisschen und sehe mich um. Aidan folgt mir nach drinnen.

Die Diele ist schmal und ein wenig heruntergekommen, aber mit einer frischen Schicht Farbe wird das direkt anders aussehen. Sowohl der Boden als auch die Treppe bestehen aus abgeschliffenen Holzbohlen. Auf beiden Seiten gibt es eine Tür. Ein schneller Blick offenbart uns zwei gleich große Zimmer mit demselben schönen Boden. In dem einen befinden sich zwei braune Retro-Sofas und ein Couchtisch aus Bambus und Glas, im anderen steht ein dunkler Holzesstisch mit sechs Stühlen, dazu ein geschnitztes Mahagoni-Sideboard. Ich kann es kaum glauben, denn beide Räume haben weiße Fensterläden – von denen ich immer geträumt habe, aber nie dachte, dass wir sie uns einmal würden leisten können.

Die Treppe weiter hinten in der Diele führt nach oben. Unter den Stufen gibt es noch ein kleines Badezimmer mit Toilette, Waschbecken und Kleiderhaken. Neben der Treppe befindet sich eine weitere Tür, die ein paar Stufen hinabführt in eine großzügige, rechteckige Küche mit weiß gestrichenen Schränken und Arbeitsflächen aus Eichenholz. Dazwischen ein riesiger, blauer und kompliziert wirkender Herd, dessen Funktionsweise ich mir wohl erst werde beibringen müssen, und dazu ein kleiner runder Fichtenholztisch mit vier Bauernstühlen. Es sieht ganz so aus, als befände sich in der Küche noch der ursprüngliche Steinboden, die Fliesen sind grau und vom Alter abgewetzt.

Zurück in der Diele schauen Aidan und ich uns mit großen Augen an. Abgesehen von der Angst vor dem, wovor wir fliehen, fühlt es sich so an, als hätten wir den Hauptgewinn gezogen. Tief in meinem Inneren bin ich nach wie vor ein Stadtmädchen. Ich liebe nach wie vor das hektische Treiben. Aber wenn mich das Landleben überhaupt auf seinen Geschmack bringen möchte, dann hat es mit diesem Haus die bestmöglichen Chancen.

»Wollen wir uns mal oben umsehen?« Aidan setzt den Fuß auf die erste Stufe.

»Lass mich nur schnell nach Josh sehen.« Ich husche hinaus, die Lichter erstrahlen abermals und erleuchten unseren Sohn, der immer noch tief und fest auf dem Rücksitz schläft. Ich lächle in mich hinein und lasse den Blick über den weitläufigen, zugewachsenen Vorgarten schweifen, der von der langen Auffahrt geteilt wird. Ich kann ihn nur so weit überblicken, wie der Lichtkegel es erlaubt. Jenseits davon liegt alles in Finsternis. Über uns leuchten die Sterne heller, als ich sie je zuvor gesehen habe. Ich betrachte wieder das Haus. Die Lichter im Obergeschoss gehen eins nach dem anderen an, und durch die offenen Fensterläden des mittleren Fensters sehe ich den Umriss meines Mannes. Ich winke und er bedeutet mir, hochzukommen.

Ich lächle und gehe wieder hinein. Oben herrscht eine ähnlich gemütliche Atmosphäre wie unten, auch wenn es irgendwie vernachlässigt wirkt – wahrscheinlich nur, weil hier momentan niemand wohnt. Es gibt drei große Schlafzimmer für je zwei Personen – an eins schließt sich ein modernes Bad mit Dusche an – und ein separates Familienbad, das Gott sei Dank ebenfalls ziemlich modern ausgestattet ist. Wir gehen in das größte Schlafzimmer, das sich an der Rückseite des Hauses befindet. Durch das große Fenster spähe ich in die Dunkelheit hinaus, kann aber außer ein paar rauschender Bäume nichts erkennen. Alles andere ist schwarz. Im rechteckigen Zimmer stehen dunkle Holzmöbel: ein kleines Doppelbett, zwei Doppelschränke auf beiden Seiten eines breiten Kaminsimses und ein Frisiertisch mit Spiegel vor dem

Fenster. Ein abgewetzter Perserteppich bedeckt den Großteil der Bodendielen.

»Ist das Haus hier zu fassen?«, fragt Aidan und nimmt mich bei den Händen.

»Es kommt mir vor, als würde ich träumen.«

»Geht mir genauso. Es ist perfekt. Und wir haben noch gar nicht die anderen Gebäude und das Grundstück erkundet.«

»Das viele Land beunruhigt mich. Wir haben keinerlei Erfahrung mit Landwirtschaft. Das Einzige, was ich jemals ›angebaut‹ habe, war eine Erdbeerpflanze. Und bei der sind die Schnecken über die Früchte hergefallen, bevor wir sie ernten konnten.«

»Wir werden es lernen. Das wird schon.«

»Okay, wenn du das sagst.«

»Absolut.« Aidan sieht mich entschlossen an. »Lass uns diese Gelegenheit nutzen und uns das hier richtig zu eigen machen. Es könnte ein Neuanfang für uns sein.«

Ich nicke. »Versprichst du mir, mit dem Glücksspiel aufzuhören?«

Aidan wird auf meine unumwundene Frage hin blass. »Ich denke ... sobald wir unsere Bankkonten geschlossen haben und hierhin gezogen sind, solltest du meinen Laptop und mein Handy an dich nehmen. Ich besorge mir ein billiges Handy ohne Internetzugang. So komme ich gar nicht erst in die Versuchung.«

»Ich finde, das ist eine gute Idee. Denn, Aidan, so etwas will ich nicht noch mal durchmachen. Dieses Haus ist großartig, aber es wäre mir trotzdem lieber, wenn nichts hiervon jemals passiert wäre. Wenn wir weiter unser normales, langweiliges Leben führen könnten.«

»Ich weiß. Mir geht es ja genauso. Das alles tut mir so leid.«

»Das weiß ich doch.« Ich schlinge die Arme um meinen Mann und wir halten uns fest. »Jetzt, da wir hier sind, wünschte ich, wir könnten direkt einziehen. Der Gedanke, noch zwei Wochen in Ashley Cross zu bleiben, wo wir in Gefahr sind, kommt mir so verrückt vor. Kannst du nicht sofort bei der Arbeit aufhören?«

»Wir können es uns nicht leisten, auf dein Gehalt und meine Provision zu verzichten. Wir brauchen das Geld für Lebensmittel und die Rechnungen.«

»Du hast ja recht.« Ich setze mich auf das Bett, auf die brandneue Matratze, die noch in Plastik eingeschlagen ist. *Bianca.* Sie muss sie gekauft haben. Sie ist so aufmerksam und großzügig. Ich weiß nicht, wie ich ihr jemals danken soll.

Aidan schaut auf die Uhr. »Es ist gleich halb vier. Sollen wir die Kartons ausladen und uns auf den Rückweg machen? Ich würde gern wieder zu Hause sein, bevor die Ersten zur Arbeit aufbrechen.«

In mir sträubt sich alles dagegen, diesen Ort zu verlassen. Ich stelle fest, dass ich mich darauf freue, dieses Haus zu meinem zu machen. Darauf, hier zu streichen und zu dekorieren und all unsere Sachen einzuräumen.

Wir schalten oben das Licht aus und gehen die Treppe hinunter. Aidan kommt zuerst unten an und wartet auf mich. »Weißt du, wir haben uns immer noch nicht überlegt, was wir uns für neue Namen geben.«

Ich bleibe auf der letzten Stufe stehen. Ich will meinen Namen nicht ablegen. Ich mag den Namen Emily. Aber Aidan hat recht. Wenn wir von der Bildfläche verschwinden wollen, dürfen wir nicht länger Emily und Aidan bleiben. »Der einzige andere Name, der mir ganz gut gefällt, ist Annie. Das klingt auch ein klein wenig wie Emily, wenn du also aus Versehen mal den falschen Namen sagst, fällt das hoffentlich niemandem auf.«

Aidan legt den Kopf schief und presst die Lippen zusammen. »Hmm, *Annie.* Ich glaube, das gefällt mir.«

»Ja?«

»Ja.« Er nickt und beugt sich zu mir herüber, um mich zu

küssen. Ein richtig langer, inniger Kuss. Er kommt unerwartet, und neben unserer Umarmung eben ist es das erste Mal seit Wochen, dass annähernd so etwas wie Intimität zwischen uns entsteht.

Schließlich lösen wir uns voneinander und lächeln uns verlegen an, dann machen wir uns auf den Weg zum Auto, wo unser Sohn immer noch schläft. Wir heben beide einen Karton aus dem Kofferraum. »Ich fühle mich nicht wirklich wie eine Annie, aber ich schätze, ich werde mich daran gewöhnen. Das hoffe ich jedenfalls. Was ist mit dir?« Ich folge ihm hinein und wir gehen durch in die Küche. »Hast du dir schon einen Namen ausgedacht?«

»Ich habe keine Ahnung. Wie wär's mit meinem zweiten Vornamen, James?«

»Den mag ich, aber ich glaube, das wäre zu naheliegend. Sie könnten darauf kommen, dass wir unsere Namen geändert haben, und dann gehen sie vielleicht zuerst von unseren zweiten Vornamen aus – obwohl ich meinen in einer Million Jahre nicht nehmen würde.« Ich stelle meinen Karton auf einer der Küchentheken ab.

»Ach ja – Enid.« Aidan grinst und ich versetze ihm einen Hieb gegen den Arm.

»Richtig mieser Humor von meinen Eltern.«

»Mit den zweiten Vornamen allgemein könntest du aber recht haben. Okay, gibt es Namen, die wie Aidan klingen?«

»Weiß nicht, *Baden*?«

Mein Mann wirft mir einen skeptischen Blick zu und wir müssen beide losprusten. »Ist das überhaupt ein richtiger Name?«, fragt er.

»Weiß der Kuckuck. Jedenfalls bist du so was von kein Baden.«

»Was ist mit David?«, schlägt er vor.

Ich überlege einen Moment lang. »Ja. Das finde ich gut, ein zeitloser Name irgendwie. *David*. David und Annie.«

»Annie und David.« Aidan stellt seinen Karton neben meinen.

Dann entscheiden wir, dass Josh George werden soll, und ich spüre einen Stich im Herzen. Ich liebe den Namen Josh. Er passt so gut zu unserem Sohn. Aber seine Sicherheit ist wichtiger als unsere Sentimentalität.

Als wir alle Kartons ins Haus gebracht haben, steht der Beschluss fest, dass unsere Familie von Emily, Aidan und Joshua Graham zu Annie, David und George Mortimer wird.

Als wir das Haus abschließen und zurück ins Auto steigen, fühle ich mich wie in einer Schattenwelt gefangen. In einer Art Schwebezustand, in dem ich darauf warte, dass mein wirkliches Leben wieder beginnt. Doch wo ist mein wirkliches Leben – in Ashley Cross, oder beginnt es erst hier in diesem malerischen Cottage irgendwo im Nirgendwo?

VIERUNDZWANZIG

DANI

Im Haus herrscht vollkommene Stille. Nach einem weiteren heißen Tag fühlt sich der Marmorboden unter meinen Fußsohlen angenehm kühl an, daher zwänge ich meine Füße nun nur ungern in Laufschuhe. Ich bin mir immer noch unsicher, ob das wirklich eine gute Idee ist, aber mein Mann lässt mir keine große Wahl.

Nach dem Poolvorfall vor ein paar Wochen hat sich meine Beziehung zu Marcus verändert. Er verhält sich distanziert, als würde ihn meine Anwesenheit nerven. Er ist nicht unfreundlich oder fies, bloß abwesend, und ich kann seine Aufmerksamkeit einfach nicht zurückgewinnen. Seine sogenannten Kollegen waren noch einige weitere Male hier. Im Schnitt sind sie sogar mehrmals pro Woche da, zum Glück ohne ihre Freundinnen oder wer auch immer das war. Mir kommt immer wieder das Wort *Escort* in den Sinn, aber vielleicht ist das unfair von mir. Bevor sie eintreffen, ist Marcus immer unruhig, und nachdem sie wieder weg sind, schwankt er zwischen Reizbarkeit und übertriebener Zärtlichkeit, mit der er seinen Missmut wiedergutmachen will. Ich habe versucht, mit ihm darüber zu reden, aber er sperrt sich gegen jedes Gespräch. Ich weiß, dass es lächerlich klingt, aber manchmal frage ich mich, ob er vielleicht Angst vor ihnen hat.

Ich habe jedenfalls genug. Ich muss herausfinden, wer diese Geschäftspartner meines Mannes wirklich sind und was hier vor sich geht. Meine Ehe bedeutet mir alles, und ich will sie mir auf keinen Fall entgleiten lassen. Allerdings ist es momentan so gut wie unmöglich, Informationen aus Marcus herauszubekommen. Wenn ich ihn frage, wer seine Freunde eigentlich sind, gibt er nur vage Antworten. Er sagte etwas davon, dass sie Autos importieren. Doch zuvor hatte er einmal gesagt, dass er einen von ihnen für den Showroom anlerne. Was stimmt denn nun? Irgendetwas ist hier im Busch, und es bereitet mir Sorgen, dass Marcus Geheimnisse vor mir hat. Früher haben wir einander alles erzählt, unsere Hoffnungen, Träume und Probleme miteinander geteilt. Inzwischen kann ich von Glück sagen, wenn er mir auch nur mitteilt, was er gerne zum Abendessen hätte.

Heute Abend ist er mit seinem Bruder etwas trinken gegangen und wird erst spät zurück sein, also habe ich reichlich Zeit für das, was ich tun muss. Ich schließe das Haus ab und drücke auf die Fernbedienung für die Garage, wobei mein Magen nervöse Purzelbäume schlägt beim Gedanken daran, was ich vorhabe. Die Dämmerung hat noch nicht ganz eingesetzt, als ich ins Auto steige, das Grundstück verlasse und Richtung Ashley Cross fahre.

Ich bin nicht stolz darauf, aber letzte Woche habe ich auf der Suche nach einem Hinweis darauf, was hier los sein könnte, ein wenig im Arbeitszimmer meines Mannes herumgeschnüffelt. Er hat mir zwar nicht ausdrücklich gesagt, ich solle nicht dort hineingehen, doch es ist eine ungeschriebene Regel, dass das Arbeitszimmer Marcus' persönlicher Bereich ist. Er bittet mich nie hinein und schließt immer die Tür hinter sich, anders als bei allen anderen Zimmern des Hauses, deren Türen stets nur angelehnt sind.

Das Arbeitszimmer wirkt maskulin – eine Kombination aus modern und traditionell, mit einem gläsernen Schreibtisch, Bücherregalen, die nur der Dekoration dienen (Marcus ist kein großer Leser), schwarzen, mit Chrom abgesetzten Aktenschränken, einem modernen Ledersofa und einem riesigen Flachbildfernseher. Ich begann meine Suche in den Aktenschränken und Schreibtischschubladen, fand aber nichts Ungewöhnliches. Ich habe sogar einige Bücher aus dem Regal genommen und durch die Seiten geblättert, falls etwas herausfallen sollte. Ich weiß nicht, womit ich gerechnet hatte – ein Stück Papier mit einem rätselhaften Hinweis darauf, oder eine Quittung für einen verdächtigen Kauf. Ich habe nichts gefunden, und das war erleichternd und frustrierend zugleich.

Diese erfolglose Suche führte mich weiter zum heutigen Abend.

Marcus' Auto-Showroom befindet sich an einer geschäftigen Hauptstraße in Ashley Cross. Ich parke außer Sichtweite in einer Nebenstraße eines Wohngebiets. Die Abenddämmerung zieht herauf und die Straßenlaternen gehen eine nach der anderen an. Abends ist hier immer recht viel los, vor allem während der Sommermonate, wenn es in den Bars und Restaurants wimmelt, Leute die Gehsteige entlangflanieren und sich im Green entspannen.

In meinen Sportsachen, einer Baseballmütze und Sonnenbrille gekleidet schaut sich niemand nach mir um, als ich unter das kleine Vordach zum unscheinbaren Mitarbeitereingang des Showrooms husche. Um diese Uhrzeit hat er natürlich geschlossen und die Metallläden vor den riesigen Fensterscheiben sind heruntergefahren. Doch ich habe einen Ersatzschlüssel, also schließe ich hastig auf, schalte das Licht im Flur an, mache die Tür fest hinter mir zu und gebe den Code für die Alarmanlage ein.

Ich bin mir nicht sicher, ob der Code noch derselbe ist wie vor ein paar Wochen, als Marcus mit einem Kunden unterwegs war und ich ihm Dokumente von hier holen sollte. Leichter Schweiß bildet sich, als ich die letzte Zahl eintippe, weil ich nicht weiß, ob gleich die Hölle in Form von Sirenen und Warnleuchten losbricht. Doch nach einem kurzen Piepton bleibt die Alarmanlage still.

Ich atme auf und öffne die Tür zum dunklen, stillen Showroom. Da ich das große Licht nicht anschalten möchte, nutze ich die Taschenlampe von meinem Handy, um mich zurechtzufinden. In der gespenstischen Düsternis schlängle ich mich zwischen Maseratis, Ferraris, Daimlern und anderen Luxuswagen hindurch, bis ich Marcus' Büro auf der anderen Seite des Raums erreiche.

Ich suche den richtigen Schlüssel heraus, schließe auf und betrete das Büro. Als ich die Tür hinter mir schließe, fühlt es sich an, als hätte ich soeben einen Hindernisparcours durchlaufen, und mein Herz pocht so laut, dass ich einen Moment lang an Ort und Stelle stehen bleiben muss, um mich zu beruhigen. Hier drinnen ist es fast vollkommen dunkel. An der Rückwand geht ein Milchglasfenster auf eine Gasse hinaus, an der gegenüberliegenden Wand ein größeres Fenster nach vorne, doch bei beiden sind wie beim Showroom die Läden geschlossen. Auch hier möchte ich es nicht riskieren, das Licht anzuschalten, falls es irgendwie durch die Fensterläden dringt. Mein Handylicht muss ausreichen.

Nun, da ich hier bin, muss ich mir überlegen, wie ich es angehen will. Wie soll ich etwas finden, wenn ich gar nicht weiß, wonach ich suche?

Marcus' Büro ist groß und rechteckig, der weiße Marmorboden ist der gleiche wie bei uns zu Hause. An den Wänden hängt viel moderne Kunst, ein Kühlschrank ist großzügig mit Getränken gefüllt, es gibt eine schwarz lackierte Regalwand, einen Glasschreibtisch mit Schubladen und zwei Aktenschränken darunter sowie zwei einladende Ledersessel für seine Kunden.

Eine gründliche Suche fördert in keiner der Schubladen, keinem der Regalfächer und keinem der Aktenschränke etwas zutage, und am Ende komme ich zu dem Schluss, dass ich nach etwas suche, das überhaupt nicht existiert. Ich suche nach einer Erklärung für das untypische Verhalten meines Mannes. Dabei könnte es einfach daran liegen, dass er keine Freude mehr daran hat, Zeit mit mir zu verbringen. Vielleicht gefällt es ihm mit seinen neuen Freunden besser. Immerhin kann es ja auch nicht besonders viel Spaß machen, wenn die eigene Frau so besessen davon ist, schwanger zu werden, dass sie alles andere ausblendet. Entfremde ich ihn von mir?

Ich blicke mich im Büro meines Mannes um. Dieser Ort ist wichtigen Kunden vorbehalten. Selbst *ich* komme nur selten hierher. Ich setze mich auf seinen schwarzen Leder-Chefsessel und stelle mir vor, wie er an diesem Platz sitzt, arbeitet, mit Kunden spricht, Deals abschließt, nachdenkt, plant. Ich betrachte das Kunstwerk direkt gegenüber von mir, die breiten, dunklen Pinselstriche auf der weißen Leinwand. Da macht es in meinem Kopf Klick.

Zu Hause haben wir im Ankleidezimmer einen Safe. Er enthält Bargeld, Schmuck und wichtige Dokumente wie unsere Pässe. Der Safe ist in die Wand eingebaut und hinter einem Gemälde versteckt. Ich stelle das Handy angelehnt auf den Schreibtisch, sodass die Taschenlampe das Bild erleuchtet, und gehe zur Wand hinüber. Ich hebe die Leinwand vom Haken und verspüre einen erwartungsvollen Hüpfer in mir, als ein kleiner Safe zum Vorschein kommt. Es ist genau das gleiche Modell wie das zu Hause. Nachdem ich das Bild auf den Boden gestellt habe, betätige ich die Drehscheibe und hoffe, dass die Kombination ebenfalls dieselbe ist.

Die Tür des Safes schwingt auf und mir stockt der Atem. Ich wische mir die Handflächen an den Leggings ab und fahre mir mit der Zunge über die Lippen. Wenn Marcus etwas vor mir versteckt, werde ich es hier ganz bestimmt finden. Ein gedämpftes Geräusch lässt mich aufhorchen. Es klang, als hätte jemand eine Tür zugezogen. Ich lege einen Moment lang den Kopf schief und lausche, aber als alles still bleibt, wende ich mich wieder dem Safe zu.

Darin stapeln sich dicke Bargeldbündel, alles gebrauchte Zwanziger. Das überrascht mich nicht; ich hatte immer die Vermutung, dass Marcus von Zeit zu Zeit Bargeldgeschäfte macht. Wir haben nie darüber gesprochen, aber solche Bargeldbündel liegen auch im Safe zu Hause, und Marcus meint, ich dürfe mich gern daran bedienen.

Neben dem Geld entdecke ich ein dünnes, gebundenes Notizbuch. Ich nehme es heraus und öffne es neugierig. Ich fange an, die mit Datum versehenen Einträge in der Handschrift meines Mannes zu lesen. Ich runzle die Stirn und muss einige der Notizen ein zweites Mal lesen, um sicherzugehen, dass ich es richtig verstehe. Als kein Zweifel mehr besteht, dass ich mich nicht irre, läuft es mir kalt den Rücken herunter und mein Herz beginnt zu pochen.

Ich halte das Notizbuch nun mit zitternden Fingern, starre die handgeschriebenen Zeilen an und frage mich, was ich tun soll. Ich kann es nicht mitnehmen, ohne dass mein Mann auf sein Fehlen aufmerksam wird. Ich hole mein Handy vom Schreibtisch und mache Fotos von jeder Seite, wobei ich mir Mühe gebe, nicht zu wackeln. Sobald ich fertig bin, lege ich das Notizbuch zurück in den Safe und hoffe, es exakt auf dieselbe Position platziert zu haben wie zuvor. Ich hätte darauf achten sollen, als ich es herausnahm. Ich mache noch ein Foto vom Geld und dem Notizbuch im Safe, nur der Vollständigkeit halber, dann verschließe ich alles wieder und hänge das Bild zurück an seinen Platz.

Mir wird geradezu schlecht. Ich bin erschüttert. Ich hatte ja geahnt, dass Marcus Geheimnisse vor mir hat, doch nie im Leben hätte ich *damit* gerechnet. Meine Entdeckung schockiert mich derart, dass ich das Geräusch von Schritten vor der geschlossenen Bürotür fast nicht bemerke. Schritte, die immer näher kommen.

FÜNFUNDZWANZIG

Offenbar war nicht nur er unartig. Sie hat ebenfalls ihre Geheimnisse. Ich denke, es könnte ganz lustig sein, ihm einen Besuch abzustatten und ihm zu stecken, was seine Frau so treibt. Ich denke, er würde ein köstliches Gesicht machen, wenn er diese pikante Geschichte erfährt. Die arme Sau. Er sollte lieber die Zeit genießen, die ihm noch bleibt. Denn sie läuft langsam ab.

SECHSUNDZWANZIG

DANI

Das Blut rauscht mir durch die Adern. Der Atem bleibt mir in der Kehle stecken. Da ist jemand vor Marcus' Bürotür, und aller Wahrscheinlichkeit nach wird die Person gleich hereinkommen. Ich habe sein Notizbuch bereits zurück in den Safe gelegt und das Bild wieder davorgehängt, also wird man mich wenigstens nicht auf frischer Tat ertappen. Ich habe mir auch im Voraus eine Ausrede zurechtgelegt, warum ich hier bin, aber nun, da ich sie vorbringen muss, erscheint sie so schwach und offensichtlich gelogen. Wenn ich mich irgendwo verstecken könnte, würde ich es tun, aber das geht nicht. Das da draußen muss Marcus sein. Vielleicht kommt er ja nicht ins Büro. Vielleicht sieht er nur nach den Autos. Vielleicht ist er sogar mit seinem Bruder hier. Das wäre ziemlich peinlich für mich. Mein Herzschlag donnert wie ein Güterzug. Ich schalte das Licht an, damit es nicht so aussieht, als würde ich mich im Verborgenen herumtreiben.

Die Türklinke senkt sich. Ich zucke zusammen und wappne mich dafür, eine Show hinzulegen, dabei halte ich den Blick auf die sich öffnende Tür gerichtet.

Ein Mann kommt herein. Es ist nicht Marcus. Er schwingt

ein Stück Metallrohr. Ich stoße einen spitzen Schrei aus und springe einen Schritt zurück. Unsere Blicke treffen sich, er entspannt die Schultern, senkt das Rohr und der aggressive Ausdruck verschwindet von seinem Gesicht.

»Dani. Zum Glück stehen Sie da drüben. Ich hätte Ihnen hiermit fast eins übergezogen.« Sobald er den Mund aufmacht, erkenne ich ihn. Es ist Marcus' Angestellter Jonesy. Halb bin ich erleichtert, dass es nicht Marcus oder irgendein fremder Eindringling ist, doch dieser Typ hat etwas Zwielichtiges an sich. Etwas, das mir nicht gefällt. Ich frage mich, ob er wirklich ein Angestellter ist oder in Wirklichkeit etwas anderes. Etwas Schlimmeres. Sein Blick schweift durch den Raum. Gott sei Dank habe ich das Bild zurückgehängt, sodass er den Safe nicht sehen kann. Schließlich schaut er wieder mich an. »Was tun Sie hier?«

Seine Frage ärgert mich. »Was *ich* hier tue? Das ist das Geschäft meines Mannes. Was tun *Sie* hier?« Ich stemme eine Hand in die Hüfte.

Er lächelt mir ungerührt zu. »Ich arbeite hier, warum sollte ich also nicht hier sein?«

»Ähm, vielleicht, weil es neun Uhr abends ist und das Geschäft geschlossen hat.«

»Tja, Ihr Herzallerliebster hat schon was von einem Sklaventreiber, wenn Sie es unbedingt wissen wollen. Ich bin noch mal reingekommen, um etwas Arbeit aufzuholen.«

»Was denn, in seinem Büro? Zufällig weiß ich, dass er nicht gern andere Leute hier drinnen hat.«

Jonesy schaut mich wortlos an. Er reibt mit dem Daumen über das Rohr.

Innerlich schüttle ich mich. »Wie dem auch sei, ich will nicht weiter stören.« Plötzlich habe ich es eilig, von diesem Mann wegzukommen. Ich fühle mich allein mit ihm hier drinnen nicht sicher, vor allem, da niemand sonst weiß, wo ich bin. Ich gehe auf die Tür zu, doch er macht keinerlei Anstalten, mich vorbeizulassen. Ich kann nicht schlucken und mein Herz rast.

»Nun ...« Er lehnt das Rohr gegen die Wand.

»Könnten Sie bitte Platz machen?«

»Er weiß nicht, dass Sie hier sind, oder?« Jonesy grinst.

»*Was?*« Wie unfassbar dreist dieser Kerl ist.

»Marcus weiß nicht, dass Sie hier sind. Aber Sie können mir ruhig verraten, was Sie hier treiben; ich kann Geheimnisse für mich behalten.«

Ich wäge meine Optionen ab. Wenn Jonesy meinem Mann erzählt, dass ich in seinem Büro herumgeschnüffelt habe, erwartet mich ein sehr unangenehmes Gespräch mit ihm. Marcus könnte sogar denken, ich hätte sein Notizbuch gesehen. Blitzschnell treffe ich eine Entscheidung und gehe zu einer weicheren Körpersprache über. »Wenn Sie es unbedingt wissen wollen, ich habe nach den Schlüsseln für den Lamborghini gesucht. Ich wollte mit den Mädels eine Spritztour durch die Stadt machen, während Marcus nicht da ist. Er mag es nicht, wenn ich mit der Ware herumdüse – weil ich einmal einen kleinen Kratzer in den Aston gefahren habe. Aber es macht so viel Spaß, verstehen Sie?« Ich lächle ihm verschwörerisch zu.

»Ja, das versteh ich. Ich hab auch eine Schwäche für schnelle Autos.«

»Also verraten Sie mich nicht?«

»Ihr Geheimnis ist bei mir sicher.« Er tippt sich an die Nase.

»Okay, super, danke.« Ich versuche, mich an ihm vorbeizuschieben.

Er hält mich auf, indem er mir die Hände auf die Schultern legt, und lächelt mir kaum merklich zu. Mit Schrecken stelle ich fest, dass er dasselbe Aftershave trägt wie mein Mann. »Hey, wo wollen Sie denn hin?«

Mir rutscht das Herz in die Hose. Es gefällt mir nicht, dass dieser Mann mich anfasst, aber ich darf ihn nicht verprellen.

»Sie wollten doch den Schlüssel, oder nicht?« Jonesy legt den Kopf schief.

»Was?«

»Für den Lamborghini. Für Sie und Ihre Freundinnen?« Er hebt die Augenbrauen, und in diesem Moment weiß ich genau, dass er meine Lüge durchschaut hat. Doch ich erhalte die Täuschung trotzdem aufrecht.

»Ach so, ja, den wollte ich. Aber eigentlich bin ich … ähm … bin ich jetzt ein bisschen zu sehr durch den Wind, um noch zu fahren.« Ich verfluche mein Gestammel. Ich klinge wie eine riesige Lügnerin. Ich entscheide mich für den verärgerten Zusatz: »Sie haben mich zu Tode erschreckt, als Sie mit diesem Metallrohr hier reingekommen sind.«

Er hebt die Hände und ich nutze die Gelegenheit, um einen Schritt zurückzumachen. »Selbstverteidigung. Dachte, Sie wären ein Einbrecher. Ich muss schon zugeben, es war eine nette Überraschung, stattdessen die heiße Frau von meinem Boss hier vorzufinden.«

Da ich dieses Gespräch nicht länger als nötig fortführen möchte, weiche ich in den Showroom zurück. »Danke, dass Sie mich nicht verpfeifen!«, rufe ich über die Schulter zurück.

»Hey, Dani!«, ruft er mir hinterher. »Sie wissen schon, dass der Lamborghini ein Zweisitzer ist, oder? Nicht genug Platz für Sie und Ihre ›Freundinnen‹.« Er malt Anführungsstriche in die Luft.

Ich werde rot, als ich meinen Fehler bemerke. »Dann ist ja auch egal, dass ich den Schlüssel nicht gefunden habe.«

»Ja, auch egal. Aber Ihnen ist doch klar, dass Sie mir jetzt was schulden. Weil ich ja Ihr Geheimnis für mich behalte.«

Ich täusche ein kurzes Lachen vor, mache mir aber in Wirklichkeit mehr als bloß ein wenig Sorgen. Diesem Mann etwas zu schulden, fühlt sich nicht nach einer Lage an, in der man gerne sein möchte. Es gibt mir ein wahnsinnig ungutes Gefühl, zu wissen, dass dieser Widerling etwas gegen mich in der Hand hat. Doch dann denke ich, sollte es hart auf hart kommen, erzähle ich Marcus einfach, was ich auch Jonesy gesagt habe – dass ich mir eins der Autos ausleihen wollte. Ob er mir das glaubt, ist eine andere Frage. Doch dann wird mir klar, dass ich mir um das Falsche einen Kopf mache. Meine Gedanken wandern zurück zu dem Notizbuch und dem riesigen Geheimnis, das Marcus vor mir verbirgt. *Darüber* sollte ich mir wirklich Sorgen machen.

SIEBENUNDZWANZIG

EMILY

Josh schläft oben, während Aidan und ich die unappetitlichen Überbleibsel im Kühlschrank durchsehen – eine Scheibe Käse, ein Stück Gurke, eine halbe Tomate und ein bisschen Hummus. Wir haben noch ein paar Cracker und das letzte Stück Brot hinzugefügt und essen das Ganze von Küchenpapier, weil sämtliche Teller bereits eingepackt sind. Doch ich bin so angespannt, dass ich sowieso keinen Appetit habe. Wir sitzen an dem hübschen, bunten Esstisch, den wir nicht mitnehmen werden, weil im Cottage kein Platz dafür ist. Ich fahre mit der Hand über die Oberfläche und fühle mich seltsam wehmütig bei dem Gedanken, ihn zurückzulassen. Zumal der Tisch im neuen Haus überhaupt nicht meinem Geschmack entsprechen würde.

Nachdem wir zwei Wochen lang bei Nacht und Nebel unsere übrigen Habseligkeiten hinübergebracht haben, ist heute endlich die Nacht des großen Umzugs. Aidan hat seinen Audi heute zur Leasingfirma zurückgebracht und ich habe meinen geliebten Mini verkauft – noch ein schwieriger Abschied. Vor ein paar Tagen haben wir bar auf die Hand einen gebrauchten Allrad-Pick-up-Truck von Isuzu erstanden, der momentan etwas die Straße runter steht statt in unserer Einfahrt, da wir keine Aufmerksamkeit erregen wollen.

Wir haben allen, denen wir Bescheid geben mussten, gesagt, dass wir ein paar Monate lang auf Reisen gehen, bevor das Baby zur Welt kommt. Als ich es Luanne diese Woche erzählt habe, war sie zwar erstaunt, freute sich aber für mich und war auch ein wenig neidisch darauf, was für tolle Erfahrungen Aidan und ich machen würden. Ich fühlte mich schrecklich, weil ich ihr nicht die Wahrheit sagen konnte, und es wurde nur noch schlimmer, als sie davon anfing, wie sehr sie sich darauf freue, nach unserer Rückkehr das Baby im Arm zu halten. Ich weiß nicht einmal, ob oder wann ich sie noch einmal wiedersehen werde. Die Vorstellung erschüttert mich noch immer.

Obwohl Biancas Haus wunderschön ist, wird mir nach wie vor beklommen bei dem Gedanken, von meinen Freunden und Kolleginnen getrennt zu sein. Werden Aidan und ich einander genügen oder werden wir anfangen, uns zu langweilen? Wir sind nicht daran gewöhnt, jeden einzelnen Tag miteinander zu verbringen. Was, wenn wir einander auf die Nerven gehen oder uns nicht mehr sehen können? Ich hoffe darauf, dass es genug Beschäftigung für uns geben wird, bei all den Renovierungen, Instandhaltungen und den Versuchen, unser eigenes Essen anzubauen. Wir haben noch nicht darüber gesprochen, ob wir es uns erlauben werden, uns mit den Einheimischen anzufreunden, oder zur Sicherheit lieber für uns bleiben sollten. Ich schätze, für diese Überlegungen bleibt noch reichlich Zeit, wenn wir erst einmal da sind.

Aidans Eltern haben uns beiden ziemlich die Hölle heiß gemacht, als wir ihnen von unserer Reise erzählt haben. Seine Mum meinte, wir wären verrückt, im sechsten Schwangerschaftsmonat auf Reisen zu gehen. »Was, wenn du einen Arzt brauchst? Was ist mit deinem Blutdruck? Was, wenn das Baby früher kommt und ihr gerade irgendwo unterwegs seid?« Ich kann ihr für diese Befürchtungen keinen Vorwurf machen, und eigentlich fühlte es sich sogar schön an, dass sie sich solche Sorgen macht. Normalerweise tritt sie mir gegenüber weniger warmherzig auf. Michelle war vor allem neidisch. Sie murrte etwas in die Richtung, dass ihr ja gar nicht klar gewesen sei, dass wir das Geld doch locker genug sitzen haben, um mal eben aufzuhören zu arbeiten und quer durch Europa zu jetten. Sie hat ja keine Ahnung.

Als wir vom Besuch bei ihnen zurückkamen, war Aidan unheimlich niedergeschlagen. Ich denke, die Tatsache, dass er seine Eltern anlügen musste, hat ihm noch einmal deutlicher vor Augen geführt, was wir hier eigentlich tun. Er weiß nicht, wann, wenn überhaupt, er sie wiedersehen wird. Das muss schwer auf ihm lasten. Zum wohl ersten Mal bin ich dankbar dafür, dass meine Eltern so wenig Interesse an mir zeigen.

Ich darf den Gedanken nicht zulassen, dass wir für den Rest unseres Lebens untertauchen. Bestimmt wird etwas passieren, das uns aus dieser Situation befreit und uns unsere Freiheit zurückgibt. Ich bete wohl für ein Wunder.

Aidan schlingt den Rest der Cracker hinunter und bringt die leeren Verpackungen hinaus zur Mülltonne. Als er zurückkommt, machen wir die Küche sauber. Ich habe dafür gesorgt, dass jedes Zimmer blitzblank ist. Abgesehen davon, dass wir die komplette Kaution zurückbekommen wollen, möchte ich Izzy auch kein Chaos hinterlassen. Ich weiß noch, wie sie uns erzählt hat, in was für einem üblen Zustand die vorherigen Mieter das Haus zurückgelassen haben, und dass sie ein Vermögen dafür ausgeben musste, es wieder wohnlich herzurichten. Diesmal wird sie sicher nicht enttäuscht sein. Sie war auch einverstanden, uns die Küchengeräte, den Esstisch, die Betten und das Sofa abzukaufen und das Haus diesmal möbliert zu vermieten.

Während ich ein letztes Mal durch die Küche fege und noch einmal in den Ofen und durch die Schränke schaue, frage ich mich, wer hier wohl als Nächstes einziehen wird. Wird es eine junge Familie sein, wie wir? Oder vielleicht ein Pärchen oder ein Single? Hoffentlich gefällt es denjenigen hier genauso gut wie uns.

»Wie sieht's aus?« Aidan kommt zurück in die Küche. »Ich habe einen Blick auf die Liste geworfen und glaube, wir sind so gut wie fertig.«

»Hast du den Gas- und Stromzähler abfotografiert?«

»Jep.« Aidan winkt mit dem Handy. »Und die ganzen restlichen Kisten und Kartons warten im Wohnzimmer darauf, dass ich sie in den Truck laden kann.«

Nun, da wir endlich mit dem Packen und Putzen fertig und bereit zur Abfahrt sind, fährt meine Nervosität wieder hoch. Ich setze mich einen Moment hin und beginne mit meinen Atemübungen, um meinen Blutdruck zu senken. Das Letzte, was wir jetzt gebrauchen können, ist ein Krankenhausaufenthalt wegen Schwangerschaftsvergiftung. Das würde uns komplett einen Strich durch die Rechnung machen. Aber wenn es hart auf hart kommen sollte und ich wirklich ins Krankenhaus müsste, habe ich Aidan gesagt, er solle dem Personal dort einschärfen, ich würde von einem Stalker bedroht und sie dürften daher niemandem, der vielleicht anruft, Informationen über mich weitergeben. Ich weiß nicht, ob das funktionieren würde, hoffe es aber sehr.

Die nächsten paar Stunden ziehen sich in die Länge. Den Fernseher haben wir schon verstaut, also sitzen wir im Esszimmer, unterhalten uns und würden die Zeit am liebsten dazu zwingen, einen Sprung zu machen. Wir haben uns vorgenommen, den Truck gegen ein Uhr nachts vollzuladen, sobald die meisten Leute im Bett sind. Auf diese Weise sollten wir gegen halb zwei aufbruchsfertig sein. Mein Magen hört nicht auf zu grummeln. Ich versuche, meinem Baby beruhigende Gedanken zu schicken. Ich frage mich, wie viel es von meiner Aufregung mitbekommt.

Gerade will ich Aidan fragen, wie viel Provision er noch vom Showroom bekommt, als mich das laute Summen der Türklingel aufschreckt. Aidan und ich richten uns sofort kerzengerade auf und schauen einander an.

»Wer ist das?«, flüstert er.

Ich schüttle den Kopf und zucke mit den Schultern.

»Bleib hier.« Er hält eine Hand hoch.

»Mach nicht auf.« Ich springe auf.

»Nein. Ich werfe nur mal einen Blick durchs Wohnzimmerfenster. Mal sehen, wer da ist.«

»Was, wenn die Person dich sieht? Er oder sie wird wissen, dass wir da sind.«

»Okay, ähm …«

Die Klingel summt erneut, und darauf folgt lautes Klopfen. Wer immer da ist, erweist sich als hartnäckig.

»Lass uns hochgehen.« Ich schleiche auf Zehenspitzen durch die Küche.

Aidan hält mich am Arm fest. »Warte! Was, wenn er oder sie durch den Briefschlitz guckt?«

»Das Dielenlicht ist aus. Man kann uns nicht sehen.«

»Okay.«

Wir stehlen uns durch die Diele Richtung Treppe und ich versuche angestrengt, nicht darüber nachzudenken, wer um halb zwölf Uhr nachts vor unserer Haustür stehen könnte. Mein Herz rast. Ich stelle mir eine Gangsterbande vor, die keinerlei Skrupel hat, unsere Tür einzutreten. Was, wenn es ihnen gelingt? Ich wusste es, wir hätten die Stadt früher verlassen sollen. Aidan meinte, wir bräuchten das Gehalt und die Provision des zusätzlichen Monats, aber was nützt uns Geld, wenn wir tot sind? Es könnte aber auch jemand anderes sein. Die Person, die mir die Nachrichten geschrieben hat. Die mich einfach nicht in Ruhe lässt. Die mir einen weiteren Grund geliefert hat, schnellstens aus der Stadt zu fliehen. Mit einem entsetzlichen Schaudern denke ich an die neueste Drohnachricht zurück.

Du musst einwilligen. Letzte Chance.

Ich versuche, sie aus meinem Kopf zu verbannen, doch ich kann kaum atmen. Aidan folgt mir die Treppe hinauf. Die ersten Stufen steige ich langsam und vorsichtig hoch, doch als ich mich dem oberen Ende nähere, gewinnt die Panik in mir die Überhand und ich falle auf dem Treppenabsatz beinahe hin, vor lauter Verzweiflung, nicht entdeckt zu werden. Es klingelt erneut – ein schroffes Summen, das durch meinen ganzen Körper vibriert. Ich habe irrsinnige Angst. Und ich mache mir Sorgen, dass das Geräusch Josh aufwecken könnte, sie ihn rufen hören und dann Gewissheit haben, dass wir zu Hause sind.

»Alles okay?«, zischt Aidan, als ich stolpere und mich dann wieder aufrichte.

»Ja.« Ich eile in Joshs Zimmer und werfe nur einen kurzen Blick auf seine schlafende Gestalt, bevor ich zum Fenster hinübergehe.

»Zieh nicht die Vorhänge auf«, warnt Aidan.

»Ich bin doch nicht blöd.« Ich stelle mich neben das Fenster und mein Mann hinter mich. Behutsam schiebe ich den Rand des Vorhangs zur Seite, spähe zu unserer Haustür hinab und bete, dass, wer auch immer da unten steht, nicht nach oben sieht.

ACHTUNDZWANZIG

EMILY

Ich schlage die Augen auf, aber es ist immer noch so dunkel, dass ich sie wieder schließe und versuche, noch einmal einzuschlafen. Hier fühlt es sich so anders an. So still. Als befänden wir uns auf einem winzigen Boot ganz allein auf dem Meer, ohne dass auf Meilen hinaus Land in Sicht wäre. Wir haben unser Haus letztlich um halb zwei verlassen, nachdem wir uns vollkommen sicher waren, dass der Fremde, der an unserer Tür geklingelt hatte, verschwunden war. Wir hatten ihn von Joshs Fenster aus beobachtet. Er wartete ein paar Minuten vor unserer Tür, klingelte und klopfte so laut, dass ich dachte, er würde die Nachbarn auf den Plan rufen. Irgendwann gab er Gott sei Dank auf und ging unseren Weg entlang zurück zum Gehsteig. Sein Fahrrad lehnte an unserem Mäuerchen, und nach einem letzten Blick zurück hoch zu unserem Haus fuhr er davon. Diesem kurzen Blick nach zu schließen, schien er in den Zwanzigern oder Anfang dreißig zu sein, aber weder Aidan noch ich erkannten sein Gesicht.

Ich versuche, das Unbehagen darüber, wer er gewesen sein mag, beiseitezuschieben und mich auf das Hier und Jetzt zu konzentrieren. Die Luft in unserem neuen Schlafzimmer ist muffig, und ich kann nicht beurteilen, ob das an der warmen Nacht liegt oder daran, dass ein Weilchen niemand im Haus gelebt hat, oder ob es hier drinnen jetzt immer so sein wird. Es kommt mir vor, als könnte ich die vorherigen Bewohner noch riechen – ihre fremden Gerüche und Parfümnoten, die in der Luft hängen wie übrig gebliebene Reviermarkierungen. Ihr Geruch irritiert mich und macht mich unerklärlicherweise wütend. Ich verstehe, warum sich manche Leute Räucherstäbchen und Kristalle kaufen, um die Aura ihres neuen Zuhauses zu reinigen. Vielleicht probiere ich morgen etwas Ähnliches, indem ich alle Fenster weit aufreiße und den Geruch einer meiner kostbaren Duftkerzen durch das ganze Haus strömen lasse.

Wir sind gegen drei Uhr morgens hier angekommen und haben beschlossen, direkt ins Bett zu gehen, statt erst den Truck auszuladen. Wir waren so erschöpft nach den ganzen Nächten des unterbrochenen Schlafs. Doch obwohl ich immer noch hundemüde bin, gelang es mir nicht, in tiefen Schlaf zu fallen, und bin etwa alle vierzig Minuten aufgewacht. Es hilft auch nicht, dass das Baby mir jedes Mal auf die Blase drückt, wenn ich mich hinlege, und sobald ich aufstehe, um auf die Toilette zu gehen, das Gefühl vergeht.

Ich will nicht noch einmal auf meinem Handy nach der Uhrzeit sehen, das wird mich nur frustrieren. Ich warte einfach ab, bis es hell ist, und stehe dann auf. Hoffentlich sieht bei Tageslicht alles schon ganz anders aus. Mir fällt ein, dass wir das Haus ja tatsächlich noch gar nicht im Hellen gesehen haben. Wirklich merkwürdig.

Ich muss wieder eingeschlafen sein, denn ich wache erneut auf, doch es ist nach wie vor stockdunkel. Ich habe geträumt, ich würde in einem Baumhaus wohnen, aber es gab einen Sturm und der Baum schwankte so sehr, dass ich dachte, ich würde herunterfallen. Ich drehe mich auf die andere Seite.

»Bist du wach?«, flüstert Aidan.

»Ja. Ich kann schlecht schlafen. Und du?«

»Auch. Ich bin hellwach. Ich wünschte, es wäre endlich Morgen.«

»Wie viel Uhr ist es?« Plötzlich fühle ich mich deutlich besser, da Aidan ebenfalls wach ist. Ein Mitstreiter in meiner Schlaflosigkeit.

»Komisch.« Aidan setzt sich neben mir auf, das Licht seines Handys verleiht ihm ein geisterhaftes Aussehen.

»Was denn?«

»Angeblich ist es Viertel nach zehn.«

»Das kann nicht sein, es ist noch dunkel.«

Aidan steigt aus dem Bett und geht zum Fenster. Auf einmal brandet eine ganze Flut Lichtstrahlen ins Zimmer.

Ich zucke zusammen und blinzle. »Was ist das denn?«

»Die Fensterläden.« Aidan lacht auf. »Sie haben das komplette Licht ausgesperrt, deshalb dachten wir, es wäre noch mitten in der Nacht. Kein Wunder, dass wir so hellwach waren.«

»Oh nein.« Ich richte mich kerzengerade auf. »Was ist mit Josh?!«

»George, meinst du.«

»Puh, ja, daran werde ich mich nie gewöhnen.«

Aidan und ich eilen aus dem Schlafzimmer, um nach unserem Sohn im Nebenzimmer zu sehen. Erleichterung erfüllt mich, als ich ihn auf dem Boden hocken und in einem der Umzugskartons nach seinen Spielsachen kramen sehe. Er hatte letzte Woche Geburtstag und wir haben eine Strandparty veranstaltet, auf der er alle möglichen tollen Sachen geschenkt bekommen hat, mit denen er sich nun schon tagelang fröhlich beschäftigt hält.

»Gefällt dir dein neues Zimmer?«

Josh nickt. »Ich baue einen Zoo mit meinen Tieren.« Er holt einen Holztiger und -elefant aus dem Karton.

Ich beuge mich hinab, um ihm einen Kuss zu geben. »Super

Idee. Vielleicht könnten wir ein paar Blätter sammeln und ihnen einen Dschungel bauen.«

»Ja!«

»Wollen wir erst frühstücken?«

Wir gehen alle zusammen hinunter in die Küche. Das Erste, was mir ins Auge fällt, ist das Licht, das durch die Fenster und halbverglaste Hintertür hineinströmt. Und die Aussicht. Wir blicken auf einen überwucherten Garten hinaus, mit Obstbäumen, einem großen Gewächshaus und einer dahinterliegenden Wiese, die von Hecken und stolzen Bäumen begrenzt wird, die aussehen, als stünden sie hier schon seit Jahrzehnten. Alles sieht so friedlich und traumhaft aus. Gleichzeitig ist es ganz schön furchterregend, denn ich habe keine Ahnung, wie man sich um Land oder Bäume oder sonst was kümmert.

»Mummy, da ist eine Schaukel! Darf ich da drauf?«

Ich richte den Blick auf die Stelle, auf die Josh zeigt, und entdecke eine selbstgebaute Holzschaukel, die von einem niedrigen Ast eines Apfelbaums hängt. »Die sieht ja klasse aus.«

»Lasst mich zuerst prüfen, ob sie auch sicher ist«, wendet Aidan ein.

»Nach dem Frühstück«, füge ich hinzu.

Wir wuseln auf der Suche nach Essen, Geschirr und Besteck in der Küche herum und setzen Josh schließlich mit einer Schale Honey Loops an den Tisch. Aidan findet den Schlüssel zur Hintertür, öffnet sie und lässt Sommerluft und Vogelgesang herein. *Es ist ein Abenteuer*, sage ich mir. *Ich habe Glück, an so einem zauberhaften Ort sein zu dürfen.* Wenn ich es mir oft genug sage, dann glaube ich es am Ende vielleicht wirklich.

»Weißt du, wie der funktioniert?« Ich zeige auf den Herd.

Aidan blättert durch einen Papierstapel auf der Küchentheke. Er zieht eine Bedienungsanleitung mit einem Foto des Herdes hervor. »Nein, aber wir finden es heraus.« Er blättert durch die ersten paar Seiten. »Hier steht, es ist ein Multifuel-

Herd.« Er zuckt mit den Schultern und legt die Anleitung wieder weg, dann bemerkt er meinen Blick. Ich muss sehr gequält dreinschauen, denn er lächelt. »Mach dir keine Sorgen, ehrlich. Ich komme dahinter und zeig es dir dann, ja?«

»Ich glaube, ich bin einfach müde.«

»Verständlich. Die letzten paar Wochen waren stressig, und dann klingelt gestern Abend auch noch dieser Typ bei uns.«

»Meinst du, das war einer von den« – ich senke die Stimme – »Kredithaien?«

»Kann sein. Ich weiß es nicht.«

»Hier finden sie uns doch nicht, oder, Aidy?«

»Nein. Auf keinen Fall.«

»Wenn nämlich doch, na ja, hier ist es so abgelegen. Wir haben keine direkten Nachbarn, die uns helfen könnten.«

»So darfst du nicht denken. Wie sollten sie uns finden? Es führen keine Familienverbindungen in diese Gegend. All unsere Freunde und die Familie denken, wir sind ins Ausland gereist. Wir haben unsere Namen geändert. Niemand hat unsere neue Adresse. Wir haben sogar unsere Bankkonten gekündigt.«

Ich atme aus und lehne mich an die Theke. »Ich weiß. Du hast recht. Ich schätze, es wird bloß etwas dauern, bis wir uns zurücklehnen können. Bis wir nicht mehr das Gefühl haben, ständig nach links und rechts schauen zu müssen.«

»Und vergiss nicht, die Schulden sind erst in anderthalb Wochen fällig, also wird sowieso noch niemand nach uns suchen. Und dann ist es zu spät. Wir sind schon weg.«

»Stimmt. Ich hoffe nur, dass uns niemand hierhin gefolgt ist.«

»Wir haben doch höllisch aufgepasst, sind nur nachts hergekommen und noch bei der Arbeit geblieben, damit keiner Verdacht schöpft.«

»Was heißt *Vadachtszopf*?«, fragt Josh, den Mund voller Cornflakes.

Ich werfe Aidan einen besorgten Blick zu. Wir sollten darüber wirklich nicht vor unserem Sohn sprechen. Wäre er noch kleiner, würde er das überhaupt nicht wahrnehmen, doch nun, mit vier, hört er langsam genauer hin und stellt neugierige Fragen.

Ich setze mich Josh gegenüber. »Verdacht schöpfen bedeutet, du denkst, jemand könnte vielleicht etwas getan haben. Ich könnte zum Beispiel Verdacht geschöpft haben, dass Daddy etwas von deinen Honey Loops stibitzt hat.«

»Daddy! Das darfst du nicht!«

»Ich war's nicht.« Aidan hebt die Hände und sieht dann absichtlich extraverdächtig aus, indem er den Blick hierhin und dorthin schweifen lässt.

Josh kichert, und die nächsten zwanzig Minuten unterhalten wir uns über spaßige Nichtigkeiten.

Nach dem Frühstück gehen wir nach draußen und Aidan prüft die Schaukel, bevor er Josh daraufsetzt. Ein seltsames Geräusch wie von einem Tier dringt von hinter dem Gewächshaus zu uns. Aidan hört es ebenfalls und geht nachsehen, während ich Josh auf der Schaukel anschubse und er mich drängt, ihn noch höher schwingen zu lassen.

»Hey ihr, kommt mal her und seht euch das an!« Aidan klingt eher aufgeregt als besorgt.

Ich halte die Schaukel an. »Komm mit, lass uns mal gucken gehen, was Daddy da gefunden hat.« Ich nehme meinen Sohn bei der Hand und wir laufen über den Rasen um das Gewächshaus herum, wo wir einem gewaltigen Hühnerstall und mehreren gackernden Hühnern entgegenblicken. Um den Stall ist eine riesige, weiße Schleife geschlungen, und daran hängt eine Karte. Ich trete näher und lese, was darauf steht:

Willkommen im neuen Zuhause, alles Liebe, Bianca.

»Ist das zu fassen?« Aidans Augen weiten sich vor Aufregung. »Hühner! Das bedeutet frische Eier.«

Josh hockt sich neben den Stall und steckt die Finger durch den Draht. »Ich mag Hühner. Sind das jetzt unsere?«

»Steck die Finger nicht rein. Können Hühner beißen?«, frage ich meinen Mann.

Er lacht. »Ich glaube nicht. Sie haben gar keine Zähne. Aber vielleicht picken sie.«

»Auf nichts davon sind wir vorbereitet. Ich meine, das war lieb von Bianca, aber ich glaube, das ist zu viel für mich.« Panik steigt in mir auf. Das hier mag für jemand anderes ein Traumhaus sein. Aber nicht für mich. Ich fühle mich komplett überfordert. Schlecht vorbereitet. Ich gebe mir Mühe, nicht an unser kleines Haus in Ashley Cross zu denken. Es ist nicht länger mein Zuhause. Bald schon wird es das von jemand anderem sein, und ich werde mich zusammenreißen und das hier zum Laufen bringen müssen, es erscheint mir im Moment bloß alles so überwältigend.

Aidan sieht mein Gesicht und wendet sich unserem Sohn zu. »Weißt du was, Joshy, wir spielen später mit den Hühnern. Geh doch jetzt erst einmal wieder rein und bau diesen Zoo, von dem du vorhin gesprochen hast.«

Ich korrigiere ihn nicht, als er den alten Namen unseres Sohns benutzt. Wir haben ihm noch nicht erklärt, dass sein Name von nun an George lauten wird. Wie soll man einem Vierjährigen auch beibringen, dass wir seinen Namen ändern? Wir werden uns etwas ausdenken müssen, wie wir es ihm verkaufen. Aber darüber kann ich momentan nicht nachdenken, weil mein Hirn bereits wegen allem anderen ins Schleudern gerät. Mein Mund ist trocken und mein Kopf dröhnt. »Ich glaube, ich muss mich hinsetzen.« Ich sinke im Schneidersitz auf den Boden und lasse den Kopf hängen.

»Em, alles okay?«

»Annie«, murmle ich zurück. »Ich bin jetzt Annie.«

»Mach dir darüber jetzt keine Gedanken. Ist dir schwindelig? Soll ich einen Krankenwagen rufen?«

»Nein, nein, es geht mir gut. Es ist nur gerade alles zu viel.« Ich schließe die Augen und versuche, die Hühnergeräusche auszublenden. Ich atme ein paarmal tief durch, doch statt mich zu beruhigen, erinnert mich das viel eher daran, dass die Luft hier so anders riecht. Dass wir hier nicht zu Hause sind.

NEUNUNDZWANZIG

DANI

Ich eile den schmalen, staubigen Gehsteig entlang und halte den Kopf gesenkt, in der Hoffnung, niemandem über den Weg zu laufen, den ich kenne. Ich bin in Parkstone, nicht allzu weit von zu Hause entfernt, und sogar nur wenige Straßen von Jays Besenkammer und Mums Bungalow, aber ich bin heute nicht hier, um einen der beiden zu besuchen.

Die vergangenen zwei Wochen waren aufreibend und fürchterlich und ich fühle mich, als würde ich ein Doppelleben führen. Seit ich Marcus' Notizbuch gefunden habe, sehe ich meinen Mann mit ganz anderen Augen. Ich muss eine echt gute Schauspielerin sein, weil er nicht den geringsten Verdacht geschöpft hat. Jonesy hat Wort gehalten und mein erfundenes Geheimnis darüber, warum ich in Marcus' Büro war, nicht weitererzählt.

Wenn ich noch vor ein paar Monaten derart distanziert aufgetreten wäre, hätte Marcus mich gar nicht mehr in Ruhe gelassen mit Nachfragen, was denn los sei, und Versuchen, es ins Reine zu bringen, doch so sehr mit sich selbst beschäftigt, wie er momentan ist, nimmt er kaum wahr, dass etwas nicht stimmt. Ich schätze, das macht es leichter. Aber ich wünschte, ich könnte ihn damit konfrontieren. Ich mache mir Sorgen um ihn. Sorgen wegen der Schwierigkeiten, in denen er vielleicht steckt. Diese Kollegen von ihm ... Ich glaube nicht, dass das gute Menschen sind, aber Marcus muss so tief drinstecken, dass er nicht mehr herauskommt. Kein Wunder, dass er so verschlossen ist; er muss unter unglaublichem Stress stehen.

Ich habe mit dem Gedanken gespielt, ihm zu sagen, dass ich über seine Probleme Bescheid weiß, doch jedes Mal, wenn ich kurz davor bin, es anzusprechen, mache ich einen Rückzieher. Marcus hat mich nie miteinbezogen, was sein Geschäft angeht, und ich habe keine Ahnung, wie er auf diese Nachricht reagieren würde.

Ich achte auf die Hausnummern, während ich die steile Straße hinauf an dicht zusammengepferchten, mehr oder weniger gut instand gehaltenen Reihen- und Doppelhäuschen vorbeistapfe. Was auch immer ich dieser Tage tue, fühlt sich erzwungen und schwer an, als würde ich meine Unruhe und Angst auf Schritt und Tritt mit mir herumschleppen.

Schließlich erreiche ich mein Ziel, eine rot geziegelte Doppelhaushälfte mit einem ordentlichen Vorgarten und robustem Eisentor. Ein gutes Zeichen, denke ich mir, dass das Haus gepflegt wird.

Ich öffne das Tor, wobei mir auffällt, dass es nicht quietscht, und gehe den Weg hinauf zur Haustür mit der kunststoffgefassten Doppelglasscheibe. Es gibt zwei Klingeln. Ich drücke die, an der 32A steht. Kurz darauf höre ich, wie jemand eine Treppe hinuntereilt. Die Tür öffnet sich und vor mir steht ein Mann in Jeans und einem einfachen, dunkelblauen T-Shirt. Er ist in den Dreißigern, durchschnittlich groß, mit durchschnittlicher Statur und mittelbraunem, gewelltem Haar.

»Rob?«

»Hi, ja. Sie müssen Dani sein.« Er streckt die Hand aus und

ich schüttle sie. Sein Händedruck ist fest und seine Handfläche fühlt sich kühl und trocken an. »Kommen Sie rein.«

Ich betrete einen düsteren Eingangsbereich und folge ihm die Treppe hinauf durch seine Wohnungstür. Hier ist es sauber und riecht frisch, aber alles macht einen ziemlich nichtssagenden, neutralen Eindruck – blanke Wände, billiger Teppichboden, dünne Türen. Als ich mit Rob telefoniert habe, nannte er mir seine Büroadresse in Poole, doch da ich es nicht riskieren wollte, dass mich jemand dort hineingehen sieht, fragte ich ihn, ob wir uns irgendwo abseits der Augen der Öffentlichkeit treffen könnten. Er schlug seine Wohnung vor, und da bin ich also.

Ein hübscher grauer Kater läuft im Flur an mir vorbei und reibt sich an meinen Beinen. Ich bücke mich, um ihm den Kopf zu streicheln.

Rob bleibt stehen und dreht sich um. »Das ist Harvey. Er gehört eigentlich der Nachbarsfamilie, folgt mir aber ständig hier herein. Ich glaube, ihm gefällt die Ruhe hier.«

»Er ist ein Hübscher.«

Wir betreten ein helles Wohnzimmer mit magnolienfarbenen Wänden und fantasielosen Möbeln. Rob deutet auf ein beiges Sofa. »Bitte nehmen Sie Platz.«

»Danke.« Ich hocke mich auf die Sofakante, während Rob sein Handy aus der Tasche holt und es auf den Couchtisch aus Fichtenholz legt. »Sind Sie einverstanden, dass ich unser Gespräch aufzeichne?«

»Ähm, ja, in Ordnung.« Obwohl es mir ehrlich gesagt ein wenig unangenehm ist. »Sie spielen es doch niemandem vor, oder?«

»Nein, auf keinen Fall. Das ist nur für mich selbst, damit ich keine wichtigen Einzelheiten vergesse.«

»Ah, okay. Ich habe so etwas noch nie gemacht. Ich weiß nicht genau, wie es abläuft.«

Er schenkt mir ein freundliches Lächeln, das sein Gesicht

von durchschnittlich in fast schon attraktiv verwandelt. Um seine weichen grauen Augen herum bilden sich Lachfältchen. »Sie brauchen wirklich keine Bedenken zu haben. Ich stelle Ihnen einfach ein paar Fragen und Sie erzählen mir, was Sie hergeführt hat, in Ordnung?«

Ich nicke, plötzlich fühlt sich mein Mund trocken an. Ich habe Rob McAvoy online gefunden und ihn angerufen, bevor ich es mir anders überlegen konnte. Er hatte die besten Bewertungen in der Gegend. In den meisten Situationen fände ich eine persönliche Empfehlung besser, doch ein Privatdetektiv ist nicht gerade die Art Dienstleistung, für die man sich bei Freunden und Familie umhören kann. Nicht, wenn man Wert auf Diskretion legt. Und das tue ich unbedingt.

Ich wünschte, ich könnte jemanden um Hilfe bitten, der kein völlig Fremder ist, aber meine Freundinnen tratschen zu gern, und bei meinem Bruder wäre ich mir nicht sicher, ob er Marcus nicht zur Rede stellen oder etwas vergleichbar Unüberlegtes tun würde. Ironischerweise ist der einzige Mensch, mit dem ich über ein solches Problem gern reden würde, Marcus.

Rob drückt den Aufnahmebutton auf seinem Handy und gibt das Datum sowie meinen Namen an. »Also, am Telefon sagten Sie, Sie benötigen meine Dienste als privater Finanzdetektiv, um Einblick in die geschäftlichen Angelegenheiten Ihres Mannes zu erhalten, ist das korrekt?«

Ich nicke.

»Es wäre hilfreich, wenn Sie laut antworten würden.« Rob deutet auf das Handy.

Ich räuspere mich. »Verzeihung, ja, das ist korrekt.«

»Könnten Sie mir beschreiben, was für eine Art Verdacht Sie hegen? Und welche Informationen Sie von mir benötigen?«

Ich atme tief ein und wieder aus, und frage mich, ob ich nicht einen schrecklichen Fehler begehe, wenn ich diesem Fremden von meiner Entdeckung erzähle. Doch ich habe das Gefühl, mir bleibt nichts anderes mehr übrig. Wenigstens verfügt er als ehemaliger Polizist über die nötige Ausbildung und kennt sich mit dem Gesetz aus. Ich schlucke meine Zweifel hinunter und beginne, den Abend nachzuerzählen, an dem ich das Notizbuch im Büro meines Mannes gefunden habe. Und was darinstand.

DREISSIG

EMILY

Obwohl ich schon fast im neunten Monat schwanger bin, habe ich mich in meinem ganzen Leben noch nie so fit und gesund gefühlt. Meine Übelkeit ist verschwunden, meine Kopfschmerzen haben sich in Luft aufgelöst, mein Körper ist – abgesehen von meinem Bauch – stark und straff. Wir stehen jeden Tag früh auf und nehmen uns eine Liste an Aufgaben vor, die unsere Aufmerksamkeit verlangen. Das Innere des Hauses haben wir bereits komplett neu gestrichen, mit großen Töpfen weißer Farbe, die wir im Geräteschuppen gefunden haben. Wir haben unsere Sachen ausgepackt, und so langsam fühlt es sich hier mehr nach einem Zuhause an.

Unsere größte Herausforderung bestand darin, uns um das Land zu kümmern. Überraschenderweise ist Aidan dabei ganz in seinem Element. Er hat sich auf den forstwirtschaftlichen Teil gestürzt, während Josh und ich die Hühner versorgen und den unfassbaren Küchengarten bestellen, den wir hinter den Obstbäumen entdeckt haben – zwölf große Hochbeete. Dort wachsen Kartoffeln, Karotten, Salat, Radieschen, Tomaten, Beeren und noch vieles mehr. Ich hatte gehofft, ein paar Blogs zu finden, die mir den Einstieg erleichtern, aber leider können wir uns weder Telefon noch Internet leisten. Das einzige Kommunikationsmittel, das uns zur Verfügung steht, sind Wegwerf-Handys mit brandneuen Nummern, doch die bekommen bloß an wenigen Stellen im Haus guten Empfang.

Allerdings bin ich in der Küche auf einige hilfreiche Garten- und Kochbücher gestoßen, die den vorherigen Bewohnern gehört haben müssen. Sie haben an den Rändern allerlei nützliche Anmerkungen hinterlassen, die mir tatsächlich mehr weitergeholfen haben als der Inhalt der Bücher selbst. Ich habe vor, mich auch noch auf die Suche nach der nächsten Bücherei zu machen und herauszufinden, ob man dort auch ohne Ausweis eine Karte bekommen kann. Wenn nicht, werde ich einfach in der Bücherei lesen müssen, statt die Bücher mit nach Hause zu nehmen. Doch diese Aufgabe wird noch warten müssen. Wahrscheinlich bis nach der Geburt des Babys.

Josh ist förmlich aufgeblüht. Er liebt alles an unserem neuen Leben. Entweder ist er mit mir im Garten oder sitzt mit seinem Dad auf dem Rasenmähertraktor. Er wächst wie Unkraut, sein kleiner Körper wird stärker und ist sonnengebräunt. Wir denken noch nicht über die Schule nach, aber wenn es so weit ist, tendiere ich wahrscheinlich zu Hausunterricht. Obwohl das vermutlich gleich die nächste große Herausforderung darstellt, zumal wir dann ja noch zusätzliche Verantwortung für ein Neugeborenes tragen.

Aidan spricht andauernd davon, sich Ziegen und Schafe zulegen zu wollen, aber das können wir uns noch nicht leisten. Er bietet auch bereits das abgelagerte Holz in der Scheune zum Verkauf an und hat dazu ein selbstgemachtes Schild an die Hauptstraße gestellt, auf dem »Eier und Feuerholz« steht. Es kamen auch schon ein paar Kunden, aber nicht einmal annähernd genug, um davon zu leben. Das gelagerte Holz wird auch nicht ewig reichen, also wird er lernen müssen, wie man Bäume fällt, damit wir auch nächstes Jahr Holz zu verkaufen haben.

Unterm Strich kann man also sagen, dass wir uns hier zwar

ein Leben auf die Beine stellen, aber noch nicht komplett autark sind, und das bereitet mir durchaus Sorge. Zumal es momentan Hochsommer ist und die Lage im Winter vermutlich sehr viel schwerer wird. Zwar haben wir Solarzellen und eine Klärgrube, was unsere Rechnungen schmälert, doch es kamen auch viele unvorhergesehene Kosten auf uns zu: eine gepfefferte Kommunalsteuer, Ausgaben für Lebensmittel und diverse andere Dinge, die sich summiert haben.

Was unsere neuen Namen betrifft, gewöhnen wir uns beim Sprechen allmählich daran, obwohl es mir immer noch schwerfällt, innerlich *David, Annie und George* zu denken. Im Kopf muss ich mich jedes Mal dazu zwingen, mich zu korrigieren.

Es ist ein lauer Abend, wir sitzen auf einer Decke im Garten und essen Omelette, Bratkartoffeln, Tomaten und Bohnen, alles aus eigener Produktion. Wir nehmen die Mahlzeiten inzwischen gemeinsam als Familie ein, statt zu verschiedenen Zeiten mit dem Teller auf dem Schoß. Es fühlt sich idyllisch an, die sanfte Sonne wärmt uns die Haut und wir sind umgeben von Vogelträllern und dem Rauschen der Sommerbrise in den Bäumen. Doch mir ist klar, dass dieses entspannte Leben ein Ende haben wird, wenn wir keine Lösung für unsere Geldsorgen finden.

»Mummy, ich bin fertig, kann ich spielen gehen?«

»Ja, aber nicht allein in den Wald gehen, okay, George? Bleib da, wo ich dich sehen kann.« Mir ist immer noch nicht wohl dabei, unseren Sohn hier allein herumlaufen zu lassen. Obwohl es ja unser Land ist, warten nur zu viele Unfälle darauf, einem völlig angstfreien Vierjährigen zu passieren. Ganz zu schweigen von gewalttätigen Schuldeneintreibern.

Josh rennt zur Wiese hinter den Bäumen und ich spähe ihm nach, um sicherzugehen, dass er in Sichtweite bleibt.

Aidan steckt sich die letzte Bratkartoffel in den Mund, seufzt zufrieden und streckt die Beine vor sich aus. Er sieht so gut aus wie seit Jahren nicht mehr, er wird von Tag zu Tag schlanker und muskulöser, seine braunen Augen sind klarer und funkelnder und sein von Natur aus lockiges Haar ist länger und blonder, von der Sonne aufgehellt. Die viele Zeit an der frischen Luft tut uns allen gut. »Das war köstlich. Danke.«

»Kein Problem.« Ich ändere meine Position, um es mir auf der Decke gemütlicher zu machen. Mein Babybauch fühlt sich heute ganz besonders schwer an.

»Du bist heute Abend so still. Ist alles in Ordnung?«

Beinahe möchte ich meine Sorgen nicht ansprechen und damit diesen schönen Tag trüben, aber es lässt sich nicht länger aufschieben. Denn wir wollen ja nicht, dass alles, wofür wir die letzten paar Wochen gearbeitet haben, ins Wanken gerät. »Ich mache mir Sorgen um das Geld.«

»Oh.« Er runzelt die Stirn. »Na ja, es geht uns doch ganz gut, oder? Wir haben den Garten und die Hühner und das Holz. Wir brauchen nicht viel – eigentlich nur genug zu essen.«

Aidan und ich haben beschlossen, dass *ich* für das Geld verantwortlich bin, da er sich selbst wegen der Spielsucht immer noch nicht über den Weg traut. Ich habe ihm nicht einmal verraten, wo ich es aufbewahre, damit es keine zu große Versuchung für ihn darstellt. Er hat mich ein paarmal um Bargeld gebeten, seinen Worten nach für Vorräte, doch ich bot jedes Mal an, die Sachen selbst zu besorgen, was, wie wir beide wissen, bedeutet, dass ich ihm das Geld nicht anvertraue. Es nervt, die Buhfrau sein zu müssen. Ich fühle mich furchtbar, weil ich ihn wie ein Kind behandle, aber er meint, er verstehe das. Ich wünschte, wir könnten die Last teilen, aber das wäre angesichts Aidans Sucht einfach nicht sinnvoll.

Er muss wissen, dass die finanzielle Lage nicht rosig ist, er soll aber nicht auf den blöden Gedanken kommen, sie zu verbessern, indem er mehr Geld erspielt – so sind wir überhaupt erst in dieses Schlamassel geraten. »Es geht uns bisher auch gut. Aber wir haben nur noch zweihundert Pfund übrig. Und wenn man die Kommunalsteuer und Wasserabgaben einberechnet, dazu noch Benzin und Toilettenartikel, dann reicht das nicht mehr lange. Wenn irgendwelche ungeplanten Kosten fällig werden, wenn zum Beispiel der Truck einen Schaden hat oder wir noch etwas für das Baby brauchen ...«

»Wir haben noch die ganzen alten Babysachen von George, das sollte reichen.«

»Ja, aber wir werden noch jede Menge mehr brauchen, allein schon Windeln.«

»Wir können uns wiederverwendbare besorgen.«

»Die kosten aber auch einiges.«

Aidan beißt sich auf die Lippe. »Ja, du hast recht. Ich glaube, ich denke nur nicht gern darüber nach. Wenn sich alles andere doch so gut anfühlt.«

»Ich weiß. Das ist scheiße. Wir arbeiten so hart und stellen uns so gut an, aber es reicht nicht. Und das, obwohl wir keine Miete bezahlen.« Ich sage nicht dazu, dass mich diese Sorgen nachts wachhalten, seit wir hier wohnen. Es hilft uns nicht weiter, wenn ich ihm ein schlechtes Gewissen mache.

Eine Weile sitzen wir schweigend da. Josh sieht in der Ferne aus wie ein kleiner Waldgeist, wie er da über die Wiese springt, mit einem Ast über dem Kopf herumfuchtelt und seine blonden Locken im Sonnenlicht strahlen. Ich überlege, hinüberzugehen und ihn zur Vorsicht zu ermahnen, damit er sich mit dem Ast nicht ins Auge piekt. Ich werde gleich mal rübergehen.

»Und jetzt?« Aidan sieht mich an.

Keine Ahnung, seit wann ich diejenige mit den Antworten auf sämtliche Fragen sein soll. »Mir ist eine Sache eingefallen, aber ich glaube, das wird dir nicht gefallen.« Wir sehen uns ein paar Augenblicke lang nur an.

»Nicht das mit dem Untermieter.« Er steht auf und streckt die Arme über dem Kopf aus, dann setzt er sich wieder. »Das hast du schon mal vorgeschlagen, und ich finde das keine gute Idee. Wir versuchen, hier unterzutauchen.«

»Okay.« Ich spüre die Wut in mir hochsteigen, aber ich weiß, dass es nur die Sorge wegen unserer finanziellen Situation ist. »Was sollten wir *deiner Meinung* nach tun?«

»Schade, dass wir kein Internet haben, sonst könnten wir versuchen, uns irgendeinen Online-Job zu besorgen.«

Ich bin misstrauisch, was eine Internetverbindung angeht, da ich mir nicht sicher bin, ob mein Mann nicht doch wieder mit dem Glücksspiel anfängt. Er meint, er sei darüber hinweg. Aber vor unserem Umzug habe ich mich auf einigen Selbsthilfe-Websites umgesehen, auf denen es hieß, Spielsucht sei enorm schwer zu überwinden. Dafür brauche es Arbeit und Willenskraft und jede Menge Hilfe. Stress und Geldprobleme sind auch nicht gerade die besten Umstände, um eine Sucht zu besiegen; sie können sie sogar eher noch befeuern. »Wir können hier aber nicht online gehen, fällt dir also noch irgendetwas anderes ein?«

Er fährt sich mit der Hand über den Kopf und beginnt, an Grashalmen herumzuzupfen. »Nein.«

»Ich meine, ich möchte ja auch nicht gern einen Fremden in unserem Haus haben, aber was bleibt uns für eine Wahl? Denk mal an die Miete, die wir jeden Monat kassieren könnten. So regelmäßige Einnahmen wären traumhaft. Uns keine Sorgen machen zu müssen, wäre traumhaft. Und in einem Jahr oder so haben wir dann das Geschäft so weit aufgebaut, dass wir unabhängiger sind. Und dann leben wir wieder allein.«

Aidan nickt langsam. Ich glaube, er erwärmt sich allmählich für die Idee. »Denkst du nicht, dass uns das in Gefahr bringen könnte?«

»Ich wüsste nicht, wie. Wir könnten nur hier in der Umgebung inserieren. Und wir benutzen eh andere Namen ...«

»Lass mich darüber nachdenken.«

Ich weiß, dass ich meine Sorgen früher hätte ansprechen sollen. Ich hatte Angst davor, Staub aufzuwirbeln, ihn wegen des Geldes zu belasten, ihn wieder ans Spielen denken zu lassen. Aber wir haben die Stufe erreicht, an der es sich nicht länger aufschieben lässt. Ich werde ihm ein paar Tage geben, der Idee zuzustimmen oder sich eine Alternative zu überlegen. Aber danach, glaube ich, werde ich darauf drängen müssen, es durchzuziehen.

Immerhin ist nichts Verdächtiges vorgefallen, was unsere Verfolger angeht. Ich erlaube mir sogar langsam die Hoffnung, dass sie uns vielleicht vergessen und eingesehen haben, dass wir endgültig verschwunden sind. Aber möglicherweise sind dreiundachtzigtausend Pfund auch zu viel, als dass sie kampflos aufgeben würden. Ich bin nicht blöd. Wir dürfen uns noch nicht in Sicherheit wiegen. Noch lange nicht.

EINUNDDREISSIG

Dann gab es eben einen kleinen Rückschlag. Aber ich gebe nicht auf. Ich bin stolz darauf, dass ich Dinge zu Ende bringe, und sehr zuversichtlich, dass früher oder später etwas zutage tritt. Diese Sache hat kein Zeitlimit. Zumindest nicht für mich. Für sie sieht es völlig anders aus.

ZWEIUNDDREISSIG

EMILY

Als ich unsere Anzeige ans Schwarze Brett im örtlichen Gemischtwarenladen Schrägstrich Postamt pinne, fällt mir wieder einmal auf, wie sehr sich dieser Ort anfühlt, als wäre hier die Zeit stehen geblieben. Als hätte ich eine Zeitreise zurück in die Fünfziger gemacht. Nicht, dass das unbedingt etwas Schlechtes wäre. Ich bin nur absolut nicht daran gewöhnt.

Als ich zum ersten Mal für den wöchentlichen Einkauf herkam, dachte ich, ich könnte mich einfach hineinstehlen, meinen Korb füllen, bezahlen und wieder gehen, ohne mit irgendwem ein Wort zu wechseln. Doch sobald ich mich der überfreundlichen, grauhaarigen Dame an der Kasse näherte, überfiel sie mich augenblicklich mit einem lebhaften Gespräch darüber, wie bildhübsch Josh doch sei und dass es draußen ja unglaublich heiß wäre und sie uns hier noch nie gesehen hätte, ob wir zu Besuch seien? Ich versuchte, mir schnell eine vage Antwort zu überlegen, aber da sie mich so überrumpelt hatte, erzählte ich ihr doch, dass wir gerade erst in die Gegend gezogen waren. Das löste eine ganze Lawine neuer Fragen aus, einschließlich der, wo wir denn lebten und wo wir herkämen.

Mir fiel auf die Schnelle nichts ein, also sagte ich wahrheitsgemäß, dass wir auf die Briar Hill Farm gezogen sind. Zum Glück hakte sie nicht noch einmal nach, wo wir vorher gewohnt hatten. Stattdessen verriet sie mir alle schmutzigen Details über die Vormieter, eine fünfköpfige Familie, die ein paar Jahre dort gelebt hatte, dann aber zurück in den Norden ziehen musste, weil einer der Großeltern dement geworden war, und außerdem sei sie sicher, dass die älteste Tochter ein paarmal was bei ihnen im Laden geklaut habe.

Sie stellte sich als Sheila vor, die Eigentümerin des Ladens. Dieser ganze Dorfklatsch hat meine Entschlossenheit noch verstärkt, bei Sheila auf Distanz zu bleiben. Also gebe ich mir Mühe, jedes Mal furchtbar in Eile zu wirken, wenn ich sie sehe, damit sie nicht anfängt, ihre Fragen zu stellen. Leider ist ihr Mann Bob genauso geschwätzig. Sie sind die reinsten Tratsch-Weltmeister. Heute bin ich allerdings dankbar für ihre Umtriebigkeit, denn es könnte uns nützen, wenn Sheila überall verbreitet, dass wir nach einem Untermieter suchen. Ich habe es endlich geschafft, Aidan davon zu überzeugen, dass das die einzige Möglichkeit ist, flüssig zu bleiben. Allerdings haben wir uns darauf geeinigt, unsere Situation in einem halben Jahr noch einmal neu auszuwerten.

Es ist ein Jammer, dass wir keine Anzeige in der Lokalzeitung schalten konnten, aber wir haben keine Bankkarten oder -konten, um sie zu bezahlen. Wir arbeiten noch daran, wie wir uns unsere falschen Identitäten aufbauen, um unter den neuen Namen normal leben zu können. Ganz oben auf meiner Liste steht eigentlich, ein Bankkonto zu eröffnen und mich bei einem Arzt anzumelden, aber dafür bräuchten wir erst einmal Ausweise. Wir kennen niemanden, der sich in solchen Kreisen bewegt, und können nicht einmal online nach jemandem suchen. Selbst, wenn wir jemanden hätten, würden falsche Pässe sicherlich ein Vermögen kosten. Unser Baby soll in vier Wochen kommen, es wird also immer wahrscheinlicher, dass ich im Krankenhaus meinen richtigen Namen benutzen und das Risiko eingehen muss, unseren Aufenthaltsort preiszugeben. Wir haben beschlossen, dass wir, wenn meine Wehen anfangen, in ein Krankenhaus jenseits der County-Grenze fahren und dort unsere alten Namen und die alte Adresse angeben. Ich hatte keinerlei Untersuchungen mehr, seit wir Ashley Cross verlassen haben, aber ich fühle mich vollkommen gesund und hoffe, dass sich das auch während des letzten Monats nicht ändert.

Sheila füllt ganz in der Nähe des Schwarzen Bretts das Keksregal auf.

»Sie hören sich doch für uns um, was einen Untermieter angeht, oder, Sheila? Es ist ein sehr hübsches Zimmer, frisch renoviert und mit eigenem Bad.«

»Selbstverständlich, Annie. Aber Sie sollten denjenigen dann lieber vorwarnen wegen der einspurigen Straße. Die kann im Winter tückisch werden. Das haben Sie ja selbst auch noch nicht erlebt.«

»Nun, ja, aber das erwähnen wir besser nicht gleich am Anfang. Lassen wir sie doch erst mal vorbeikommen und sich das Zimmer anschauen.«

Sheila richtet sich auf und sieht mich mit ernstem Blick an. »Ich finde, es wäre besser, sie direkt vorzuwarnen – auf diese Weise sieben Sie die Zeitverschwender direkt aus.«

Ich wende kurz den Blick ab und verdrehe die Augen. »Okay, Sheila, wenn Sie es für das Beste halten.«

Sie nickt und wendet sich wieder ihren Keksen zu. Vielleicht ist sie doch nicht die Geeignetste, um sich für uns umzuhören. Sie vergrault die Leute nachher mehr, als dass sie sie anlockt.

»Emily?«

Ich drehe mich zur offenen Tür um, als ich meinen Namen höre, während ich gleichzeitig merke, dass die Person den *falschen* Namen genannt hat. Das Blut gefriert mir in den

Adern. Sheila hebt den Blick und macht die Augen schmal. Bevor sie den Mund öffnen kann, trete ich hinaus in den blendenden Sonnenschein und blinzle zwei bekannten Gesichtern entgegen. *Scheiße*, es sind Sarah und Dom, unsere Freunde aus Ringwood. Ich habe die zwei nicht mehr gesehen, seit sie vor ein paar Monaten auf Aidans katastrophaler Geburtstagsfeier waren und Sarah in der Woche darauf noch zu meiner Babyparty erschienen ist. Hoffentlich hat Sheila nicht mitbekommen, dass Sarah mich Emily genannt hat. Ich rede mir ein, dass es schon okay sein wird und ich es gegebenenfalls abstreiten kann.

»Dachte ich's mir doch, dass du das bist!«, strahlt Sarah, und wir umarmen uns unbeholfen. »Wir sind hier mit meinen Eltern spazieren. Haben nur kurz einen Getränke- und Snack-Stopp eingelegt.«

Dom küsst mich auf die Wange und ich begrüße ihre jung gebliebenen Eltern. Ihre Mutter schiebt einen rot-schwarzen, dem Anschein nach teuren Kinderwagen.

»Ist das ...?«

»Ja!«, antwortet Dom mit einem breiten, strahlenden Grinsen. »Unser kleines Mädchen ist letzten Monat zur Welt gekommen – Maisie.«

»Herzlichen Glückwunsch! Was für ein süßer Name«, schwärme ich, während ich innerlich Panik bekomme. Ich sage mir, dass alles gut wird. Sie wohnen nicht in Ashley Cross; sie kennen niemanden meiner Freunde. »Darf ich mal sehen?« Ich gehe zum Kinderwagen und schaue auf das winzige, schlafende Baby hinab, das in eine blassgelbe Decke eingewickelt ist. »Sie ist ja so was von niedlich.«

»Wir sind ganz vernarrt in sie«, sagt Sarahs Mum. »Sie sehen auch aus, als wäre es bald so weit.«

»In vier Wochen«, antworte ich.

»Ich dachte, ihr wärt auf Europareise?« Sarah runzelt die Stirn. »Vielleicht habe ich das auch falsch in Erinnerung.«

Scheiße, wie hat sie davon erfahren? Ich wende mich wieder meiner Freundin zu. »Ja, wir sollten gerade eigentlich in Italien sein, aber ich musste zurückfliegen, weil es meiner Tante nicht gut ging. Inzwischen ist sie aber wieder gesund.«

»Oh, das tut mir aber leid.« Sarah senkt den Blick auf meinen Babybauch. »Aber ihr hättet doch inzwischen sowieso zurückkommen müssen, oder? Ich meine, so kurz vor dem Geburtstermin dürftest du doch gar nicht mehr fliegen.«

Was ist das hier, ein Polizeiverhör? »Stimmt. Wir haben beschlossen, die letzten paar Wochen in East Anglia und den Fens zu verbringen.«

»Wie schön.«

Ich merke, dass sie mich für verrückt hält, weil ich kurz vor der Geburt quer durchs Land reise. Weiß der Kuckuck, warum ich East Anglia und die Fens gesagt habe – ich glaube, ich habe im Geografieunterricht in der Schule mal etwas darüber gehört. Sie soll nur nicht denken, dass wir hier wohnen, falls sie es den falschen Leuten gegenüber erwähnt. »Woher wusstest du denn, dass wir auf Reisen sind?«

»Luanne hat es mir erzählt.«

»Aha. Ich wusste gar nicht, dass ihr befreundet seid.«

»Waren wir auch nicht, bis du uns sie und Troy auf Aidans Party vorgestellt hast. Wir vier haben uns an dem Abend richtig gut verstanden. Und dann war da natürlich noch die Babyparty. Seitdem haben wir uns ein paarmal getroffen.«

»Super!« *So ein Mist.* Jetzt wird sie Lu erzählen, dass sie mich hier gesehen hat. »Tja, jetzt lasse ich euch mal euren Spaziergang fortsetzen. Es war sehr schön, euch zu sehen. Richte Lu aus, dass ich sie anrufe, wenn wir von der Reise zurück sind.« Mein Mund schmerzt vom angestrengten Lächeln.

»Mache ich. Und alles Gute für die Geburt, wenn wir uns vorher nicht mehr sehen!« Sarah und Dom schlendern in den Laden, während ihre Eltern mit dem Baby draußen warten. Ich winke ihnen zum Abschied zu und schaffe es dann irgendwie, in den Isuzu zu klettern und loszufahren, ohne einen Unfall zu bauen. Doch mein Herz pocht laut wie ein Presslufthammer und mir zittern die Hände.

Warum sind wir nicht weiter von Ashley Cross weggezogen? Ich hätte ahnen müssen, dass wir jemand Bekanntem über den Weg laufen würden. Man kann nicht sein ganzes Leben irgendwo wohnen, fünfzig Kilometer die Straße runterziehen und dann erwarten, nie wieder einem vertrauten Gesicht zu begegnen. Aber die Briar Hill Farm war unsere einzige Option. Wir hatten die Wahl zwischen hier und einem Zelt. Hoffentlich spricht Sheila Sarah nicht an. Ich habe direkt im Ohr, wie sie etwas sagt wie: »Sind Sie eine Freundin von Annie?« Daraufhin wird Sarah sie verwirrt ansehen, und Sheila wird hinzufügen: »Sie wissen schon, die Dame, mit der Sie sich gerade unterhalten haben.« Und dann werden sie feststellen, dass ich meinen Namen geändert habe, Sheila wird anfangen zu tratschen und Sarah wird es Luanne verraten.

Hinter mir ertönt eine Hupe, ich richte meine Aufmerksamkeit wieder auf meine Umgebung und stelle fest, dass ich auf die Gegenspur abgedriftet bin. Ich reiße das Steuer herum, lenke wieder geradeaus, atme durch und hebe die Hand, um mich beim Auto hinter mir für die Warnung zu bedanken. Gott sei Dank war es nicht die Polizei. Dann hätten wir ernsthafte Probleme bekommen. Ich überlege, ob ich noch einmal zum Laden zurückkehren und mit Sheila reden sollte, um herauszufinden, ob sie *tatsächlich* mit Sarah gesprochen hat oder ob meine Fantasie unnötig mit mir durchgeht. Aber ich schaffe es jetzt nicht, noch einmal dorthin zurückzufahren. Ich will nur noch nach Hause und mich beruhigen. Wenn das überhaupt möglich ist.

DREIUNDDREISSIG

DANI

Marcus kommt ungewöhnlich gut gelaunt von der Arbeit nach Hause, was dieser Tage selten vorkommt, aber eine willkommene Abwechslung darstellt. Die letzten paar Wochen haben wir so sehr aneinander vorbeigelebt, dass es mir schon komisch und überraschend vorkommt, als er das Wohnzimmer betritt, sich neben mich aufs Sofa setzt, mir das Haar zur Seite streicht und mir den Hals küsst.

»Du duftest herrlich, Dani.« Er blickt zum Fernseher. »Was guckst du dir an?«

»Diese Dramaserie, die Vicky mir empfohlen hat.« Ich drücke auf Pause, werfe die Arme um ihn und genieße diese seltene Nähe.

»Aha? Taugt die was?«

»Ist ganz okay. Hast du Hunger? Soll ich dir was zu essen machen? Ich könnte dir ein Steak braten, wenn du magst?«

»Womit habe ich denn das verdient? Klingt gut, aber ich hab schon gegessen – hab mir vorhin bei der Arbeit Pad Thai geholt.« Marcus hat seine Fruchtbarkeitsernährung schon vor Wochen wieder fallen gelassen, aber ich habe ihn deswegen nicht zur Rede gestellt. Dem Inhalt dieses Notizbuches nach zu schließen, steht er auch so schon unter genug Stress, ohne dass ich noch dazu beitrage. Ich wünschte, ich könnte ihm irgendwie helfen, aber dazu müsste ich zugeben, dass ich heimlich herumgeschnüffelt habe. Vielleicht sollte ich ihn einfach ganz geradeheraus fragen, was ich tun kann. Die Frage liegt mir schon auf der Zunge, da lehnt Marcus sich auf dem Sofa zurück und streckt die Arme über dem Kopf aus. »Wie war dein Tag, Babe?«

Ich verliere den Mut. »Ganz okay. War laufen und hab mit Jay mittaggegessen. Und bei dir?« Es kommt mir vor, als würde ich ein Drehbuch herunterleiern, und werde die Befürchtung nicht los, dass Marcus meine Nervosität spüren kann. Derzeit geht alles, was ich sage oder tue, mit einer einschnürenden Sorge einher, die ich nicht abschütteln kann, und ich weiß genau, dass ich keine Entspannung finden werde, bis diese Sache auf die eine oder andere Weise gelöst ist.

»Ja, mein Tag war ziemlich gut. Habe ein paar großartige Kontakte geknüpft.« Er saugt die Luft durch die Zähne ein und trommelt sich mit den Fingern auf die Beine. »Hast du Lust, heute Abend was zu unternehmen? Was trinken zu gehen? Wir sind seit Ewigkeiten nicht mehr ausgegangen.« Er wippt mit dem linken Bein, ein zweifelsfreies Zeichen dafür, dass er unruhig ist.

»Wenn du möchtest. Woran hattest du gedacht?«

»Mir egal. Such dir was aus. Ich gehe eben duschen und ziehe mich um.« Er schaut auf seine Uhr. »Dauert nicht lang.« Er schlendert aus dem Zimmer und pfeift dabei vor sich hin. Er ist wirklich gut gelaunt. Ich frage mich, was das zu bedeuten hat. Könnten all die Sorgen endlich vorbei sein? Könnten wir seine sogenannten Kollegen endlich los sein? Das wäre das Größte. Ich wage es kaum zu hoffen, dass unser Leben vielleicht bald wieder zur Normalität zurückkehrt. Zurück zu Marcus und mir gegen den Rest der Welt, unsere abgeschlossene kleine Einheit ohne irgendwelche Anhängsel und unheimlichen neuen Mitarbeiter.

»Okay, Marc, ich komm gleich hoch und zieh mich um. Ich liebe dich.«

»Ich liebe dich auch, Babe.«

Sobald Marcus das Zimmer verlassen hat, schalte ich den Fernseher aus. Manchmal wünschte ich, ich hätte gar nicht erst in seinem Büro herumgestöbert. Man sagt, dass Unwissenheit ein Segen ist, aber das glaube ich eigentlich nicht. Was auch immer da los ist, ich muss es wissen. Muss herausfinden, ob es etwas gibt, womit ich helfen kann. Wenn er Geldprobleme hat, müssen wir sie gemeinsam angehen. Und wenn er auf irgendeine Weise in Gefahr schwebt, betrifft mich das ganz bestimmt ebenfalls.

Wenn ich Marcus von meinen Sorgen erzählen würde, würde er sie nur abtun, mir sagen, ich solle nicht albern sein, sagen: »Alles ist gut, Babe.« Also muss ich heimlich vorgehen, auf meine Art. Ich bin vielleicht blond und hübsch und habe keinen Uniabschluss, aber dumm bin ich nicht. Ich habe einen Kopf und kann ihn genauso gut benutzen wie mein Mann. Vielleicht sogar besser. Er soll mich ernst nehmen. Also werde ich dahinterkommen, was hier los ist, und es in Ordnung bringen. Aber wenn man seine gute Laune so sieht, dann hat er es ja vielleicht schon selbst getan.

Ich will gerade vom Sofa aufstehen, als auf meinem Handy eine Nachricht eingeht. Mein Magen zieht sich zusammen, als ich sehe, von wem sie stammt. *Wenn man vom Teufel spricht.* Ich öffne sie.

Ich habe alles gefunden, worum Sie gebeten haben.

Ein Kribbeln durchfährt mich und mein Herz beginnt zu pochen. Ich tippe eine Antwort.

Das klingt ernst.

Ist es auch. Sollen wir uns treffen?

Ich spanne mich an, als er bestätigt, dass es keine guten Neuigkeiten sind. Meine Gedanken rasen, während ich fieberhaft nach einer glaubhaften Ausrede für Marcus suche, warum ich plötzlich doch nicht mit ihm ausgehen kann. Ich schreibe zurück:

Ja, bitte. Soll ich zu Ihnen kommen?

Okay. Gegen acht?

Perfekt.

Ich umklammere mein Handy und atme tief durch, bevor ich vom Sofa aufstehe. Ich laufe die Treppe hoch in unser Ankleidezimmer, um mir etwas Hübsches zum Anziehen herauszusuchen. Gedämpft höre ich das Rauschen der Dusche im angeschlossenen Bad. Marcus braucht immer ewig, also sollte ich ein paar Minuten Zeit haben, um mich zu sammeln.

Ich streife die Caprihose und das Bustier ab und suche mir ein enganliegendes Outfit für die Drinks mit meinem Mann aus. Ich schlüpfe in ein Minikleid mit Rüschensaum und blassrosa Stilettos. Ich frische mein Make-up auf, bürste mir die Haare und setze mich auf die Chaiselongue. Das Handy immer noch fest im Griff warte ich darauf, dass Marcus aus dem Bad kommt, was er umgeben von einer Dampfwolke auch schließlich tut.

»Wow, du siehst toll aus, Dan. Dauert nur noch eine Minute.« Er beginnt, sich mit einem überdimensionalen, dunkelgrauen Handtuch abzutrocknen.

»Mum hat gerade angerufen. Sie braucht Hilfe mit ihren Rentenunterlagen. Sie dreht vollkommen durch deswegen.«

Marcus wirft mir einen Blick zu und verdreht die Augen. »Sie meldet sich immer nur bei dir, wenn sie etwas braucht.«

»Ich weiß, aber ich muss zu ihr. Offenbar muss sie das bis morgen fertig haben. Sie schiebt Panik.« Das ist nicht komplett gelogen, denn meine Mum hat mich wirklich um Hilfe mit den Unterlagen gebeten, wir haben dafür bloß noch keinen Termin ausgemacht.

»Warum bittet sie nicht Jay um Hilfe, wie sie das sonst immer tut?«

Ich hasse es, zu lügen, habe aber keine andere Wahl. Ich kann mich auf keinen Fall entspannen, solange ich nicht weiß, was Rob herausgefunden hat. »Jay hat heute Abend Schicht, also muss Mum mit mir auskommen.«

»Soll ich mitkommen?« Marcus setzt sich an den Frisiertisch und föhnt sich die Haare.

Ich spreche lauter, damit er mich über den Föhn hinweg hört. »Nein, schon okay. Ich erledige das – bringt ja auch nichts, wenn wir beide einen langweiligen Abend haben. Geh du doch was trinken und ich komm dann dazu – sofern Mum mich nicht zu lange in Beschlag nimmt.«

»Können wir machen. Warum zum Teufel hat sie das denn bis zur letzten Minute aufgeschoben? Ehrlich mal. Und man sollte meinen, sie hätte dich wenigstens früher am Tag anrufen können statt erst um halb acht abends. Manchmal glaube ich, sie macht so was mit Absicht, um dir auf die Nerven zu gehen.«

»Tja, so ist meine Mutter. Geht nie den direkten Weg.« Innerlich bitte ich sie um Verzeihung, weil ich so über sie herziehe. »Na gut, je schneller ich aufbreche, desto schneller bin ich auch wieder da und stoße zu dir.«

»Okay, wie wär's, wenn wir uns im Silver Sail treffen? Steve und Ted sind wahrscheinlich auch da, dann trinke ich ein paar Bierchen mit ihnen, bis du kommst.«

»Klingt gut.«

Marcus schaltet den Föhn aus und reibt sich irgendeine Pflege ins Haar. Unsere Blicke treffen sich im Spiegel. »Du siehst heute Abend wirklich umwerfend aus, Dan.«

»Danke, du siehst auch nicht übel aus.« Ich zwinkere.

»Wer kann, der kann.« Er spannt auf diese nervige Art die Brustmuskeln an, sodass sie auf und ab zucken.

Ich lache und wünsche mir abermals, ich müsste nicht lügen. Immerhin kann ich es damit rechtfertigen, dass ich es für uns tue. Für unsere Familie. Am Ende wird Marcus mir dankbar sein.

VIERUNDDREISSIG

EMILY

Josh gähnt und nimmt einen Bissen von seinem Sandwich, beim Kauen werden ihm die Lider immer schwerer.

»Ich glaube, nach dem Mittagessen machst du erst mal ein Schläfchen.« Ich gieße uns beiden je ein Glas Wasser ein. Aidan arbeitet noch draußen im Wald und meinte, wir sollten ohne ihn essen, aber jetzt sehe ich durch das Küchenfenster, wie er zurückkommt.

»Ich bin nicht müde«, beharrt Josh und gähnt gleich darauf ausgiebig, was uns beide zum Lachen bringt. Dann schaut er finster drein. »Ich bin nicht müde.«

»Ich lese dir eine Geschichte vor, okay?«

»Die mit dem Einhorn?«

»Ja. Und heute Nachmittag kannst du Daddy und mir helfen, die Sachen aus unserem Schlafzimmer zu holen.«

»Weil die Neue kommt?«

»Genau. Sie zieht nächste Woche ein.«

Wer hätte gedacht, dass ein Zimmer zur Untermiete in einer so abgelegenen Gegend derart gefragt sein würde? Uns erreichten innerhalb der ersten paar Tage, nachdem wir die Anzeige aufgehängt hatten, fünf Anrufe. Ein Typ war sehr jung und hörte sich etwas nach einem Partylöwen an, daher haben wir ihn aussortiert. Ein weiterer Anruf kam von einem Paar, aber wir fanden, zwei zusätzliche Leute ins Haus zu quetschen, wäre zu viel. Die anderen drei klangen am Telefon alle vielversprechend, also luden wir sie ein, sich das Zimmer einmal anzusehen, was uns auch die Gelegenheit gab, sie näher zu beurteilen. Wir müssen uns mit der Person, die wir auswählen, gut verstehen, schließlich teilen wir ja unser Haus mit ihr.

»Warum schläft sie in eurem Schlafzimmer?«, fragt Josh. »Das ist doch nicht fair.«

Ich lächle. »Schon in Ordnung. Unser altes Schlafzimmer hat ein eigenes Bad, also kann die Neue das benutzen und du, Daddy und ich teilen uns das große Bad.«

»Ah, okay.«

Alle drei Kennenlerngespräche waren auf ihre eigene Art interessant. Die erste Bewerberin war eine Frau Mitte vierzig. Sie sah, dass ich schwanger bin, und machte gar keinen Hehl aus ihrer Meinung. Bevor sie überhaupt nur einen Fuß ins Haus gesetzt hatte, blickte sie von meinem Babybauch zu Josh und sagte: »Nehmen Sie es mir nicht übel, aber mit einem Kleinkind und einem schreienden Baby komm ich nicht klar. Ich brauche meine Ruhe.« Weder Aidan noch ich versuchten, sie umzustimmen. Als sie sich wieder zum Gehen wandte, warf sie uns einen reumütigen Blick zu und meinte, sie sei doch ziemlich enttäuscht. Sie erklärte, das Zimmer habe sich in der Anzeige so gut angehört, weil sie etwas Ruhiges auf dem Land suche, das ihr Frieden und Entspannung bieten würde. Als hätten wir sie irgendwie damit hinters Licht geführt, dass wir das Alter unserer Kinder in der Anzeige nicht direkt mitangegeben hatten.

Der zweite Besucher war ein Mann Ende zwanzig, der nicht viel sagte. Auf unsere Nachfrage hin erzählte er, dass er Mechaniker in einer örtlichen Autowerkstatt sei. Er ging immerhin nach oben und warf einen Blick ins Zimmer. Er nickte und meinte, er würde sich auch noch ein paar andere Angebote anschauen. Ich hatte das Gefühl, unser Haus war ihm ein bisschen zu abgelegen und ruhig.

Am Ende waren aller guten Dinge drei und wir baten das Zimmer einer Frau namens Lindsey Jones an, die in den Dreißigern ist und gerade eine Scheidung hinter sich hat. Sie arbeitet in einem Souvenirgeschäft in Blandford und hat zwar nicht genug Geld für eine Monatsmiete im Voraus, meinte aber, sie könne uns stattdessen den Betrag für eine Woche geben, wenn das auch okay wäre. Sie sagte, sie würde das Geld in ein paar Tagen vorbeibringen. Sie wirkte so nett, dass Aidan und ich einverstanden waren, obwohl wir das Geld gut hätten gebrauchen können.

»Hey, ihr zwei.« Aidan kommt durch die Hintertür herein und bringt den Geruch von Fichten, Erde und Sonnencreme mit. Er beugt sich hinab, um uns beide zu küssen, bevor er sich am abgewetzten Waschbecken die Hände wäscht. Er setzt sich zu uns und isst ein Sandwich, das so dick ist, dass er kaum den Mund weit genug aufmachen kann. Josh und ich sind schon mit dem Mittagessen fertig, also winke ich unseren Sohn auf meinen Schoß, wo ich ihm über das Haar streiche, bis er die Augen schließt und an mich gelehnt einschläft.

»Ich bringe ihn hoch in sein Zimmer«, flüstere ich. »Er könnte eine halbe Stunde Schlaf gebrauchen.«

Aidan nickt. »Möchtest du einen Tee?«

»Ja, bitte.« Ich trage unseren Sohn nach oben und lege ihn auf sein Bett. Wir sind seit sechs auf den Beinen und arbeiten im Garten, es ist also kein Wunder, dass er so müde ist. Ich gehe zum Fenster, um die Läden zu schließen, da fällt mein Blick auf eine Bewegung in der Ferne. Ein Auto. Es kommt unsere Auffahrt hoch. Wie erstarrt stehe ich am Fenster und beobachte, wie sich das Fahrzeug nähert und das Sonnenlicht auf seinem blauen Metalldach blitzt. Ich kann mich nicht daran erinnern, von welcher Marke Lindseys Auto war, aber es war silberfarben, nicht blau. Wer also ist das? Ich muss Aidan Bescheid sagen.

Ich schließe Joshs Fensterläden und dann seine Zimmertür hinter mir, bevor ich nach unten in die Küche eile.

»David, da kommt jemand. Jemand fährt in einem blauen Auto die Auffahrt hoch.«

Die Augen meines Mannes weiten sich. Er lässt den Rest seines Sandwiches auf den Teller fallen und springt auf. Er folgt mir ins Esszimmer, wo wir gerade rechtzeitig durch die Schlitze der Holzläden spähen, um das Auto vor unserem Haus halten zu sehen. Augenblicklich machen wir einen Schritt vom Fenster weg ins Halbdunkel.

»Wer, glaubst du, ist das?«, zische ich.

»Keine Ahnung.« Aidan ist blass.

Wir schauen zu, wie ein Mann aus dem Auto steigt, einem dunkelblauen Ford Mondeo Estate. Er sieht aus, als wäre er in unserem Alter, vielleicht ein bisschen jünger, hat helles Haar und eine stämmige Statur. Er sieht zum Haus hoch und schließt die Autotür. Er hat niemanden sonst dabei.

»Ich kenne ihn nicht. Du?«

Aidan schüttelt den Kopf.

»Was sollen wir tun?«

Er reibt sich die Stirn. »Wahrscheinlich ist es nichts Schlimmes. Es könnte sonst wer sein. Ein Nachbar, jemand, der etwas verkaufen will ...«

Obwohl wir damit rechnen, lässt die Türklingel uns beide zusammenzucken. Wir schauen uns mit großen Augen an. »Hoffentlich hat das Josh nicht aufgeweckt.«

»Das ist unsere geringste Sorge«, meint Aidan.

»Ich mache auf«, sage ich entschlossen. »Es ist das Beste, wenn wir uns normal verhalten. Wir sind David und Annie Mortimer, wir wohnen hier, es ist alles in Ordnung.« Doch noch während ich das sage, frage ich mich, ob wirklich alles in Ordnung ist.

Ich habe beschlossen, Aidan nichts von meiner Begegnung mit Sarah und Dom letzte Woche am Laden zu erzählen, da ich nicht wollte, dass er sich Sorgen macht oder überreagiert. Das Letzte, was wir jetzt gebrauchen können, wäre, uns noch einmal zu entwurzeln und erneut umzuziehen. Ich glaube nicht, dass ich das durchstehen würde. Und ganz davon abgesehen, wohin würden wir dann gehen? Aber ich bin mir sicher, dass Sarah Luanne erzählen wird, dass sie mich hier gesehen hat, und ich mache mir Sorgen, dass die Neuigkeit sich wie ein Lauffeuer in unserem Freundeskreis verbreiten wird. Sobald es einmal heraus ist, werden alle anfangen, Vermutungen anzustellen, und es könnte die Leute erreichen, die hinter uns her sind. Hinzu kommt, dass es da noch jemanden gibt, von dem ich es lieber hätte, wenn er meinen Aufenthaltsort nicht kennt.

Ich denke daran, dass ich die Anzeige von den Schwarzen Brettern nehmen muss. Wenn jemand anfängt, in der Gegend herumzuschnüffeln, könnte er sie vielleicht sehen. Ich muss mich zusammenreißen. Meine Vorstellungskraft spielt verrückt, bloß weil irgendein Besucher vor der Tür steht.

»Mach nicht auf«, sagt Aidan und greift nach meinem Arm.

Ich zögere einen Moment, dann schüttle ich ihn ab. »Es ist nur einer, und der sah nicht gerade bedrohlich aus.«

Es klingelt erneut.

»Ich gehe«, bietet er an.

»Nein. Sie werden dein Gesicht kennen. Ich sehe etwas anders aus als früher. Ich habe mehr Locken. Meine Haut ist brauner und hat mehr Sommersprossen. Außerdem bin ich kugelrund.« Ich deute auf meinen Bauch. »Er wird einer Schwangeren nichts tun.«

»Nein«, knurrt Aidan. »Ich gehe.«

»Lass uns zusammen gehen.«

Er nickt. Aidan marschiert voran in die Diele und zieht die Tür auf. Ich stehe hinter ihm im Schatten. »Hallo«, bellt er eine Spur zu aggressiv.

»Ähm ...« Der Mann wird rot. »Oh, Entschuldigen Sie, ich, äh ... Sheila und Bob vom Postamt haben mich hergeschickt. Sie meinten, bei Ihnen gäbe es ein Zimmer zu mieten.« Er spricht mit einem weichen Dorset-Akzent, und der arme Kerl sieht aus, als wolle er gleich wegrennen.

Aidan räuspert sich. »Es tut mir leid, aber wir haben das Zimmer schon vermietet.«

Er macht ein langes Gesicht und ich bekomme Mitleid mit ihm. »Es ist bloß so, dass ich irgendwie kein Glück damit habe, etwas zu finden, und Ihr Haus sieht fantastisch aus. Ich fange gerade einen neuen Job als Küchenchef im Cross Keys an – kennen Sie das? Es ist ein tolles kleines Hotel. Ich will aber nicht auf der Anlage wohnen, weil ich es besser finde, das Private von der Arbeit zu trennen. Sind Sie sicher, dass Sie nicht noch ein anderes Zimmer übrig haben? Es sieht so aus, als hätten Sie hier reichlich Platz.« Er setzt ein gewinnendes Grinsen auf.

»Tut mir leid, wir haben das Zimmer gestern jemand anderem angeboten, und so groß, wie es von außen wirkt, ist es hier gar nicht.«

»Wohnt dieser Untermieter denn schon bei Ihnen?«, hakt er nach.

»Nein, aber ...«

»Hat er die Anzahlung schon erbracht?«

»Es tut mir wirklich leid, dass Sie umsonst hergefahren sind.« Aidan macht Anstalten, die Tür zu schließen, doch der Mann startet einen letzten Versuch, uns umzustimmen.

»Hören Sie, wenn mir das Zimmer gefällt, kann ich Ihnen eine Monatsmiete Kaution plus zwei Monate im Voraus zahlen, wenn das einen Unterschied macht? Kein Problem, wenn nicht.« Er lässt die Schultern sinken und sieht aus, als würde er sich gleich zum Gehen wenden.

Ich tippe Aidan auf die Schulter und er dreht sich zu mir

um. Ich fixiere ihn mit einem Blick, der ganz deutlich macht, wie gut wir eine derartige Summe gebrauchen könnten.

»Ich habe auch echt gute Referenzen von meiner letzten Unterkunft in Bridport«, fügt er hinzu.

»Warten Sie kurz.« Aidan schließt die Tür und geht ins Esszimmer zurück. Ich folge ihm und warte, während er sich mit dem Finger an die Lippen tippt.

»Also?«, fordere ich ihn auf.

»Du möchtest ihm das Zimmer überlassen, oder?« Aidan schüttelt den Kopf. »Was ist mit Lindsey?«

»Lindsey ist nett, aber wir vermieten das Zimmer, weil wir Geld brauchen. Lindsey kann uns bloß eine Woche im Voraus zahlen und ich habe das Gefühl, sie wird nicht allzu zuverlässig mit der Miete sein.«

»Ja, aber wer ist dieser Typ?«

»Er meinte, Sheila und Bob hätten ihn hergeschickt, er muss also unsere Anzeige gesehen haben, oder vielleicht kennen sie ihn.«

»Hm.«

Ich streiche mir über den Bauch und überlege, wie wir am besten vorgehen. »Lass uns ihm einfach mal das Zimmer zeigen und seine Kontaktdaten aufschreiben. Wir können seine Referenzen checken und später eine Entscheidung treffen. Wenn er nicht sauber ist, werden seine Referenzen nicht stimmen, und damit war's dann.«

Wir kehren in die Diele zurück und Aidan öffnet wieder die Tür. Der Mann steht ein Stück abseits mit dem Rücken zu uns und den Händen in den Jeanstaschen. Er dreht sich um, als er hört, wie die Tür aufgeht. »Wunderschön haben Sie's hier.«

Aidan nickt. »Danke. Ich schätze, Sie können mal reinkommen und sich das Zimmer ansehen, wenn Sie möchten.«

»Perfekt.« Er strahlt und sieht plötzlich viel jünger aus, als ich erst dachte. Er kommt zu uns zurück, tritt ein und lächelt mich schüchtern an. »Wann ist es denn so weit?«

»In drei Wochen.«

»Wow.«

»In der Tat.«

»Sie müssen leise sein«, sagt Aidan. »Unser Sohn hält oben Mittagsschlaf.«

»Kein Problem. Zehenspitzenmodus ist aktiviert.«

Aidan lacht widerwillig. »Ich bin übrigens David Mortimer, und das ist meine Frau Annie.«

»Schön, Sie beide kennenzulernen. Ich bin Jonathan Dean.«

FÜNFUNDDREISSIG

EMILY

Es stellte sich eigentlich gar nicht die Frage, ob wir das Zimmer an Jonathan statt an Lindsey vergeben, zumal sich seine Referenzen als hervorragend herausstellten. Ich fühlte mich furchtbar, als ich Lindsey anrufen und ihr die schlechte Nachricht überbringen musste, aber sie meinte, sie verstehe das. Woraufhin ich mich nur noch mieser fühlte. Doch auf gar keinen Fall hätten Aidan und ich drei Monatsmieten im Voraus ausschlagen können. Dieser Betrag wird erheblichen Druck von uns nehmen und bedeutet zudem, dass wir etwas Geld für Notfälle und unplanmäßige Ausgaben zurücklegen können.

»Sie haben ja nicht viel Zeug«, sagt Aidan, der eine Reisetasche und einen kleinen Koffer in die Diele bringt. Er hilft Jonathan dabei, seine Sachen aus dem Auto zu holen, da es inzwischen ziemlich heftig zu regnen begonnen hat. Ich bin eigentlich ganz froh über den Wetterumschwung. Der Sommer war bisher sehr trocken und der Garten freut sich über eine ordentliche Ladung Wasser. Ich muss innerlich darüber lächeln, wie sehr ich mich verändert habe. Regen war für mich früher ein Ärgernis – etwas, das geselliges Beisammensein oder geglättetes Haar ruiniert. Doch nun bedeutet er die ersehnte Befreiung vom abendlichen Gießen.

Jonathan folgt meinem Mann in die Diele. Er trägt eine große Plastikbox mit Deckel. »Macht es Ihnen was aus, wenn ich das irgendwo in die Küche stelle? Da sind meine persönlichen Kochutensilien drin – ein paar Pfannen, Messer und Kochbücher. Ich will sie nicht bei der Arbeit lagern, sonst kommen sie da noch abhanden.«

»Kein Problem, klar, hier entlang.« Ich zeige ihm die Schränke, die wir für ihn leergeräumt haben. »Sie können gern die hier benutzen, und sagen Sie Bescheid, wenn Sie noch mehr Platz brauchen.«

»Perfekt. Danke. Ich lagere das erst mal hier oben.« Er hievt die Box hoch und schiebt sie oben auf den Schrank.

»Das war's?«, fragt Aidan. »Nur die Kochsachen und die zwei Taschen?«

»Jep. Das ist alles. Nach der Trennung von meiner Frau habe ich ihr alles überlassen, außer meiner Kleidung und ein paar Fotos aus Nostalgie. Sie und die Kinder brauchen das Zeug mehr als ich.«

»Sie sind getrennt?«, frage ich.

»Inzwischen geschieden, aber alles freundschaftlich. Obwohl ich meine Kleinen vermisse.«

»Wie alt sind sie denn?« Ich kann mir nicht vorstellen, wie hart es sein muss, von den eigenen Kindern getrennt zu sein.

»Maya ist vier und Zac sieben.«

»Sehen Sie sie oft?« Aidan stellt die Taschen auf dem Steinboden ab.

»Ich habe sie alle zwei Wochen bei mir. Aber hierher werde ich sie nicht mitbringen. Ich fahre ein paarmal im Monat nach Bridport und übernachte mit ihnen bei meinen Eltern.«

»Sie kommen aus Bridport?«, frage ich nach.

»Bin dort geboren und aufgewachsen.«

»Was hat Sie dann hierhin verschlagen?«

»Ich habe eine Stelle als Chefkoch bekommen. Die Gelegenheit war zu gut, als dass ich sie ablehnen konnte.«

»Ich bring die für Sie hoch.« Aidan nimmt die Taschen wieder zur Hand.

»Nein, schon in Ordnung. Ich nehme sie und packe oben schon mal aus. Sie haben nicht zufällig ein Bügeleisen, oder?«

Ich zeige ihm, wo wir Bügelbrett und -eisen aufbewahren, und er sagt, er werde das in seinem Zimmer erledigen und beides hinterher wieder hinunterbringen. Ich frage, ob er heute Abend mit uns essen möchte, doch er meint, er habe Schicht im Restaurant, werde also um fünf losfahren und erst spät wieder zurück sein. Aidan überreicht ihm die Schlüssel für die Haus- und Hintertür, und er verschwindet nach oben in sein Zimmer.

»Schon komisch, oder?« Aidan setzt sich an den Küchentisch. »Noch jemand anderes im Haus zu haben.«

»Ja, aber er wirkt richtig nett. Wir gewöhnen uns sicher daran, und falls nicht, bitten wir ihn eben, wieder auszuziehen. Wie dem auch sei, denk nur mal an die finanzielle Sicherheit, die wir die nächsten Monate haben.«

»Du hast recht.« Mein Mann sieht allerdings nicht sonderlich glücklich aus.

Mir ist ähnlich mulmig zumute, vor allem, weil das alles meine Idee war. Doch ich darf Aidan nicht wissen lassen, dass ich mir ebenfalls Gedanken mache. »Wie wär's heute Abend mit einem richtig feudalen Essen zur Feier des Tages, weil wir nicht mehr pleite sind? Worauf auch immer du Lust hast?«

Die nächsten zehn Minuten schreiben Aidan und ich eine Traum-Einkaufsliste, mit all dem extravaganten Essen, das wir die letzten Wochen vermisst haben. Natürlich ist uns klar, dass wir nicht ständig so über die Stränge schlagen können, aber es ist ein aufregender Gedanke, uns als einmalige Ausnahme so etwas zu gönnen. Ich wünschte, ich könnte zu einem richtigen Supermarkt fahren, aber Aidan und ich haben abgemacht, dass wir im Ort bleiben und immer im nächstgelegenen Laden unsere Vorräte besorgen. Je weiter wir uns entfernen, desto größer wird das Risiko, auf jemanden zu stoßen, den wir kennen. Ich versuche, nicht an meine Begegnung mit Dom und Sarah zu denken.

Als wir mit der Liste fertig sind, stehe ich auf. »Ich nehme George mit.«

»Okay, fahr vorsichtig. Es schüttet da draußen wie aus Kübeln.«

Josh hat den Großteil des Tages DVDs geguckt, was selten vorkommt, wegen des schlechten Wetters aber unvermeidlich war. Ich schaffe es, ihn vom Fernseher loszueisen, indem ich ihm Süßigkeiten verspreche. Mit meinem Handy und der Einkaufsliste in der Tasche machen wir uns im Truck auf den holprigen Weg zum Laden.

Wir lassen uns Zeit mit dem Einkauf. Sheila und Bob haben heute frei, nur ihre Teilzeithilfe Colleen ist da. Sie ist freundlich, aber nicht übermäßig gesprächig, was mir nur recht ist, da ich mich so besser auf mein eigentliches Vorhaben konzentrieren kann. Josh und ich stöbern durch die Gänge, halten uns nicht wirklich an die Liste und suchen stattdessen alles aus, was uns anlacht. Ich habe meinen Sohn mit meinem Überschwang angesteckt und er nutzt meine gute Laune hemmungslos aus, indem er sich diverse Küchlein und Kekse aussucht, die ich ihm normalerweise nicht erlauben würde. Als sich der Einkaufswagen immer mehr füllt, bekomme ich ein schlechtes Gewissen und stelle letzten Endes vieles davon zurück ins Regal, aber es macht trotzdem Spaß, einmal nicht streng jeden Penny zu zählen.

Schließlich sind wir fertig, ich packe die Einkäufe in die drei Taschen, die ich mitgebracht habe, bezahle bei Colleen und trage die Taschen hinaus zum Truck, wo ich sie unter der Plane sichere. Ich frage mich, ob Aidan und Jonathan noch einmal zum Plaudern gekommen sind oder ob unser neuer Untermieter in seinem Zimmer geblieben ist. Ich bin mir sicher, dass wir uns mit der Zeit an seine Anwesenheit gewöhnen. Hoffentlich werden wir gute Freunde. Da er Koch ist, bringt er vielleicht sogar einmal Reste aus dem Hotel mit oder zaubert uns etwas – was ein netter Bonus obendrauf wäre –, obwohl das in seiner Freizeit vermutlich zu viel verlangt ist. So oder so wäre es toll, wenn dieses Untermieterarrangement funktioniert.

Auf der Heimfahrt bleibe ich deutlich unter der Geschwindigkeitsbegrenzung; die Straßen sind glatt und die Sicht ist nicht gut, da der Regen immer noch gegen die Scheiben trommelt. Ich bin bereits ziemlich nass, nachdem ich den Truck beladen habe, und freue mich darauf, trockene Sachen anzuziehen und die Einkäufe auszupacken.

Trotz der dunklen, aufgequollenen Wolken, des hämmernden Regens und dieses gottverdammten, ratternden Pick-up-Trucks ist heute der erste Tag, an dem ich etwas empfinde, das halbwegs an Glück herankommt. Ich biege um die scharfe Kurve auf den Weg, der zu unserem Cottage führt, und denke zufrieden an die drei prall gefüllten Einkaufstüten hinten unter der Plane.

»Mummy, hilft der neue Mann beim Abendessenmachen?« Josh sitzt in seinen Kindersitz geschnallt neben mir und tritt rhythmisch gegen das Handschuhfach. Ich habe es aufgegeben, ihn aufzufordern, »das doch bitte sein zu lassen«, und über den Regen höre ich seine Tritte ohnehin kaum.

»Nein, George. Heute Abend kochen Daddy und ich.«

»Darf ich beim Abendessenmachen helfen?«

Ich schaue meinen kleinen, braunäugigen Sohn an, betrachte seine strohblonden, vom Regen verdunkelten Locken. »Ja, bitte. Das wäre nett. Du kannst den Tisch decken, wenn du möchtest.«

Am Ende des Weges kommt das Cottage in Sicht. Heute sieht es nach nicht mehr als einem dunklen, vernieselten Umriss mit ein paar schmutzigen Nebengebäuden aus. Eine Gruppe dicht belaubter Bäume überragt die Scheune und

Garage, der Regen tropft von ihnen hinunter und sie wiegen sich im Spätsommerunwetter.

»Nein, Mummy, ich will nicht den Tisch decken. Ich will kochen.«

Die graue Tür zum Cottage schwingt auf und lenkt meine Aufmerksamkeit auf sich. Erst denke ich, Aidan kommt heraus, um beim Ausladen der Einkäufe zu helfen. Doch dann knallt die Tür gewaltsam zu.

»Mummy, ich will kochen, nicht den Tisch decken!« Mein Sohn zupft mir am Ärmel.

»Ja, ja, okay, Georgie. Klar kannst du Mummy beim Kochen helfen.«

»Und Daddy auch.«

»Ja, Daddy auch.« Aber ich höre gar nicht mehr richtig zu. Ich parke in der Auffahrt, so nah wie möglich am Weg zur Haustür. Sie ist erneut aufgeschwungen, doch es steht niemand im Eingang. Ich erkenne, dass die Tür offen gelassen wurde und im Wind schwingt. Wenn sie weiter so hin- und herrüttelt, fliegt sie noch aus den Angeln, und auf solche Scherereien und die damit verbundenen Ausgaben können wir getrost verzichten.

Habe ich sie offen gelassen? Nein. So unvorsichtig wäre ich nicht gewesen. Vielleicht war es unser Untermieter. Sein Auto steht nicht vor dem Haus. Er muss schon zur Arbeit unterwegs sein. Ich werde daran denken müssen, ihm einzuschärfen, dass die Haustür fest zugedrückt werden muss, damit sie richtig schließt. Wenn ich das Türknallen aus dem Auto hören kann, dann muss Aidan es im Haus doch sicherlich auch bemerkt haben? Warum ist er nicht herausgekommen und hat sie zugemacht?

Die Cottagefenster sind dunkel, Regenwasser läuft an ihnen hinab. Ich erschaudere, plötzlich beschleicht mich ein ungutes Gefühl. »George, kannst du kurz hierbleiben, während Mummy etwas nachsehen geht?« Ich schiebe mir die nassen, braunen Locken hinter die Ohren und hole tief Luft.

»Ich muss mal.« Er zappelt im Kindersitz herum.

Ich seufze und sage mir, dass ich mir umsonst Sorgen mache. Bestimmt ist Aidan durch die Hintertür nach draußen gegangen, um nach den Hühnern zu sehen, oder vielleicht ist er in der Garage. Jetzt, da ich darüber nachdenke, war er es wahrscheinlich, der die Haustür offen gelassen hat. »Na dann, Georgie, auf geht's. Lass uns reingehen. Wir werden aber ordentlich nass werden. Wir sollten besser rennen!«

Ich löse die Gurte des Kindersitzes und wir sprinten zum Haus. Die Einkäufe lasse ich im Wagen. Die hole ich, sobald der Regen nachlässt – vielleicht bringt Aidan sie auch für mich hinein. Josh flitzt zur Toilette, ich bleibe in der Diele stehen und rufe meinen Mann.

Keine Antwort.

Obwohl es erst halb sechs ist, liegt das Cottage in finsteren Schatten. Ich schalte das Dielenlicht an, doch nichts passiert. Ich schalte hin und her und sehe dann ein, dass die Glühbirne kaputt ist. Ich glaube nicht, dass wir Ersatzbirnen dahaben. Wie nervig, dass das nach meiner Einkaufstour passiert – ich hätte Ersatz besorgen können, wenn ich das gewusst hätte.

»David!« Ich versuche es noch einmal und denke daran, seinen neuen Namen zu benutzen, falls Jonathan doch noch da ist. Aus keinem der Zimmer im Erdgeschoss dringt irgendein Lichtschein oder Geräusch. Mein Blickfeld verschwimmt. Ich blinzle mir den Regen von den Wimpern.

Mein Sohn kommt von der Toilette zurück.

»Hast du dir die Hände gewaschen?«

Er nickt und hält sie mir zur Begutachtung entgegen.

»Brav. Lass uns hochgehen und diese nassen Sachen loswerden.« Ich drücke den Lichtschalter für die Treppe. Wieder tut sich nichts. Es muss eine Sicherung rausgesprungen sein. Oder vielleicht hat der Sturm eine Stromleitung beschädigt.

»Es ist dunkel, Mummy.«

»Ich weiß. Dann müssen wir auf der Treppe eben aufpassen. Nimm meine Hand.«

Zusammen gehen wir hoch und betreten sein Zimmer, wo das Licht ebenfalls nicht funktioniert. In der Finsternis helfe ich ihm, in trockene Sachen zu wechseln, und rubble ihm mit einem Handtuch die Haare trocken. Schließlich schüttelt er mich ab und kramt seine Batman-Taschenlampe aus der Spielzeugkiste. Er fängt an, das Batsignal an die Wände zu blinken.

»Bleibst du kurz hier und spielst, während ich mich umziehe?«

Er schaut zu mir hoch. »Und dann kochen wir?«

»Ja, auf jeden Fall.« Ich zwinkere ihm zu. »Bleib in deinem Zimmer, George. Ich will nicht, dass du im Dunkeln die Treppe runterfällst.«

»Okay, Mummy.«

Ich verlasse sein Zimmer und schließe die Tür fest hinter mir. Ich drücke die Schlafzimmertür auf, betätige aus Gewohnheit den Lichtschalter und ärgere mich, als es dunkel bleibt. Aus irgendeinem Grund will die Tür auch nicht richtig aufgehen. Etwas liegt im Weg. Vielleicht ist mein Morgenmantel wieder vom Haken gefallen und hat sich unter der Tür verfangen. Doch als ich erneut drücke, stößt die Tür gegen etwas. Etwas, das sich groß und schwer anfühlt, wie ein Möbelstück.

Ich merke, dass mein Herz laut und unbequem zu pochen begonnen hat. Ich bin mir nicht sicher, warum. Mir läuft ein Kribbeln den Rücken hinunter, als würde mich jemand beobachten. Schweiß bildet sich in meinen Achselhöhlen. Ich schlucke und stehe reglos da, bevor ich all meinen Mut zusammennehme und mich umdrehe. Doch der kleine Flur ist leer. Das ist doch albern.

Ich atme tief durch und quetsche mich durch die halboffene Schlafzimmertür. Zum Glück lässt sie sich gerade weit genug öffnen. Ich spähe auf den dunklen Umriss hinab, der die

Tür blockiert, kann mir aber nicht recht einen Reim darauf machen.

Und dann, urplötzlich, kann ich es doch.

Ich schreie seinen Namen und halte mir dann den Mund zu. Ich will nicht, dass Josh herüberkommt und ... das hier sieht. Ich schaffe es kaum, selbst hinzusehen. Bin ich hier? Passiert das wirklich? Das darf einfach nicht sein.

Mein Mann liegt auf dem Rücken auf dem Schlafzimmerteppich. Seine Augen sind geöffnet, doch er schaut mich nicht an. Er starrt zur Decke hoch. Aber ich glaube nicht, dass er die Decke sehen kann. Ich glaube nicht, dass er irgendetwas sehen kann. Denn es zieht sich eine abscheuliche, dunkle Linie quer über seinen Hals. Ihm wurde die Kehle durchgeschnitten.

Ich glaube, Aidan ist tot.

SECHSUNDDREISSIG

EMILY

Ich sinke auf die Knie und greife nach der Hand meines Mannes, drücke sie mir ans Gesicht, küsse sie wieder und wieder und dränge das Leben dazu, in sie zurückzukehren. Sie ist noch warm. Vielleicht irre ich mich und er lebt noch.

»Aidan? Aidan, hörst du mich?« Meine Stimme klingt hoch und flattrig, meine Ohren fühlen sich an, als wären sie verstopft. Ich sage noch einmal seinen Namen, obwohl ich weiß, dass es hoffnungslos ist. Ich betrachte das Gesicht meines Mannes. Seine Augen sind glasig und starr, sein Mund ist schlaff. Ich schaffe es nicht, noch einmal seinen Hals anzusehen, doch ich nehme einen süßlich-metallischen Geruch wahr, der mir in der Kehle hängen bleibt und mich würgen lässt.

Nein, nein, nein. Das kann nicht wahr sein. Wie kann es wahr sein? Wer hat das getan? O mein Gott, unser neuer Untermieter. Nein. Er stammt aus Bridport, er ist Koch. Er hat zwei Kinder. Er würde niemals ... Doch dann geht mir auf, dass es alles gelogen gewesen sein muss. Alles nur ein massiver, fein ausgetüftelter Schwindel, um in unser Haus zu gelangen. Es wäre ein zu großer Zufall. Und sein Auto steht nicht mehr vor der Tür, also muss er schon fort sein. Behutsam lege ich Aidans Hand zurück auf den Boden.

Ich wusste, dass wir in Gefahr schweben, hätte aber nie ernsthaft geglaubt, dass es so weit kommen würde – dass ich Aidans Leiche auf dem Boden finde. Das geschieht doch nicht wirklich. Ich stecke in einem Albtraum fest, und jeden Augenblick werde ich aufwachen und wieder in Ashley Cross sein. Mein Wecker wird klingeln und ich werde die Augen aufschlagen und mich darüber ärgern, heute zur Arbeit zu müssen. Ich werde Aidan erzählen, was für einen grauenhaften, haarsträubenden Traum ich hatte und dass er nie darauf kommen wird, was darin passiert ist.

Ich blinzle, als mir brennende Tränen in die Augen schießen. Ich zittere am ganzen Körper. Ich bebe heftig. Ich lege mir die Hände auf den Bauch und versuche, nicht an die Tatsache zu denken, dass mein Kind Aidan niemals *Daddy* nennen wird.

Ich hole das Handy aus der Tasche, habe aber keinen Empfang. Nie hat man an diesem verdammten Ort Empfang! Ich stolpere auf die Füße und wedle mit dem Handy herum, aber wohin ich es auch strecke, es erscheinen keine Balken. Warum haben wir uns kein Festnetz besorgt? Wir hätten es uns doch sicher irgendwie leisten können. Irgendwo hätte ich bestimmt ein günstiges Angebot gefunden. Ich muss die Polizei rufen. Sie werden Jonathan schnappen, oder wie auch immer er in Wirklichkeit heißt. Er hat einen blauen irgendwas gefahren. Ich kann mich nicht an die Marke erinnern. Welche *war* es?

Josh! Ich muss meinen Sohn holen. Wir müssen hier weg. Zur Polizei. Ich will meinen Mann nicht alleinlassen, aber ich muss Josh in Sicherheit bringen. Ich quetsche mich wieder durch die Schlafzimmertür, schlucke die aufsteigende Übelkeit hinunter und versuche, mich nicht in ausgewachsene Panik hineinzusteigern – dem Baby, aber auch Josh zuliebe. Ich darf ihn nicht mitkriegen lassen, dass etwas nicht stimmt. Ich will ihm keine Angst machen.

Das ist alles meine Schuld. Wenn ich nicht auf einen Untermieter bestanden hätte ... Aber wie haben sie uns überhaupt gefunden? *Sarah.* Sie muss es Luanne erzählt haben, und dann haben es alle erfahren, und ich bin so dermaßen dämlich. Wir hätten auf der Stelle von hier abhauen sollen, als ich wusste, dass das Geheimnis unseres Aufenthaltsortes gefährdet war. Aber ich dachte, es würde schon gut gehen. *Ich* habe mir das zuzuschreiben. Es ist meine Schuld. Wie kann Aidan tot sein? Es ist einfach nicht fair. Es ist *ungeheuerlich.*

Warum haben sie ihn umgebracht? Warum haben sie nicht wenigstens versucht, uns das Geld abzupressen? Wenn sie nur abgewartet und mit mir gesprochen hätten, dann hätte ich Bianca anrufen können. Sie hat mir das Geld angeboten und ich habe es ausgeschlagen! Wenn ich vor ein paar Monaten bloß Ja gesagt hätte, dann hätte sie es uns inzwischen vielleicht zur Verfügung stellen können. Ich muss verrückt gewesen sein. Warum habe ich meinen Stolz über die Sicherheit meiner Familie gestellt? Ich hätte das Geld annehmen sollen, dann hätten wir die Kredithaie kontaktieren und anbieten können, sie zu bezahlen. Wir hätten nach Hause zurückkehren und unser Leben wieder aufnehmen können. Ich hätte Aidan Hilfe wegen seiner Spielsucht besorgen können. Es wäre alles gut geworden. Was habe ich mir nur dabei *gedacht?*

Ich weiß genau, was ich mir gedacht habe. Ich wollte aus der Stadt herauskommen, und da war meine Chance. Dass Aidan diese ganzen Schulden angehäuft hatte, lieferte mir die perfekte Gelegenheit, vor meinem eigenen Mist davonzurennen. Und nun ist die Katastrophe trotzdem passiert. Ich habe alles verloren.

Kurz bleibe ich im dunklen Flur vor Joshs Zimmer stehen, während der Regen gegen das Fenster prasselt und Donner über den Feldern grollt. Ich habe keine Zeit, es noch länger hinauszuzögern, aber mein Sohn darf mich nicht so aufgewühlt sehen. Ich wische mir mit den Fingerspitzen über die Augen, hole bebend Luft und betrete sein Zimmer.

»Hey, Joshy. Du musst jetzt mit Mummy mitkommen. Wir fahren noch mal weg, ja?«

»Mummy! Ich heiße George. Joshy war der alte Name, und der ist nicht mehr gut. George ist der beste Name.« Er wiederholt alles, was wir ihm über seinen Namenswechsel erzählt haben, und es bricht mir das Herz.

»Okay, Schatz.« Ich umarme ihn und drücke ihn dicht an mich, damit er die frischen Tränen nicht sieht, die mir die Wangen hinunterrinnen, mir in den Mund und den Hals laufen.

»Oh, du bist ja ganz nass, Mummy.« Er schiebt mich von sich. »Du musst schön trockene Sachen anziehen wie ich.«

Mir wird klar, dass meine Kleidung und Haare immer noch vom Regen durchnässt sind. »Ich ziehe mich später um, jetzt müssen wir erst einmal wieder raus und eine kleine Fahrt machen.«

»Mit Daddy?«

Das Bild, wie Aidan auf dem Boden liegt, blitzt in meinem Kopf auf. Ich schlucke, doch es fühlt sich an, als steckten mir Messer in der Kehle. »Daddy nicht. Nur du, ich und der Babybauch, okay?«

Ich nehme Joshs Hand und wir wenden uns zum Gehen. Doch noch ehe ich einen Schritt mache, höre ich ein Knarzen aus dem Zimmer nebenan. *Aus Jonathans Zimmer.*

SIEBENUNDDREISSIG

Alles läuft perfekt nach Plan. Ich habe es durchweg genossen. Bei ihnen willkommen geheißen zu werden und die Tour durchs Haus zu bekommen, als würden sie mir einen scheißgroßen Gefallen tun. Meine Geschichte über die Ex-Frau und die Kinder haben sie begierig aufgesogen, und bei ihrem quengeligen Sohn habe ich so richtig dick aufgetragen, damit sie jetzt alle denken, ich sei der Kinder-Entertainer des Jahres. Sie glauben ernsthaft, wir werden jetzt ganz dicke Freunde, weil ich so erbärmlich dankbar für ihr beschissenes kleines Zimmer mit den gruseligen Holzmöbeln hier draußen in der Pampa wäre. Ja klar, als hätte es jemals so laufen können.

ACHTUNDDREISSIG

EMILY

Ich starre meinen Sohn an und lege mir einen Finger an die Lippen. Mit großen Augen macht er die Geste nach. Zum Glück scheint er keine Angst zu haben. Hoffentlich denkt er, das wäre bloß irgendein albernes Spiel von uns.

Ich nehme wieder Joshs Hand und wir schleichen zur Tür. Das ist doch verrückt. Wenn Jonathan wirklich im Nebenzimmer ist, muss er wissen, dass wir uns auch hier oben befinden. Und wenn dem so ist, wird er unter keinen Umständen zulassen, dass wir das Haus verlassen. Wie sollen wir entkommen? Was hält ihn davon ab, uns dasselbe anzutun wie Aidan? Würde er eine Schwangere und ihr Kind umbringen? Würde er das?

Bitte lass ihn jetzt das Haus verlassen und es damit zu Ende sein. Vielleicht sucht er nur seine Sachen zusammen und geht dann. Vielleicht interessieren ihn Josh und ich gar nicht.

Ich frage mich, ob wir uns nicht verstecken sollten, statt hinauszugehen und seine Aufmerksamkeit auf uns zu lenken. Sollten wir uns ganz klein zusammenrollen und darauf warten, dass er verschwindet? Aber in Joshs Zimmer gibt es keine Verstecke außer solche offensichtlichen wie unter dem Bett oder im Schrank. Dort entdeckt Jonathan uns sofort, wenn er beschließen sollte, nach uns zu suchen. Davon abgesehen bezweifle ich, dass ich mich dort hineinquetschen könnte.

Vielleicht sollte ich die Initiative ergreifen. Ihm zurufen, dass ich ihm das Geld besorge, wenn er uns verschont. So einen Betrag würde er doch sicher nicht verschmähen. Solange er nur glaubt, dass ich es beschaffen kann. Es gibt wohl nur eine Möglichkeit, das herauszufinden. Ich drücke die Tür einen Spaltbreit auf und öffne den Mund. Doch es kommt nichts heraus. *Ich schaffe es nicht.* Ich schaffe es nicht, ihn auf uns aufmerksam zu machen. Der Gedanke, dem Kerl gegenüberzutreten, der meinem Mann das angetan hat, lässt mich erneut zittern.

»Gehen wir jetzt?«, flüstert Josh.

Ich drücke mir abermals den Finger an die Lippen und nicke. Wenn ich nicht hochschwanger wäre, würde ich meinen Sohn die Treppe hinuntertragen, aber ich bin schon ohne das zusätzliche Gewicht wacklig genug auf den Beinen. Vor allem auf einer so steilen Treppe. Wir schleichen hinaus in den Flur, das Herz schlägt mir bis zum Hals, mein schwangerer Bauch fühlt sich plötzlich schwer und verkrampft an. Hoffentlich war das keine Wehe. Ich halte inne, atme durch, bedeute Josh, auf Zehenspitzen die Treppe hinunterzugehen, und forme ihm mit den Lippen zu, er solle *vorsichtig* und *leise* gehen. Er nickt und macht sich übertrieben sorgsam auf den Weg.

Da draußen noch immer der Sturm tobt, ist es auf der Treppe dunkel. Ich bete, dass Josh nicht stolpert. Ich bete, dass er heil unten ankommt. Als sich der Krampf in meinem Bauch gelöst hat, folge ich ihm, wobei ich mich vorsichtig am Geländer festhalte. Ich traue mich nicht, einen Blick über die Schulter zu werfen, aus Angst, dann den Halt zu verlieren, doch ich bilde mir bereits ein, Jonathans Schritte hinter mir zu hören. Der Drang, loszuschreien, ist so stark, dass ich mir auf die Wange beißen muss, um still zu bleiben.

Irgendwie schaffen Josh und ich es in einem Stück zum unteren Ende der Treppe. Josh dreht sich um und zeigt mir aufgeregt zwei Daumen hoch. Sein kleines Gesicht sieht so niedlich aus, dass ich es gar nicht erwarten kann, Aidan davon zu erzählen, wie tapfer und brav unser Sohn ist. Bis mir wieder einfällt, dass ich Aidan nie wieder irgendetwas erzählen werde. Ich unterdrücke einen entsetzten, von Trauer überwältigten Schluchzer.

Als ich unsere immer noch nassen Jacken vom Geländer nehme, fällt mir ein, dass Josh gar keine Schuhe trägt. Ich fluche und lasse ihn die nassen Schuhe von eben wieder anziehen. Ich kann mich nicht bücken, um ihm zu helfen, aber er bekommt es auch allein ganz gut hin, auch wenn es mir so vorkommt, als würde er dafür Ewigkeiten brauchen. Mein Herz schlägt so laut, dass ich kaum denken kann. Indessen suche ich in meiner Tasche nach dem Autoschlüssel und wage einen schnellen Blick die Treppe hoch. Niemand zu sehen. Am oberen Ende ist alles dunkel und ruhig. Vielleicht war das Knarzen, das ich eben gehört habe, auch überhaupt nichts. Vielleicht ist Jonathan bereits über alle Berge und meine Angst völlig grundlos. Immerhin steht sein Auto nicht draußen. Und warum sollte er noch länger hierbleiben, nun, da er seine Rache genommen hat? Unaufgefordert kommt mir die Antwort in den Sinn: *Um zu vollenden, was er begonnen hat.*

Ob unser Untermieter noch da ist oder nicht, Josh und ich werden sicher nicht hierbleiben, um das herauszufinden. Wir rennen hinaus und durch Wind und Regen zum Truck. Es fühlt sich an, als wäre unsere spaßige Einkaufstour von vorhin schon Monate her. Die vollgepackten Tüten liegen immer noch unter der Plane, wie Relikte aus einem anderen Leben.

Zuerst öffne ich die Beifahrertür und helfe Josh hinein. Anschnallen werde ich ihn, sobald ich selbst eingestiegen bin. »Pass auf deine Finger auf«, warne ich und lege ihm seine Hände in den Schoß. Gleich sind wir in Sicherheit. Sobald wir erst beide im Truck sitzen und die Türen verschlossen sind, werde ich endlich durchatmen können.

Ich schließe die Beifahrertür und die Luft fährt mir aus den Lungen, als sich mein Bauch abermals zusammenkrampft. Es besteht kein Zweifel. Das war eine Wehe. Bitte lass es Übungswehen sein, falscher Alarm. Es ist noch zu früh für das Baby. Ich darf keine Wehen bekommen. Nicht jetzt. Bitte bleib, wo du bist, Kleines. Ich atme in kurzen Stößen aus und flehe ihn oder sie mit den Händen auf dem Bauch an, Geduld zu haben.

Sobald die Wehe abklingt, laufe ich in meinem Watschelgang hinüber zur Fahrerseite und zerre die Tür auf. Aber wie soll ich fahren, wenn diese Schmerzen noch einmal zuschlagen? Im Moment habe ich keine andere Wahl. Ich muss Josh und mich in Sicherheit bringen.

Der Wind reißt mir die Autotür aus der Hand und knallt sie wieder zu. »Scheiße.« Als ich erneut die Hand nach dem Griff ausstrecke, berührt etwas Kaltes meine Schläfe. Ich will es erst fortwischen, doch dann schaltet sich mein Hirn ein und mir wird klar, was es ist. Mir gefriert das Blut in den Adern und ich stoße einen erschreckten Schrei aus.

»Tut mir leid, Emily. Ich kann Sie noch nicht gehen lassen.«

Es ist Jonathan. Und er hält mir eine Pistole an die Schläfe.

NEUNUNDDREISSIG

EMILY

Jonathan hat eine Pistole. *Eine Pistole.* Doch noch erschreckender ist die Tatsache, dass er meinen alten Namen benutzt und damit meine Befürchtung bestätigt hat, dass er für den Kredithai arbeitet. Er hat uns mit seiner Netter-Kerl-Nummer komplett hinters Licht geführt.

Ich drehe langsam den Kopf, um ihn anzusehen. Sein Mund ist zu einem Lächeln geformt, doch seine Augen sind hart und funkeln. Es ist nicht mehr das offene, freundliche Gesicht von vorhin. Das hier ist das Gesicht von jemand vollkommen anderem.

»Ich musste zur Scheune gehen, um zu telefonieren. Der Empfang ist dort besser. Aber das wussten Sie ja bereits, oder?«

Das wusste ich noch nicht. Aber momentan geht mir auch Wichtigeres durch den Kopf.

»Ich habe Ihren Truck lahmgelegt, während Sie im Haus waren, es hat also keinen Zweck, einen Fluchtversuch zu starten. Sie müssen mit mir zurück ins Haus kommen.«

»Bitte machen Sie meinem Sohn keine Angst. Er ist erst vier.«

Jonathan zuckt mit den Schultern. »Daran hätten Sie

denken sollen, bevor Sie untergetaucht sind.« Ich öffne den Mund, um zu protestieren, doch er fällt mir ins Wort: »Natürlich werde ich dem kleinen Josh keine Angst machen. Für wen halten Sie mich?« Er grinst mich an und ich erschaudere. Jonathan deutet mit der Pistole ruckartig in Richtung Haus. »Na los, ich werde hier bis auf die Knochen nass.«

Ich gehe zur Beifahrerseite zurück und öffne die Tür.

»Du bist der neue Mann«, sagt Josh. »Ist das eine echte Pistole?«

»Nein, natürlich nicht«, antworte ich. »Das gehört alles zu dem Spiel, das wir spielen. Du musst jetzt für mich ein braver Junge sein und mit zurück ins Haus kommen.« Erfolglos bemühe ich mich um eine feste Stimme. Ich habe wahnsinnige Angst davor, dass Jonathan uns beiden, sobald er uns wieder im Haus hat, eine Kugel in den Kopf jagt oder, noch schlimmer, wie bei Aidan ein Messer benutzt. Ich beginne wieder, am ganzen Körper zu zittern.

Josh blickt von mir zu Jonathan und beschließt, ohne Theater aus dem Truck zu steigen. Er rutscht hinunter auf den Boden. Ich nehme ihn bei der Hand und wir gehen zurück zum Haus hinüber. Ich brauche Ewigkeiten, um die Tür aufzuschließen, da meine Hände so schlimm beben, aber schließlich betreten wir drei die dunkle Diele. Meine Gedanken fliegen die Treppe hinauf in unser Schlafzimmer, wo mein Mann liegt. Ganz allein. Das kann nicht passiert sein! Aidan kann nicht tot sein. Es ist einfach nicht möglich. Warum habe ich seine Spielsucht nicht eher bemerkt? Wenn ich davon gewusst hätte, hätte ich ihm Hilfe organisieren können. Wir hätten all das vermeiden können. Sterbe ich auch gleich? *War's das?* Ich lege eine Hand auf meinen Babybauch und will vor Hilflosigkeit schreien. Ich muss doch etwas tun können, um uns aus diesem Albtraum zu befreien.

Jonathan lotst uns ins Wohnzimmer und lässt uns auf einem der Sofas Platz nehmen. Durch das riesige Fenster fällt trübes Licht, trotzdem ist es hier drinnen ziemlich finster. Josh und ich sind tropfnass und zittern. »Zieh deine Jacke aus, Joshy.«

Josh steht auf und tut, was ich sage. »Ich bin *George*.« Er runzelt die Stirn, als er mir die Jacke reicht. »Joshy ist ein Babyname.«

Ich lege seine Jacke über die Armlehne des Sofas. »Tut mir leid, du hast recht. George ist richtig.« Der Arme. Er musste sich an so viele Veränderungen gewöhnen. Ich kann nicht von ihm erwarten, dass er einfach so auf seinen echten Namen zurückschaltet.

»Kochst du jetzt etwas?«, fragt Josh unseren Kidnapper ohne jede Angst.

»Nein«, gibt Jonathan zurück. Er starrt aus dem regennassen Fenster und ich frage mich, ob er auf jemanden wartet. Die Frage ist nur: Auf wen? Der einzige Hoffnungsschimmer besteht darin, dass er Josh und mir bislang nichts getan hat. Wenn das sein Plan wäre, wäre es doch bestimmt bereits geschehen. Es gibt keinen Grund, warum er es hinauszögern sollte. Tatsächlich beachtet Jonathan uns beide kaum. Er hält die Pistole jedoch weiterhin in der Hand und ich bin mir nicht sicher, ob er sie nicht benutzen würde, wenn wir versuchen würden, zu fliehen.

»Mummy hat gesagt, du kochst heute nicht mit mir und Daddy, weil du arbeiten musst. Gehst du gleich zur Arbeit?«

Jonathan gibt keine Antwort. Mein Sohn sieht fragend zu ihm auf, doch dieser Fremde würdigt ihn keines Blickes. Warum in aller Welt dachte ich, ich könnte ihm vertrauen? Warum habe ich es für sicher gehalten, ihn in unser Haus einzuladen?

Joshs Kinn beginnt zu zittern. »Mummy, ich hab Hunger. Es ist zu dunkel und mir ist kalt. Kann ich jetzt meine Süßigkeiten aus dem Laden haben?«

»Sch, sei still, Schatz. Sei nur eine Minute lang still.«

»Nein! Ich hab Hunger!« Dicke Tränen rollen ihm die Wangen hinunter.

Jonathans Gesichtsfarbe verdunkelt sich und er gibt ein gereiztes Schnauben von sich.

Ich versteife mich vor Anspannung. Ich nehme die Hand meines Sohnes und gebe ihm einen Kuss auf die nasse Wange. »Okay, wenn du ganz ruhig und brav hier sitzen bleibst, hole ich dir gleich was zu essen, ja?«

Josh nickt und hickst.

Ich öffne den Mund und will Jonathan fragen, ob ich Josh etwas aus der Küche holen darf, aber er kommt mir zuvor: »Nein. Du gehst nirgendwohin. Ihr bleibt beide still da sitzen und haltet den Mund.«

»Mummy, er hat dir gesagt, du sollst den Mund halten!« Josh klappt die Kinnlade herunter.

Mein Stresslevel schießt ins Unermessliche, hinzu kommt die Panik, gleich die nächste Wehe zu bekommen. Ich funkele unseren Kidnapper an. »Ich weiß nicht, wie viel Sie über Vierjährige wissen, aber sie befolgen nicht die gleichen Regeln wie Sie oder ich. Wenn Sie mich ihm keinen Snack holen lassen und ein paar Spielzeuge, damit er sich beschäftigen kann, dann wird *das hier*« – ich umfasse mit einer ausladenden Geste den drohenden Wutanfall meines Sohnes – »bloß noch schlimmer.«

»Ach, Herrgott noch mal«, murrt Jonathan gedämpft. »Na gut.« Er richtet die Pistole auf meinen Kopf und führt uns aus dem Zimmer Richtung Küche. »Geben Sie ihm was zu essen und lassen Sie ihn dann hier drin.«

Ich will erst widersprechen, dass ich meinen Sohn nicht allein in der Küche lassen werde, aber vielleicht ist es besser für ihn, nicht in der Nähe dieses gefährlichen Mannes zu sein, vor allem, wenn gleich noch jemand anderes am Haus auftaucht. Ich will nicht, dass Josh wütende Gespräche oder gar Gewalt mitbekommt. Ich würde es nicht ertragen, wenn er auf irgendeine Weise traumatisiert würde – falls er das nicht längst ist.

Unter dem wachsamen Blick dieses Mannes mache ich meinem Sohn ein Erdnussbuttersandwich und hole ein Paket Zuckergusskekse hinten aus dem Schrank, die ich als besondere Überraschung aufgespart hatte. Ich krame etwas Spielknete, Papier und Buntstifte aus einer Schublade und richte eine große Taschenlampe auf den Tisch, damit er besser sehen kann.

»Okay, los.« Jonathan nickt zur Tür.

»Einen Moment noch.« Ich sehe ihn flehend an und er nickt. Während Josh sich über sein Sandwich hermacht, hocke ich mich neben ihn. »Hör mir mal kurz zu, Joshy, äh, George. Du hast hier viel tolles Essen und etwas Schönes zum Spielen. Du musst jetzt für mich in der Küche bleiben, okay? Geh nicht raus, bis ich zurückkomme. Wenn du ganz, ganz lange in der Küche bleiben kannst, bekommst du von mir das größte Überraschungsgeschenk, das du jemals gesehen hast, ja?«

Die Augen meines Sohnes weiten sich beim Gedanken an was auch immer er sich Wunderbares vorstellt. »Ein großes Geschenk?«

Ich nicke. »Aber nur, wenn du in der Küche bleibst. Du darfst auch nicht die Tür öffnen, sonst können wir das Geschenk nicht besorgen. Hast du verstanden?«

Er nickt. »Ich kann warten. Ich bleibe hier und mache Tiere aus Knete.«

»Brav. Ich bin gleich nebenan im Wohnzimmer, okay? Und später komme ich dich abholen.« Ich schließe ihn in die Arme, küsse ihn auf beide Wangen, dann auf die Stirn und schließlich auf die nassen Locken. Eine Träne tropft mir vom Gesicht. Ich wische sie rasch weg und stehe auf. Ich nicke Jonathan zu, um ihm zu signalisieren, dass ich bereit bin, zu gehen. Ich wünschte, ich wäre stark und mutig genug, ihm die Pistole zu entreißen. Aber das würde ich niemals wagen. Ich sauge noch einmal gierig den Anblick meines Sohnes auf, bevor wir die Küche verlassen und ins Wohnzimmer zurückkehren.

Jonathan zeigt auf das Sofa. Ich setze mich, meine

Gedanken sind immer noch bei meinem Sohn im Nebenraum. Es fühlt sich an, als wäre er Millionen Kilometer entfernt statt nur auf der anderen Seite der Wand. Nach ein paar Momenten der Panik wird mir klar, dass es noch einen weiteren Vorteil hat, Josh nicht hier bei mir zu haben – nun, da wir außer Hörweite sind, kann ich endlich ein paar Fragen stellen.

Ich versuche, sanft und freundlich zu klingen. »Warten Sie auf jemanden?«

Jonathan gibt keine Antwort. Er ist wieder dazu übergegangen, aus dem Fenster zu starren. Es sieht so aus, als würde der Sturm dort draußen nachlassen und Wind und Regen weniger heftig sind.

»Werden Sie uns etwas antun?«

Wieder keine Antwort, doch seine Mundpartie spannt sich an. Ich will ihn nicht gegen mich aufbringen, aber ich kann auch nicht einfach nur still dasitzen. Wenn ich wenigstens wüsste, was er von mir will, dann könnte ich abschätzen, wie groß die Gefahr ist, in der Josh und ich schweben.

»Es wäre doch das Mindeste, mir zu sagen, ob Sie uns etwas antun wollen. Sie haben Aidan umgebracht. Sie haben meinen Mann umgebracht, also mache ich mir natürlich Sorgen, dass … nun ja, dass Sie mit mir vielleicht dasselbe vorhaben.«

Er wendet sich mir zu. »Was haben Sie denn erwartet? Man schließt doch keinen solchen Deal ab, wie Aidan es getan hat, und geht dann davon aus, sie würden ihn vergessen, wenn er seinen Teil der Abmachung nicht erfüllt.«

»*Sie.*«

»Was?« Er wirft mir einen finsteren Blick zu.

»Sie haben *sie* gesagt. Das bedeutet, Sie sind nicht derjenige, der die Befehle erteilt. Werden Sie hierzu gezwungen?«

»Sie wissen nicht, wovon Sie da sprechen.«

»Dann verraten Sie es mir.«

Er schüttelt abweisend den Kopf und wendet sich wieder dem Fenster zu.

»Hören Sie, Jonathan, ich weiß nicht, wer Sie sind oder wie Sie in Wirklichkeit heißen. Ich weiß nicht, wo Sie wohnen. Wenn Sie jetzt also einfach verschwinden, kann ich der Polizei sagen, es war ein aus dem Ruder gelaufener Einbruch. Ich werde Aidans Schulden nicht einmal erwähnen. Es muss niemand sonst verletzt werden. Mein Sohn ist erst vier und ich muss in ein Krankenhaus. Ich glaube, ich bekomme Wehen.«

»Nein, tun Sie nicht. Sie sind erst nächsten Monat so weit.«

Er dreht sich mit einem spöttischen Grinsen um. »Ich weiß alles über Sie. Als Aidan seinen Deal eingegangen ist, war es unsere Pflicht, alles herauszufinden.«

»Ich kann Ihnen Geld geben.«

Er lacht. »Wenn dem so wäre, wären wir jetzt nicht hier.«

»Sie verstehen nicht. Ich kenne jemanden, der mir das Geld geben wird. Wahrscheinlich kann ich es gleich jetzt für Sie beschaffen.« Ich bin mir nicht sicher, ob Bianca das so schnell hinbekommt, aber wenn sie wüssten, dass das Geld in Aussicht steht, wäre ihr Interesse doch sicher geweckt.

»Vergessen Sie das Geld. Dafür ist es zu spät. Ihr Mann hat einen Deal geschlossen, aus dem er nicht mehr herauskommt.«

»Aber er ist tot. Sie haben ihn umgebracht. Wie also soll er ›nicht mehr aus dem Deal herauskommen‹?«

»Sie sollten den Mund halten.«

»Bitte sagen Sie mir, was hier los ist.«

»Seien Sie einfach still, sonst muss ich nachhelfen.«

Ich beiße die Zähne zusammen und konzentriere mich darauf, die Tränen zu unterdrücken. Dieser Mann hat keinerlei Mitgefühl. Josh und ich kümmern ihn überhaupt nicht. Ich weiß nicht, was er und seine Leute von mir wollen, aber ich bin mir sicher, dass es nichts Gutes ist.

VIERZIG

DANI

Ich gleite auf den Fahrersitz meines Leihwagens – ein silberfarbener Ford Focus –, schließe die Tür und versuche, den Sicherheitsgurt anzulegen, aber das blöde Ding hakt. Ich muss zu fest gezogen haben, also lasse ich los, atme durch die Zähne aus und versuche es noch einmal. Endlich lässt er sich ziehen und ich lasse ihn mit einem Klicken einrasten.

Ich betrachte die regennasse Windschutzscheibe, durch die nur eine verschwommene Sicht möglich ist, und mir wird klar, dass ich mich erst noch ein ganzes Stück beruhigen muss. Ich weiß, dass sich das hier auch anders regeln lässt. Auf sicherere Art. Ich müsste mich nicht in Gefahr begeben, aber es hat mich derart überrumpelt, dass ich nicht mehr klar denken kann. Die Initiative zu ergreifen, ist das Einzige, was mir gerade sinnvoll erscheint.

Alle anderen Optionen und Gespräche würden zu viel Zeit rauben. Ich darf es nicht riskieren, weiter abzuwarten. Außerdem will ich es mit eigenen Augen sehen. Als ich den Motor starte, springen die Scheibenwischer an, sodass ich nun die verschwommen Straße und den Gehsteig sehen kann, die Leuchtschilder der Läden und ein paar Fußgänger, die vor dem Wind und dem Regen die Köpfe einziehen.

Plötzlich tut sich eine Lücke im Verkehr auf, ich verlasse den Vorplatz der Autovermietung und gliedere mich in den stetigen Strom der Fahrzeuge ein. Das Innere meines Leihwagens riecht wie frisch gereinigt. Ich nehme aber auch einen schwachen säuerlichen Geruch nach Erbrochenem wahr, der mir den Magen umdreht. Ich habe keine Zeit, das Auto zurückzubringen und um ein anderes zu bitten, also fahre ich das Beifahrerfenster einen Spaltbreit hinunter, obwohl der Regen so auf den leeren Sitz neben mir prasselt, und auch auf meine Hand, jedes Mal, wenn ich den Gang wechsle.

Die Fahrt zu Marcus' Showroom verläuft zäh. Während ich mich durch die Straßen kämpfe, klopft mir das Herz bis zum Hals, von den Zehenballen bis in die Fingerspitzen, wie ein warnender Trommelschlag. Doch ich akzeptiere meine Angst und schlucke sie herunter wie Medizin.

Als ich mich letzte Woche mit Rob getroffen habe und er mir erzählte, was er im Laufe der letzten paar Monate herausgefunden hat, war ich schockiert, und gleichzeitig auch nicht. Denn ein Teil von mir hatte es bereits geahnt. Trotzdem klang es so haarsträubend, dass ich ihm beinah nicht geglaubt hätte. Bis er mir Beweise in Form von Aufzeichnungen und Fotos vorlegte, und, was auch noch den letzten Zweifel ausräumte: ein aufgezeichnetes Telefongespräch, in dem sowohl Einzelheiten als auch eine Zeit und ein Ort genannt wurden.

Rob meinte, wir müssten die Polizei verständigen. Doch ich überredete ihn, mich sie selbst rufen zu lassen, wenn ich bereit dazu wäre. Erst musste ich alles verdauen. Ein paar Tage mehr oder weniger würden keinen Unterschied machen. Rob war liebenswürdig. Er machte mir einen Tee und bot mir eine Schulter, um mich auszuweinen. Er sagte, er sei daran gewöhnt, schlimme Nachrichten zu überbringen, aber das würde es nicht leichter machen. Ich sagte, ich könne Marcus an diesem Abend unmöglich gegenübertreten, also ließ mich Rob bei sich auf dem Sofa übernachten.

Eigentlich hätte ich meinen Mann an jenem Abend auf Drinks im Silver Sail treffen sollen, aber ich rief ihn an und behauptete, es nicht zu schaffen. Ich setzte die Lüge fort, dass ich meiner Mutter noch weiter mit ihren Rentenunterlagen helfen müsse. Ich sagte ihm, ich würde bei ihr übernachten. Marcus war enttäuscht, versuchte mich aber zum Glück nicht umzustimmen. Nie im Leben wäre ich in der Lage gewesen, mich rechtzeitig wieder so weit zu fassen, dass ich hätte vorgeben können, es wäre alles beim Alten. Ich brauchte Zeit für mich, um zu verarbeiten, was hier vor sich ging. Um mir zu überlegen, was zu tun war.

Ich kenne Rob erst seit Kurzem, doch ich hatte bereits das Gefühl, ihm wirklich vertrauen zu können. Dieses Gefühl hatte ich bisher bei niemandem außer meinem Bruder. Tja, und eben Marcus. Aber bei Rob zu übernachten, fühlte sich an, als würde ich sein gutes Herz ausnutzen. Ich wollte ihn über den Job hinaus, den er für mich erledigt hatte, nicht weiter in die Sache hineinziehen. Deshalb habe ich ihm auch nichts davon erzählt, was ich als Nächstes vorhatte.

Ich bezahlte Rob für seine Dienste, kehrte am nächsten Morgen nach Hause zurück und sagte Marcus nichts von dem, was ich wusste. Ich möchte es mit eigenen Augen sehen, bevor ich ihn zur Rede stelle. Auf diese Weise wird er es nicht abstreiten können. Sich nicht mit süßen Worten herausreden können.

Endlich erreiche ich Ashley Cross. Der Verkehr schleppt sich am Green vorbei, ich biege links in eine Seitenstraße ein und dann rechts in eine weitere. Ich fahre an der Rückseite von Marcus' Showroom vorbei und bin erleichtert, die schwarzen Rundungen seines Porsches noch auf dem Parkplatz zu entdecken. Ich fahre weiter, bis ich die Straße hinunter eine Lücke erspähe. Ich parke ein, schalte den Motor aus und drehe den

Rückspiegel so, dass ich die Ausfahrt des Showroom-Parkplatzes klar im Blick habe.

Nach etwa einer halben Stunde macht mein Magen einen Hüpfer, als ich Marcus' Porsche zur Ausfahrt rollen und anhalten sehe. Mit zitternden Fingern starte ich das Auto wieder und wappne mich für das, was nun kommt.

Das Klingeln meines Handys lässt mich zusammenzucken. Erst will ich es ignorieren, um die Abfahrt meines Mannes nicht zu verpassen. Aber dann beschließe ich, wenigstens nachzusehen, wer es ist. Ich hole es aus der Tasche und schaue aufs Display. Marcus! Hoffentlich hat er mich nicht beim Lauern erwischt. Bestimmt nicht. Deshalb habe ich mir das Auto ja überhaupt nur ausgeliehen – mein eigener kirschroter Range Rover wäre viel zu auffällig gewesen. Ich lasse mich etwas tiefer in den Sitz sinken, obwohl ich mir sicher bin, dass ich zu weit entfernt parke, als dass er mich sehen könnte, außerdem ist die Sicht da draußen fürchterlich.

Ich spiele mit dem Gedanken, den Anruf zu ignorieren, aber dann wird mir klar, dass es nützlich sein könnte, zu hören, was er zu sagen hat. Schnell wische ich über das Display, bevor ich kalte Füße bekomme. »Hey.«

»Hey, Dani. Alles klar?«

»Ja, und bei dir?« Ich warte darauf, dass er mich fragt, warum ich die Straße hinunter in einem fremden Auto sitze. Aber das tut er nicht. Er glaubt immer noch, dass ich komplett unwissend bin.

»Joa, alles gut. Hör mal, ich rufe nur an, weil ich Bescheid sagen wollte, dass es heute spät werden könnte. Also richtig spät. Ich bringe ein Auto für eine Probefahrt zu einem Kunden.«

»Oh, okay. Musst du es denn selbst dort hinbringen?«

»Ich befürchte schon. Es ist ein ziemlich fetter Deal – ein Musikproduzent, der noch jede Menge weitere Aufträge einbringen könnte.«

»Okay, na dann viel Glück. Fahr vorsichtig. Da draußen sieht es ziemlich stürmisch aus.«

»Ich pass auf, Dan. Ich liebe dich.«

»Ich dich auch.« Ich beende das Gespräch, atme auf und lasse das Handy auf den Beifahrersitz fallen.

Ich habe die paranoide Befürchtung, dass er meiner Stimme etwas angemerkt haben könnte. Aber dann sage ich mir, dass ich mir keine Gedanken machen sollte. Es war ein ganz normales Gespräch. Noch während ich mich sammle, rauscht Marcus' Porsche vorbei und bespritzt den Focus mit einem Schwung matschigem Wasser.

»So viel zum vorsichtigen Fahren«, murmle ich.

Ich warte noch einen Augenblick, bevor ich mich hinter einem VW Golf einfädle. Ich kann weiter vorne immer noch den niedrigen Umriss von Marcus' schwarzem Porsche sehen. Ich mache mir Sorgen, dass er mir entkommt, aber dann atme ich tief durch und sage mir, dass ich das schaffe. Ich habe gegoogelt, wie man jemanden verfolgt, ohne erwischt zu werden, und habe es die Woche auch schon ein paarmal geübt, indem ich mir zufällig ein Auto ausgesucht und es so lange verfolgt habe, wie ich konnte. Ich blieb auf Abstand und ließ sie ein ganzes Stück vorausfahren. Der Trick besteht darin, nicht so nah heranzukommen, dass er mich entdeckt, und nicht so weit zurückzufallen, dass ich ihn verliere. Ich habe mir beim Leihauto speziell diese Farbe und dieses Modell ausgesucht, da man beides so häufig sieht, dass es hoffentlich mit dem Hintergrund verschwimmt. Zum Glück ist auch das Wetter heute auf meiner Seite.

Auf der Fahrt scheint die Zeit abwechselnd schneller und langsamer zu vergehen. Ich lasse die Stadt hinter mir und finde mich schon bald in der stürmischen Wildnis auf dem Land wieder. Die engen Straßen gefallen mir gar nicht, und ich spanne mich bei jeder unübersichtlichen Ecke an, aus Angst, gleich geradewegs in jemanden hineinzufahren. Nun, da wir uns auf diesen verlassenen Straßen befinden, habe ich mich weiter zurückfallen lassen. Jedes Mal, wenn er außer Sicht gerät, mache ich mir Sorgen, dass er mir entwischt ist. Doch dann fällt er mir in der Ferne erneut ins Auge und ich entspanne mich wieder.

Mein Nacken ist schon ganz steif und meine Arme tun weh, weil ich das Lenkrad so fest umklammere. Ich atme ein paarmal durch, versuche, mich zu beruhigen, und bewege den Unterkiefer hin und her – er ist ganz verkrampft von der Anspannung.

Ein kleiner, hoffnungsvoller Teil von mir fragt sich, ob Rob sich vielleicht geirrt haben könnte. Ob Marcus vielleicht wirklich auf dem Weg zu einem Musikproduzenten ist, der eine Probefahrt machen möchte. Aber abgesehen davon, dass das Wetter absolut ungeeignet ist für eine Probefahrt in einem schicken Auto, hat mir schon die Tatsache, dass mein Mann seinen Porsche genommen hat, gezeigt, dass es diesen Musikproduzenten gar nicht gibt.

Die Enttäuschung brennt mir in der Kehle, als Marcus mich geradewegs zu dem Ziel führt, das ich vermutet hatte.

EINUNDVIERZIG

EMILY

Nach einer gefühlten Ewigkeit sehe ich Lichter durchs Fenster. Jonathan richtet sich auf, als ein dunkles Auto in Sicht kommt, durch den Regen nur schwer zu erkennen. Während der Wagen sich nähert, kann ich an nichts anderes denken als an Josh im Nebenraum. Bitte lass es ihm gut gehen. Lass ihn sein Sandwich und seine Kekse genießen. Lass ihn Spaß dabei haben, wie er kleine Tierchen aus Knete formt. Ich bemühe mich, nicht daran zu denken, was alles Schlimmes passieren könnte, zum Beispiel: *Was, wenn ihm ein Keks im Hals stecken bleibt und ich nicht da bin, um ihn zu retten?* Ich hätte ihm nichts geben sollen, woran man sich so leicht verschlucken kann. Was habe ich mir nur dabei gedacht? Aber dann ermahne ich mich, mich nicht so albern anzustellen. Jetzt hatte ich ja den Gedanken, also wird es sicher nicht passieren.

Wenigstens kamen keine Wehen mehr. Die vorhin müssen falscher Alarm gewesen sein. Man muss auch für die kleinen Dinge dankbar sein. Mir ist klar, dass ich all diese verrückten, unzusammenhängenden Gedanken nur denke, um mich von dem Neuankömmling da draußen abzulenken. Das muss der große Boss sein. Derjenige, der die Kredithai-Bande anführt. Wer immer es ist, hoffentlich kann ich ihn dazu überreden, uns gegen Bezahlung gehen zu lassen. Dabei haben sie sich ja eigentlich schon mehr als genug geholt – Aidan hat den ultimativen Preis bezahlt. Werden diese Leute Josh und mich überhaupt am Leben lassen, nachdem wir gesehen haben, wie sie aussehen? *Denk nicht daran. Bleib positiv. Konzentrier dich. Noch leben wir. Noch sind wir hier.*

Der Wagen hat außer Sicht geparkt, daher kann ich nicht sehen, wer drinsitzt. Eine Autotür knallt. Ich horche auf eine weitere, doch es bleibt bei dem einen Knall, was immerhin etwas ist. Jonathan muss die Haustür eingeklinkt gelassen haben, denn ich höre, wie sie sich öffnet, und die schlagartig hereinströmende kühle, feuchte Luft lässt mich erzittern.

»Hier drinnen!«, ruft Jonathan schroff.

Die Wohnzimmertür öffnet sich, ich sehe nervös auf und frage mich, worauf ich mich gefasst machen muss. Eine Hand legt sich auf den Lichtschalter und kippt ihn ein paarmal hin und her. »Ist ja stockdunkel hier drin.« Eine Männerstimme.

»Hab den Strom abgedreht«, erklärt Jonathan.

Der Mann kommt herein, stämmig, gut gekleidet. Er schüttelt einen schwarzen Regenschirm aus und lehnt ihn gegen die Wand. Ich kenne ihn.

»*Marcus?*«

»Wie geht's, Emily?«

»*Marcus*«, wiederhole ich. »Kennt ihr beide euch?« Ich schaue vom einen zum anderen. »Kennst du Jonathan? Er hat gesagt, er will unser Zimmer mieten. Aber er hat Aidan umgebracht. Er hat ihn *umgebracht!* Und er hält Josh und mich gegen unseren Willen hier fest.« Doch noch während ich all das hervorplappere wie ein naives Kind, weiß ich bereits, dass ich genauso gut mit mir selbst sprechen könnte, denn Marcus sieht mich belustigt an und mir geht auf, dass er derjenige gewesen sein muss, dem mein Mann Geld schuldete. Es war die ganze Zeit über Marcus' Werk. Aidan hat es mir nicht erzählt. Plötzlich ergibt alles Sinn. Warum Aidan so wütend darüber war, dass ich ihm die Überraschungsparty geschmissen und seinen Boss und dessen Frau dazu eingeladen habe. Und warum er seinen Job nicht schon früher gekündigt hat – denn dann hätte Marcus seine Pläne erraten, die Stadt zu verlassen.

»Was hast du vor?«, frage ich.

Marcus wirft mir ein mitleidiges Lächeln zu und ich lege mir beide Hände schützend auf den Bauch.

»Dazu kommen wir später. Erst habe ich noch ein Hühnchen mit dir zu rupfen, Emily.«

Ich starre ihn verständnislos an.

Sein Lächeln wird breiter. »Du hast dich nie für mein Geschenk bedankt.«

Ich blinzle und verstehe immer noch nicht, was er meint.

»Die drei Bären.« Er schmunzelt. »Ich muss sagen, ich fand das eigentlich ziemlich clever von mir. Sehr schön symbolisch, dem Daddy-Bär so den Kopf abzuschlagen. Schade, dass du die Warnung nicht beachtet hast.«

Ich beiße die Zähne zusammen und schüttle angewidert den Kopf. Damals dachte ich mir schon, dass das kaputte Nachtlicht ein krankes Geschenk der Kredithaie sein muss, aber ich hätte niemals geahnt, dass Aidans Gläubiger und Marcus ein und dieselbe Person sein könnten. Und genauso wenig hätte ich gedacht, dass er die Drohung tatsächlich wahrmachen würde.

Ich kann nicht fassen, wie ich jemals glauben konnte, Marcus zu kennen. Ich habe immer gedacht, er wäre ein charismatischer Geschäftsmann aus der Gegend, der gern hart arbeitet und genauso gern mit seinem Geld prasst. Klar hatte er irgendwie etwas von einem Gauner und definitiv etwas von einem Player. Aber davon mal abgesehen, habe ich ihn als einen

Arbeitgeber wahrgenommen, der seine Angestellten gut behandelt und seinen Freunden gegenüber charmant und freundlich auftritt.

Jetzt wird mir klar, dass das alles nur Show war. Er ist jemand völlig anderes.

ZWEIUNDVIERZIG

DANI

Ich bleibe unmittelbar vor der Abzweigung stehen, schalte den Motor aus und strecke Arme und Hals, während der Regen auf das Auto trommelt. Donnergrollen ertönt in der Ferne. Mein Handy ist in den Fußraum gefallen, ich beuge mich vor, um es aufzuheben, und öffne den Internet-Browser. Ich fluche, als ich erkenne, dass ich hier keinen Empfang habe. *Ich kann nicht ins Internet.* Ich hätte daran denken müssen, dass das so weit draußen auf dem Land der Fall sein könnte.

Zum Glück hatte ich mir schon im Voraus ein Satellitenbild des Grundstücks heruntergeladen. Ich wollte nicht bis ganz vor die Tür fahren, weil sie mich dann kommen sehen und hellhörig werden würden. Also habe ich beschlossen, einen anderen Weg dorthin zu nehmen. Ich habe meine Route schon vorgeplant, aber es kann nicht schaden, zur Sicherheit noch einen Blick auf das Bild zu werfen.

Ich parke an einem schmalen Weg an der Grundstücksgrenze, an einer Stelle, an der die Hecke endet und ein Stück Drahtzaun beginnt. Soweit ich erkennen kann, ist der Weg menschenleer, also schlüpfe ich aus dem Auto und verbringe die nächsten fünf Minuten damit, den Zaun mit meiner neuen

Drahtschere so weit aufzuschneiden, dass ich mich hindurchquetschen kann. Das ist schwerer als gedacht. Ich hätte mir Handschuhe anziehen sollen. Doch schließlich gelingt es mir, eine krumme Öffnung von oben bis unten zu schneiden. Meine Hände sind nun von Blasen übersät und meine Haut ist an mehreren Stellen aufgerissen.

Es ist noch nicht zu spät, um wieder ins Auto zu springen, umzukehren und nach Hause zu fahren. Sehnsüchtig denke ich an unser luxuriöses Wohnzimmer mit dem gemütlichen Kaminfeuer und den Sofas. Es gibt nichts Schöneres, als sich drinnen zusammenzurollen, während draußen ein Sturm tobt. *Aber was dann?* Darauf warten, dass Marcus nach Hause kommt, während ich weiß, was ich nun einmal weiß? Ich kann nicht länger so tun, als ob. Und was ist mit Aidan und seiner Familie? Nein. Ich muss tun, was ich kann, um das Schlimmste zu verhindern.

Ich stecke mir die Drahtschere tief in die Tasche meines Parkas, setze mit meinen zwei Balken Signal meinen Anruf ab und quetsche mich durch die Lücke im Zaun. Vorsichtig gehe ich in Richtung des Hauses. Ich nähere mich von der Seite und verfluche die Absätze meiner Lederstiefel, als ich im hohen, nassen Gras einsinke und dann über Kieselsteine stolpere. Wenigstens hatte ich so viel Weitsicht, eine Regenjacke mit Kapuze anzuziehen, aber dadurch kann ich nur direkt nach vorne sehen – als würde ich Scheuklappen tragen –, zudem flattert die Kapuze im Wind hin und her, sodass ich sie festhalten muss. Ich muss lächerlich aussehen. Aber das ist meine geringste Sorge.

Endlich erreiche ich das Gebäude – ein hübsches, cottageartiges Bauernhaus. Die Dämmerung ist zwar noch nicht heraufgezogen, aber das Wetter ist definitiv düster genug, um drinnen das Licht einzuschalten. Trotzdem liegt das Haus in vollkommener Dunkelheit – nicht ein einziges Licht ist irgendwo zu sehen. Vielleicht sind sie in einem der Zimmer auf der Rückseite. In der Auffahrt gehe ich an Marcus' Porsche und an einem Pick-up-Truck vorbei, den ich nicht kenne.

Nun, da ich hier bin, will ich es unbedingt hinter mich bringen. Es erledigt haben. Ich hebe die Hand, um nach dem Türklopfer zu greifen, halte aber kurz davor inne und entscheide mich stattdessen, zuerst zu prüfen, ob die Tür offen ist. Meine Eingebung war richtig, die Tür ist unverschlossen. Sie ist schwergängig, gibt aber meinem festen Drücken nach. Als sie sich öffnet, beginnt mein Puls zu rasen und mich durchfährt eine Hitzewelle der Anspannung. Ich atme tief durch und folge dem Geräusch von Stimmen zu dem Zimmer, das zu meiner Rechten von der dunklen Diele abgeht. Ich öffne die Tür und schaue hinein.

»Was zum Teufel ... *Dani?* Was machst du denn hier?«

DREIUNDVIERZIG

DANI

Marcus steht mit dem Rücken zu einem großen Fenster und starrt mich schockiert an, als ich die Wohnzimmertür öffne. Hinter ihm steht ein Mann, aber in der Düsternis kann ich seine Gesichtszüge nicht erkennen. Auf einem Sofa sitzt eine Frau, und ich stelle fest, dass es die hochschwangere Emily Graham ist. Ich bin erleichtert, sie wohlbehalten hier vorzufinden.

»Was *ich* hier mache? Das Gleiche wollte ich dich gerade fragen.« Meine Stimme klingt kühler und ruhiger, als mir zumute ist. Das Herz hämmert mir in der Brust. Als sich meine Augen an die Dunkelheit gewöhnen, erkenne ich den Mann hinter Marcus und schüttle mich innerlich.

»Ich habe dir doch gesagt, dass ich mich mit einem Kunden treffe.« Marcus' rote Gesichtsfarbe deutet auf etwas zwischen Unbehagen und Wut hin. »Bist du mir hierher gefolgt?«

»Also ist Aidans Frau deine Kundin? Ich dachte, sie wohnen in Ashley Cross. Und warum ist Jonesy auch hier?« Ich stelle mich dumm, weil ich will, dass er zugibt, was er hier tut. Doch als ich sehe, was Jonesy in der Hand hält, mache ich unwillkürlich einen Schritt zurück. »Er hat eine Pistole!«

Geschockt starre ich die Waffe an, die er locker an der Seite hält. Ich wusste, dass sie eine dabeihaben würden, da Marcus in dem Telefonat, das Rob abgehört hat, gesagt hat, Jonesy solle »seine Knarre mitnehmen«. Doch mich ihr direkt gegenüber zu sehen, lähmt mich förmlich.

»Verdammt noch mal, Dani, ich fasse es nicht, dass du mir gefolgt bist. *Warum?*« Marcus dreht sich um, um aus dem Fenster zu spähen. »Wo ist dein Auto? Wo hast du geparkt?«

Trotz der Schockstarre schaffe ich es irgendwie, ein paar Fragen hervorzustammeln: »Was tust du hier mit Emily? Wo ist Aidan? Haben sie nicht einen kleinen Jungen? Wo ist er?« Ich zwinge mich, Jonesy anzusehen. »Warum hast du eine Pistole?«

Marcus kommt herüber und nimmt sanft meine Hände, die Sorge steht ihm im Blick. »Es ist nicht so, wie du denkst, Dan.«

»Was denke ich denn?«

»Hör zu, ich tue hier etwas Gutes. Ich löse einen Deal ein. Und zwar einen Deal, auf den wir schon sehr lange warten.«

Mir fällt auf, wie enorm blass und still Emily ist. Sie umklammert ihren Bauch und atmet schwer. Ich schüttle mich, entwinde meinem Mann meine Hände und gehe zu Emily hinüber. »Alles in Ordnung?«

Sie schüttelt den Kopf und eine Träne rinnt ihr die Wange hinunter, während sie zu keuchen und zu schnaufen beginnt.

»Verfluchte Scheiße, Marcus, es sieht aus, als hätte sie Wehen! Was hast du getan? Wo ist ihr Mann?«

»Aidan ist tot«, stößt Emily durch ihre Wehe hervor. »Sie haben ihn umgebracht.«

»Nein!«, rufe ich.

»Er hat ihnen Geld geschuldet. Mein Sohn Josh ... ist in der Küche.«

Mir wird eiskalt bei der Erkenntnis, was sie ihrem Mann angetan haben. Dass ich zu spät komme, um ihn zu retten. Ich hätte schon letzte Woche die Polizei rufen sollen, als ich es herausgefunden habe. Doch ich hätte mir niemals vorstellen können, dass es so weit kommen würde. Hätte nie geglaubt, dass Marcus zu einem Mord fähig wäre. Der Raum um mich herum beginnt, sich zu drehen, und ich schmecke Galle. »Aidan ist *tot*? Einer von euch hat ihn getötet?« Ich wende mich meinem Mann zu. Marcus gibt keine Antwort, er presst lediglich die Lippen zu einem schmalen, wütenden Strich zusammen. Sein Schweigen beantwortet meine Frage. Jonesy hat die ganze Zeit noch kein Wort gesagt.

Alles dringt auf einmal zu mir durch. Ich starre meinen Mann an, der mir jetzt völlig fremd ist. Weit weg von dem Menschen, für den ich ihn gehalten habe. Wie konnte ich nichts von all dem wissen? Im Notizbuch bin ich auf Zahlungsangaben gestoßen, Kreditrückzahlungen, halsabschneiderische Zinsen. Ich hatte den Beweis vor Augen, der mir klar und deutlich gezeigt hat, wer er ist, was er tut, und trotzdem habe ich eins und eins nicht zusammengezählt. Damals dachte ich, es wäre *Marcus*, der bei diesen Leuten in Schwierigkeiten steckt. Dass er dort seine eigenen Rückzahlungen festhielt. Dabei ging es die ganze Zeit von *ihm* aus. Mein Mann ist derjenige, der für all das verantwortlich ist.

Rob fand heraus, dass Marcus vor Kurzem sein Geschäft erweitert hatte, indem er verzweifelten Menschen Geld lieh; dass er Kunden bedrohte, die nicht rechtzeitig zahlen konnten. Er fand Beweise dafür, dass Marcus keinerlei Skrupel hatte, Deals abzuschließen. Schreckliche, unmögliche Deals mit gewaltigen Zinssätzen, und noch Schlimmeres. Aber so weit zu gehen ... *Mord* ...?

Die Erkenntnis, dass er Geld damit verdient, Menschen zu schaden ... Marcus hier mit eigenen Augen auf diese Weise zu sehen, schlägt dem Fass den Boden aus. Ich kann es kaum begreifen. Ich war so naiv. Blind. Doch wie hätte ich auch glauben sollen, dass der Mann, den ich liebte, zu solchen grauenhaften Dingen fähig wäre? Warum konnte er nicht mit seinem Autogeschäft zufrieden sein?

Seine neuen Arbeitskollegen haben nichts mit dem Showroom zu tun. Sie sind Schuldeneintreiber, Schläger, Gangster. Kein Wunder, dass ich so ein schlechtes Gefühl bei ihnen hatte.

Am liebsten würde ich Marcus anschreien, oder in Tränen ausbrechen, weil Robs Entdeckung noch schlimmer war, als ich dachte. Doch ich tue weder das eine noch das andere. Ich muss dafür sorgen, dass Marcus und Jonesy ruhig bleiben.

Stattdessen gehe ich wieder zu Emily und helfe ihr auf. »Zeig mir, wo Josh ist.«

»Bleibt, wo ihr seid«, knurrt Jonesy.

Ich ignoriere seine Anweisung und gebe mir Mühe, mir mein Entsetzen und meine Angst nicht anmerken zu lassen. Warum zum Teufel bin ich hergekommen? Was wollte ich damit erreichen? Alles in mir schreit mich an, von hier abzuhauen, wegzulaufen und mich zu verstecken. Doch irgendwie bekomme ich es trotz meines rasenden Pulses und rumorenden Magens hin, mich zusammenzureißen. »Das ist doch lächerlich«, fahre ich meinen Mann an. »Sie bekommt ein Baby. Wir schnappen uns Josh und fahren ins Krankenhaus.« Mir zittern die Hände, als ich den Arm um Emily lege, um sie zu stützen. Ich höre mir selbst dabei zu, wie ich beruhigende Laute an sie richte und ihr sage, dass alles gut wird, während ich gleichzeitig das Wissen beiseiteschieben muss, dass mein Mann jemanden umgebracht hat. Jemanden, den ich kannte. Wir versuchen, uns an Jonesy vorbeizuschieben, obwohl er inzwischen die Pistole auf mich richtet.

»Hierbleiben, hab ich gesagt.« Jonesys Augen sind hart. Heute ist nicht das geringste Grinsen oder Flirten vorhanden. Ich habe keinen Zweifel daran, dass er mich erschießen würde, wenn mein Mann ihn dazu auffordert.

Marcus gibt ein leises Knurren von sich. »Nimm das Scheißteil runter, Jonesy. Das ist meine Frau, auf die du da ziehlst.«

Jonesy wirft uns beiden einen angewiderten Blick zu, aber wenigstens senkt er die Waffe.

Ich starre meinen Mann an. »Könntest du ihm bitte mal dieses Ding abnehmen, Marcus? Er braucht gar keine Pistole. Ich glaube nicht, dass Emily in ihrem Zustand irgendwelche Schwierigkeiten machen kann, oder?« Ich sage das so, als würden wir darüber diskutieren, was wir heute zu Abend essen wollen. Doch innerlich brülle ich immer wieder: *Du bist ein verdammter Mörder!* Der einzige Grund, warum ich das nicht laut herausschreie, ist, dass ich sie nicht wütend machen will. Ich muss die Lage ruhig halten, damit sie Emily und ihrem Kind nichts tun.

Marcus nickt. »Nimm die Knarre weg, Jonesy.«

Er zögert, tut aber schließlich, was mein Mann sagt, und steckt sich die Pistole hinten in die Jeans.

»Lass uns Josh holen.« Ich wende mich Emily zu. »Du hast gesagt, er ist in der Küche?«

»Ich dachte, er wäre sicherer, wenn er nicht in der Nähe der Waffe ist«, antwortet sie schwach. Ihre Wehen scheinen für den Moment wieder abgeklungen zu sein und sie hört sich beinah normal an, obwohl sie blass ist und ihre Hände noch schlimmer zittern als meine.

Ich funkele meinen Mann an. »Wie gesagt, Emily, Josh und ich fahren jetzt ins Krankenhaus, okay?« Ich halte die Luft an und bete, dass er Vernunft annimmt und zustimmt.

»Nein.«

»Was soll das heißen, *nein?*« Ich gebe Entrüstung vor, aber innerlich wird mir ganz anders. Ich weiß, dass er uns auf keinen Fall von hier entkommen lassen wird.

»Jonesy, bring sie nach oben und sperr sie erst mal in ein Zimmer.«

»Marcus!« Ich starre ihn an, aber er weicht meinem Blick aus.

»Wir reden später, Dani. Ich muss jetzt zuerst ein paar Dinge mit Jonesy besprechen.«

»Nein! Nicht nach oben!« Emily weicht einen Schritt zurück, Tränen strömen ihr übers Gesicht.

Ihr Ausbruch erschreckt mich. Ich hätte gedacht, es wäre ihr lieber, nicht mehr im selben Raum zu sein wie die zwei. »*Was?* Was ist denn los?«

»Aidan ist da oben. In unserem Schlafzimmer.« Sie zeigt auf Jonesy. »Er ... hat meinem Mann die Kehle durchgeschnitten.«

»*O mein Gott.* Das ist doch ... das ...« Ich atme langsam aus und lege mir die Hand an die eigene Kehle. Ich versuche, mich gegen die Vorstellung zu sperren, wie Aidan da oben liegt. Ich bemühe mich, meine Stimme ruhig zu halten, während ich innerlich durchdrehe. »Es tut mir so leid, Emily.«

Marcus nickt Jonesy zu und deutet mit dem Kopf in Richtung Diele. Emily weicht weiter zurück. Marcus fixiert mich. »Dani, bring sie dazu, mitzuspielen, sonst verliert Jonesy die Geduld.«

Ich wäge meine Optionen ab und stelle fest, dass wir keine Wahl haben. Wahrscheinlich ist es das Beste, wenn wir hochgehen. Dort werden wir wenigstens offen reden können. »Hey, Emily, ich denke, wir sollten irgendwo hingehen, wo es ruhiger ist, wenn das Baby unterwegs ist. Wie wär's mit Joshs Zimmer, können wir da vielleicht hin?«

Sie beißt sich auf die Lippe und nickt, die Tränenspuren zeichnen immer noch ihr Gesicht. Ich kann mir gar nicht vorstellen, wie schwer es ihr fallen muss, dort hinaufzugehen, mit dem Wissen, dass ihr Mann tot in einem der Zimmer liegt. Vielleicht ist es aber immer noch besser, als hier unten bei den beiden Gangstern zu bleiben.

Ich werfe Marcus einen angeekelten Blick zu und er nickt einmal kurz zufrieden. »Braves Mädchen, Dan. Sorg dafür, dass es ihr und dem Baby gut geht. Wir reden später darüber. Du wirst alles verstehen, sobald ich es dir erklärt habe. Erst habe ich noch etwas Geschäftliches mit Jonesy zu besprechen.«

Ich weiß genau, worüber er mit mir reden möchte, und es ist ungeheuerlich. Ich werde mir überlegen müssen, was ich deswegen unternehmen will, außerdem muss ich Emily warnen. Ich kann nur hoffen, dass Marcus seinen Plan aufgibt, sobald ich ihm deutlich gemacht habe, dass ich davon nichts wissen will. Momentan ertrage ich es nicht einmal, ihn anzusehen.

»Ach ja, und lass dein Handy hier unten, Dan.«

»Im Haus gibt's keinen Empfang, Boss«, meldet sich Jonesy zu Wort.

»Egal. Lass es trotzdem hier.«

Ich nehme das Handy aus der Tasche und lege es auf den Couchtisch. Jonesy begleitet uns mit vorgehaltener Waffe aus dem Wohnzimmer und wir holen Emilys kleinen Sohn aus der Küche, der dort im Licht einer Taschenlampe Knetfiguren bastelt.

»Mummy!« Er springt auf und zeigt ihr seine Werke. »Ich war brav und bin hier dringeblieben, krieg ich jetzt das große Geschenk?«

»Ja, Schätzchen, kriegst du. Es dauert aber noch etwas, weil momentan alle Läden geschlossen haben.«

»Es ist dunkel.« Ich taste nach dem Lichtschalter.

»Funktioniert nicht«, sagt Emily. »Jonathan oder Jonesy oder wie auch immer Sie heißen« – sie sieht ihn finster an – »hat den Strom abgeschaltet.«

Ich nehme die Taschenlampe vom Küchentisch, damit wir oben nicht im Stockdunkeln gefangen sind, während die Nacht heraufzieht.

»Kommt schon, los jetzt.« Jonesy ruckt mit der Pistole hin und her.

Wir vier steigen im Schneckentempo die Stufen empor, Jonesy treibt uns von hinten an und drückt mir die Pistole in den Rücken. Ich bleibe stehen und sage ihm, er soll das sein lassen, was er zum Glück auch tut. Ich bin froh, wenn wir erst im Zimmer und diesen bösartigen Dreckssack los sind.

Endlich kommen wir am oberen Treppenabsatz an und ich folge Emily in das Zimmer ihres Sohnes an der Vorderseite des Hauses. Jonesy stellt sich in den Türrahmen. »Denkt nicht einmal daran, diesen Raum zu verlassen. Ich versperre die Tür, also hat es eh keinen Sinn.« Damit schließt er die Tür, und ich höre, wie er an der Klinke herumfummelt und dagegen donnert, während er versucht, uns im Zimmer einzuschließen.

Ich marschiere zum Fenster und schaue auf die Auffahrt hinunter, um sicherzustellen, dass mein Mann nicht nach draußen gegangen ist. Es sieht nach reiner Luft aus. Ich halte die Taschenlampe an die Scheibe und schalte sie für fünf Sekunden ein, gefolgt von zwei kurzen Blinkern, in der Hoffnung, dass man meinen Anruf von vorhin ernst genommen hat. Ich warte zehn Sekunden lang, dann blinke ich wieder zweimal mit der Lampe.

»Was machst du da?«, keucht Emily und krümmt sich, als eine weitere Wehe einsetzt.

Ich lege einen Finger an die Lippen und warte darauf, dass es auf der anderen Seite der Tür still wird. Sobald ich höre, wie sich Jonesys Schritte die Treppe hinab entfernen, beginne ich mit gedämpfter Stimme zu erklären.

VIERUNDVIERZIG

DANI

»Ich habe einen Plan, euch hier rauszuholen. Es tut mir leid, dass ich zu spät gekommen bin, um Aidan zu retten. Es tut mir unglaublich leid.«

»Was für einen Plan?« Emily gibt ein leises Stöhnen von sich und hält sich den unteren Rücken.

»Bevor ich herkam, habe ich die Polizei gerufen und erklärt, was hier vor sich geht. Ich habe ihnen gesagt, dass sie ein Sondereinsatzkommando schicken müssen, um euch zu retten, und dann aufgelegt, bevor sie irgendwelche Fragen stellen konnten. Ich habe auch gesagt, ich würde noch mal anrufen oder schreiben, sobald ich hier bin, und ihnen Bescheid geben, wie viele Verbrecher hier sind, aber mir war nicht klar, dass man im Haus keinen Empfang hat. Ich hoffe, dass, wenn sie kommen, sie meine Taschenlampe am Fenster sehen und kapieren, dass zweimal blinken für zwei Verbrecher steht.«

Emily tigert im Zimmer umher, stöhnt und schnauft. Ich bin mir nicht sicher, ob sie meiner Erklärung überhaupt zuhört. Und während ich mit ihr spreche, kann ich die ganze Zeit nicht aufhören, an Marcus zu denken. *Meinen Mann.* An die Ehe, von der ich dachte, wir würden sie führen. An die Tatsache, dass sie ohne Wenn und Aber vorbei ist. Ich darf nicht einmal daran denken, was das für meine Hoffnungen auf eigene Kinder bedeutet. Vielleicht hat mir das Schicksal deshalb kein Kind mit ihm geschenkt. Wie konnte es nur dazu kommen?

Josh zieht an Emilys Hand. »Was ist los, Mummy? Hast du Bauchweh?«

Tief in den Wehen versunken, steckt Emily in einer ganz eigenen Welt und kann nicht einmal ihrem Sohn Aufmerksamkeit schenken.

Stattdessen antworte ich Josh: »Hey, komm doch mal her. Du weißt doch, dass Mummy ein Baby im Bauch hat?«

Josh lässt die Hand seiner Mutter los und macht einen Schritt auf mich zu.

»Tja, das Kleine ist jetzt bereit, rauszukommen und euch kennenzulernen, also macht deine Mummy vielleicht ein paar komische Geräusche, um dem Baby zu helfen, okay? Davor brauchst du keine Angst haben.«

»Ich hab keine Angst!« Er verschränkt die Arme vor der Brust. »Ist es so, wie wenn die Hühner ihre Eier legen und komische Hühnergeräusche machen?«

Ich bringe ein schwaches Lächeln zustande. »Ja, genau so ist es.« Ich spähe noch einmal aus dem Fenster und bete, dass die Polizei kommt, bevor Jonesy oder Marcus nach oben kommen. Wenn die Polizei meinem Anruf keinen Glauben geschenkt hat, werde ich Marcus irgendwie davon überzeugen müssen, dass ich keine Bedrohung darstelle.

»Sind sie schon da?«, fragt Emily, die Hände flach gegen die Wand gestemmt und den Kopf gesenkt.

»Die Polizei? Noch nicht. Hoffentlich jagt es Josh keinen Schreck ein, wenn sie reinkommen. Dann wird es da unten eventuell laut.«

Sie schnauft und schwitzt und beißt die Zähne zusammen. »Er hat ... Bob-der-Baumeister-Ohrschützer.« Emily zeigt auf einen Korb in der Ecke. »Weiß nicht, wie viel die taugen, aber ...

besser als nichts.« Es fällt ihr schwer, während der Wehen zu sprechen. Ich bete, dass ich das Baby nicht eigenhändig auf die Welt bringen muss, denn ich habe wirklich nicht den blassesten Schimmer, was ich dann tun müsste.

Ich krame im Korb herum und zücke ein Paar leuchtend gelbe Ohrschützer, die Josh bereitwillig überzieht. Ich blinke erneut mit der Taschenlampe am Fenster, dann setzen wir uns aufs Bett, ihr Sohn zwischen uns beiden. Wir warten.

Emily befindet sich wieder zwischen zwei Wehen. Ich drücke ihre Hand in dem Versuch, ihr etwas Beistand zu zeigen. »Wie lange noch, bis das Baby kommt?«

»Ich weiß nicht. Nicht mehr lang.« Ihre Stimme bebt. »Ich glaube, das Zweite kommt normalerweise viel schneller als das Erste. Bestimmt schaffe ich es nicht mehr rechtzeitig ins Krankenhaus.«

»Wie fühlst du dich? Kann ich irgendwas tun?«

»Ich will nur hier raus. Kannst du mit mir über irgendwas reden, *egal was*, damit ich nur nicht an die nächste Wehe denke?«

»Na ja, weißt du, Emily, ich muss dir noch den wahren Grund erzählen, warum Marcus heute Abend hergekommen ist.«

Sie rutscht auf dem Bett hin und her. »Was meinst du mit dem wahren Grund?«

Ich räuspere mich und weiß nicht recht, wo ich anfangen soll. Ich bin mir nicht einmal sicher, ob ich ihr das jetzt gerade überhaupt erzählen sollte. Als Rob mir letzte Woche eröffnete, was er herausgefunden hat, war ich erst geschockt, entsetzt, aber auch etwas skeptisch. Wir redeten hier von meinem Marcus. So war er nicht. So etwas würde er niemals tun. Doch nachdem ich da unten eben seinem wahren Ich gegenüberstand ... Ich kann es noch immer nicht begreifen. Es brauchte meine geballte Willenskraft, um ihn nicht anzuschreien, weil er unser Leben ruiniert hat, weil er zu Einschüchterung und

Gewalt gegriffen hat, um seinen Willen zu bekommen. Und nun muss ich Emily erklären, was für ein böser Mensch Marcus in Wirklichkeit ist.

»Was weißt du über meinen Mann?«, frage ich.

»Bis heute dachte ich, er wäre Aidans Chef, weiter nichts.« Sie rutscht auf dem Bett nach hinten und lehnt sich gegen die Wand. Josh rückt zu ihr und lehnt seinen Kopf an ihre Schulter. Sie schluckt und wischt sich die Haare aus dem Gesicht. »Vor ein paar Monaten hat Aidan mir erzählt, dass er ein Problem mit Spielsucht hat und irgendwelchen gefährlichen Leuten viel Geld schuldet. Das konnten wir auf keinen Fall zurückzahlen, also haben wir die Stadt verlassen, unsere Namen geändert und sind hierhergekommen.«

»Das muss euch ja wahnsinnige Angst gemacht haben.« Ich gehe erneut zum Fenster und blinke mit der Taschenlampe, zunehmend besorgt, dass uns vielleicht niemand zu Hilfe kommen wird. Was, wenn die Polizei uns nie erreicht?

Emily fährt fort: »Es war entsetzlich. Zum Glück hatten wir diesen Ort hier, an den wir fliehen konnten. Aber vor einer Weile bin ich hier im Laden ein paar alten Freunden über den Weg gelaufen. Ich glaube, so hat Jonathan, oder Jonesy oder wie auch immer er heißt, uns gefunden. Aidan hat mir nie gesagt, dass es sein Boss war, dem er das Geld schuldet. Ich wollte es nicht glauben, als er heute hier aufgetaucht ist.«

»Und das ist alles? Alles, was du über ihren Deal weißt?«

Emily runzelt die Stirn. »Ja, warum? Was ist da denn noch?«

Ich seufze, es graut mir davor, ihr den Rest zu verraten. »Du wirst es nicht wissen, aber Marcus und ich versuchen schon seit Jahren, ein Baby zu bekommen. Ohne jeden Erfolg.« Ich zucke mit den Schultern und versuche, es wie keine große Sache klingen zu lassen.

»Oh, das tut mir leid.« Emily sieht mich mitfühlend an, ist

aber merklich verwundert über meinen scheinbaren Themenwechsel.

»Als Aidan Marcus sagte, er könne das Geld nicht zurückzahlen, meinte Marcus, es gäbe da noch eine andere Möglichkeit, die Schulden vollständig zu tilgen.«

Emily wird blass, und ich frage mich, ob sie bereits erraten hat, was ich ihr als Nächstes sagen werde.

»Marcus sagte, wenn Aidan zustimmen würde, ihm euer Neugeborenes zur Adoption freizugeben, dann würde er ihm die Schulden erlassen.«

»Bitte was?«

»Aidan hat zugestimmt.«

»Aidan hat WAS?«

»Sch, leise«, zische ich. »Wir wollen nicht, dass sie hochkommen.« Ich gehe zum Bett zurück und in die Hocke, sodass wir auf gleicher Augenhöhe sind. Josh schläft inzwischen, er hat sich neben seiner Mutter auf dem Bett zusammengerollt. »Aidan hat einen Adoptionsvertrag unterschrieben. Ich habe eine Kopie davon.«

»Und du *wusstest* davon?« Emily schließt die Augen, als eine weitere Wehe einsetzt.

»Nein, ich habe es erst letzte Woche herausgefunden. Ich habe einen Privatdetektiv angeheuert, um die Geschäftsangelegenheiten meines Mannes zu untersuchen, und er ist unter anderem auf den Vertrag gestoßen. Ich hatte von all dem keine Ahnung – weder vom Geldverleih noch von den Drohungen oder der Gewalt oder *irgendetwas* davon.« Tränen steigen mir in die Augen, als mich der Schrecken darüber von Neuem überfällt. »Deswegen wollte Aidan wahrscheinlich untertauchen. Er hat den Vertrag vermutlich nur unterschrieben, damit Marcus ihn in Ruhe lässt. Ich bin mir sicher, er hätte es niemals wirklich durchziehen wollen.«

»*Scheiße.*« Emily schließt die Augen und beginnt, durch die Schmerzen hindurch zu keuchen. »Ich fass es nicht, dass er …

diesen Vertrag unterschrieben hat! Wie konnte er auch nur daran denken, etwas so ... Abscheuliches zu tun? Es ist unser Kind, verdammt noch mal!« Sie stöhnt leise, und ich weiß nicht, ob aus Bestürzung über meine Enthüllung oder aus Schmerzen.

»Ich weiß. Aber er hatte zu dem Zeitpunkt wahrscheinlich keine andere Wahl. Ja, er hat einen Vertrag unterschrieben, aber wie kann so was überhaupt legal sein? Außerdem seid ihr beide abgehauen, also wollte Aidan es offensichtlich nie in die Tat umsetzen.«

Emily schüttelt den Kopf, ihr Gesicht verzerrt sich, als die Schmerzen sie überwältigen. »Er hätte besser gar nicht erst mit dem *Gedanken* spielen sollen, unser Baby wegzugeben. Nicht einmal eine Sekunde lang.« Sie stößt durch zusammengebissene Zähne die Luft aus. »Aber ja, ich schätze, jetzt ergibt das alles mehr Sinn ... warum er unbedingt wollte, dass wir verschwinden.«

Ich knie mich auf das Bett und halte Emilys Hand, während sie versucht, ihre Wehen zu veratmen. Ich fühle mich nutzlos. Ich wollte ihr das alles nicht sagen müssen, während sie in den Wehen liegt. Aber ich musste sie davor warnen, was Marcus im Schilde führt, sobald dieses Baby geboren ist. Er kann doch nicht ernsthaft davon ausgehen, dass ich bei so einem wahnsinnigen Plan mitspiele.

Sie öffnet schlagartig die Augen. »Marcus muss eine Schraube locker haben, wenn er denkt, ich gebe ihm mein Kind – auf gar keinen Fall schnappt er sich mein Baby, Vertrag hin oder her.«

»Natürlich tut er das nicht«, stimme ich zu. »Aber wenn die Polizei nicht kommt, müssen wir Marcus vielleicht glauben lassen, dass wir mitspielen. Nur, bis wir alle gefahrlos von ihm wegkommen können, okay? Wir dürfen die beiden nicht wütend machen.«

Emily beißt voller Schmerzen die Zähne zusammen und nickt. »Ich weiß nicht, ob ich das hinbekomme. Er ist ein

Psychopath. Er wusste, dass es für Aidan unmöglich ist, das ganze Geld zurückzuzahlen. Wahrscheinlich war es die ganze Zeit über sein Plan, sich das Baby unter den Nagel zu reißen. Du musst mir helfen, mein Baby zu behalten, Dani. Du lässt doch nicht zu, dass er es mir wegnimmt, oder?«

»Natürlich nicht. Aber wie gesagt, vielleicht müssen wir eine Weile so tun, als ob.«

»Wenn du doch wusstest, was Marcus vorhatte, warum bist du dann allein hergekommen?«, schnauft Emily. »Warum solltest du dich in Gefahr bringen? Du hättest es einfach der Polizei melden sollen und sie das erledigen lassen.«

Ich schüttle den Kopf. »Es ist schwer zu erklären. Ich musste es tun. Ich musste meinen Mann am Tatort konfrontieren. Mit eigenen Augen sehen, mit was für einem Mann ich verheiratet bin. Versuchen, ihm seinen perfiden Plan auszureden. Ein Teil von mir hat nicht wirklich geglaubt, dass es wahr sein könnte. Ich wollte hierherfahren und mir beweisen, dass ich falsch liege.«

»Das war mutig von dir.« Sie sieht mir in die Augen. »Ich bin froh, dass du hier bist. Wirklich. Danke, Dani.«

Ich nehme ihre Hand und drücke sie, froh, dass ich ihr wenigstens beistehen kann. Sie sagt nichts mehr, als die Schmerzen der Wehen zu stark werden.

»Wo bleiben diese verdammten Bullen?« Ich kehre mit der Taschenlampe ans Fenster zurück, blinke zweimal damit und starre auf die sturmgepeitschte Wiese hinaus. Die Dämmerung bricht ein. Bald wird es vollständig dunkel sein. Ich möchte wirklich nicht länger hierbleiben. Ich blicke auf die Auffahrt hinunter und bekomme einen Schreck, als ich mehrere dunkle Gestalten erkenne, die an der Vorderseite des Hauses entlangschleichen. Plötzlich durchfährt mich Erleichterung, als mir klar wird, dass es die Polizei sein muss. Ich kann kaum glauben, dass sie wirklich hier sind. Es kommt mir so vor, als würde ich einen Film sehen. »Hey, Emily. Gute Nachrichten. Sie sind da.«

Emilys und mein Blick kreuzen sich und wir halten die Luft an. Es scheint, als hätten selbst ihre Wehen für den Moment ausgesetzt. Sie drückt Josh eng an sich. Er hat den Daumen in den Mund gesteckt, öffnet die Augen, wirkt einen Moment lang verwirrt und kuschelt sich dann wieder an seine Mutter. »Komm weg vom Fenster«, flüstert sie mir zu.

Ich nicke und husche zum Bett, mein Herz rast, als unten laute Stimmen und donnernde Schritte ertönen und die Polizei das Haus stürmt.

FÜNFUNDVIERZIG

DANI

Neun Monate später

»Sie ist so eine süße kleine Maus.« Emily gibt Lydia einen Kuss auf die Stupsnase und ich lasse zu, dass mir das Glück aus dem Bauch emporsprudelt und sich um mein Herz legt.

»Ja, oder?« Ich lächle meiner Freundin zu und kann es immer noch nicht glauben. Meine kleine Lydia ist gerade einmal drei Wochen alt, und ich muss mich jeden Tag aufs Neue kneifen. Wie sich herausstellte, war ich, als ich Emily und Josh vor meinem Mann rettete, bereits zwei Wochen schwanger mit meiner eigenen wunderschönen Tochter. Es war ein riesiger Schock. Umso mehr, da ich es erst im dritten Monat feststellte.

Heute ist der erste richtig warme Tag des Jahres und wir verbringen einen seltenen Nachmittag draußen im Garten. »Möchtest du noch einen Kaffee?« Ich sehe Emily fragend an, doch sie ist zu sehr mit Lydia beschäftigt, um sich mir zuzuwenden.

»Nein, danke, ich habe meinen noch nicht ausgetrunken.«

Das Verhältnis zwischen uns beiden ist eng geworden, seit

dem verhängnisvollen Tag. Ich schätze, unsere Beziehung hätte sich auch in die entgegengesetzte Richtung entwickeln können; genauso gut hätten wir nie wieder ein Wort miteinander sprechen können. Aber das geteilte Trauma hat uns definitiv verbunden und man könnte wohl sagen, dass wir gute Freundinnen geworden sind.

Trotz ihrer Vernarrtheit in meine Tochter mache ich mir heute Sorgen um Emily. Sie wirkt distanzierter und abwesender als sonst. Nicht direkt unglücklich, bloß etwas kraftlos. Vielleicht bekommt sie einfach nicht genug Schlaf. Vielleicht belastet sie auch, dass alles sie nun einholt. Ich werde versuchen, heute Abend vernünftig mit ihr zu reden, sobald die Kinder schlafen. Sie dazu zu bringen, sich zu öffnen.

Was mich betrifft: Obwohl Marcus nun seine Zeit im Gefängnis von Winchester absitzt und ich die Scheidung eingereicht habe, habe ich mit dem Baby, nach dem ich mich immer gesehnt habe, eine seltsame neue Art von Glück gefunden. Es ist noch sehr viel anstrengender und furchterregender, als ich es mir vorgestellt hatte, und die Hälfte der Zeit habe ich keine Ahnung, was um Himmels willen ich da eigentlich tue, aber ich würde für nichts in der Welt etwas daran ändern wollen.

Natürlich ist unser großes Haus an der Bucht futsch, genau wie Marcus' Showroom und das ganze Geld. Sein Vermögen wurde eingefroren und man sagte mir, dass ich vermutlich nie auch nur einen Penny davon zu Gesicht bekommen werde. Aber das ist schon in Ordnung.

Nach jenem furchtbaren Tag letztes Jahr konnte ich es nicht ertragen, in unser Haus zurückzukehren, also blieb ich für ein paar Nächte bei Jay. Mein Bruder war verständlicherweise schockiert und besorgt. Obwohl er Marcus noch nie mochte — er hatte immer ein ungutes Gefühl bei ihm —, hätte er sich *das* im Leben nicht vorgestellt. Jay wollte unbedingt helfen und bot mir den Platz auf seinem Sofa an, so lange ich ihn auch brauchen sollte. Doch seine Einzimmerwohnung war viel zu klein für uns beide. Er rief Mum an, die darauf bestand, dass ich zu ihr in den Bungalow ziehe. Erst wollte ich nicht, aber Jay brachte mich zur Vernunft. Zum Glück läuft der Bungalow auf ihren Namen, daher ist er nicht der Ermittlung zum Opfer gefallen.

Tatsächlich war es dann sehr schön, die Bindung zu meiner Mutter neu zu stärken. Ich finde, sie ist nicht einmal ansatzweise so übel, wie ich sie immer gesehen habe. Vielleicht liegt es aber auch daran, dass sie sanfter mit mir umgeht, seit sie erfahren hat, was ich durchgemacht habe. Es heißt, dass Nahtoderfahrungen schon einmal dazu führen, dass man selbst und seine Lieben das Leben und die Beziehungen darin noch einmal anders betrachten. Meine Mum hat es sehr genossen, mich während der Schwangerschaft zu bevormunden, und schwebt nun auf Wolken darüber, endlich Oma geworden zu sein – wobei es ihr auch jetzt noch immenses Vergnügen bereitet, mir aufs Brot zu schmieren, was ich alles falsch mache. Jay versichert mir, dass ihre Kritik nur liebevoll gemeint ist. Er kommt in den Genuss meines gesamten Repertoires an Augenverdrehern.

Wie sich herausstellte, war ich aber nicht dazu bestimmt, mich den Rest meines Lebens den Hausregeln meiner Mutter zu beugen. Mein Anwalt fand heraus, dass Marcus ein Haus auf meinen Namen besaß, und offenbar darf ich das behalten. Erst wollte ich keinen Penny von Marcus' schmutzigem Geld anrühren, doch mein Bruder überredete mich. Ich hatte die Wahl, entweder dort zu leben oder bei meiner Mum zu bleiben. Und so sehr ich meine Mutter liebe, waren wir uns beide einig, dass jede von uns Raum für sich selbst bräuchte, um unsere neugewonnene Beziehung zu erhalten, und auch, um nicht durchzudrehen.

Nach Weihnachten zog ich ein, sobald die alten Mieter ausgezogen waren und ich das Haus etwas auf Vordermann gebracht hatte. Es ist ein großes Einfamilienhaus in Ashley

Cross, ganz in der Nähe vom Green. Ganz anders als unsere Luxusvilla an der Bucht. Statt Glas, Marmor und Designerkunst findet man hier abgewetztes Holz, rissigen Putz und individuelle kleine Eigenheiten. Alles in allem hat es schon bessere Tage gesehen, aber irgendwie gefällt mir das auch daran. Für Lydia und mich ist es perfekt. Ich liebe es, hier zu wohnen und meine Freiheit zu haben. Herrin über mein eigenes Leben zu sein, statt es von jemand anderem beherrschen zu lassen.

Früher habe ich dieses Leben voller irrsinnigem Luxus und Privilegien geführt und es nie wirklich hinterfragt. Die Finanzen waren Marcus' Bereich. Er war derjenige, der unseren Lebensunterhalt verdient hat. Er war derjenige, der gearbeitet hat. Oder gemauschelt. Bloß wusste ich nie genau, was er da eigentlich konkret treibt. Und das war mein Fehler. Ich bin fest entschlossen, Lydia zu Eigenständigkeit zu erziehen. Ihr beizubringen, dass sie sich niemals von jemand anderem abhängig machen sollte, wenn es um ein Einkommen oder ihr Leben geht. Dass sie immer im Bilde sein sollte. Dass sie genau hinschauen sollte.

Ich hebe die kleine Bianca vom Rasen hoch, bevor sie ihren zweiten Versuch starten kann, sich ins Blumenbeet zu stürzen. Sie krabbelt schon den ganzen Nachmittag umher wie ein aufziehbares Spielzeug, also müssen Josh und ich aufpassen, dass sie keinen Unfug anstellt.

Nach jenem grauenhaften Tag, als Aidan ermordet wurde und ich Emily von seinem Vertrag mit Marcus erzählen musste, fühlte ich mich in der Gegenwart der kleinen Bianca furchtbar schuldig. Das hier war immerhin das Kind, das mein Mann seinen leiblichen Eltern wegnehmen wollte. Sie sollte sein Geschenk an mich werden. Ich konnte also nicht anders, als mir selbst die Schuld zu geben – mein brennender Wunsch nach einem Kind war der Grund für all das. Wenn ich nicht so besessen gewesen wäre, wäre vielleicht nichts davon jemals passiert. Doch Emily versicherte mir, dass ich mich in keinerlei

Hinsicht verantwortlich fühlen müsste. Es war allein Marcus'
Schuld. Es war sein verdrehtes Verständnis von Richtig und
Falsch, das ihn zu seinen Taten getrieben hat.

»Ich kann sie nehmen.« Josh streckt die Arme aus, um
Bianca zu übernehmen. »Sie mag es, wenn ich Lieder singe.«

»Du bist so ein fantastischer großer Bruder.« Ich grinse ihm
zu und lege ihm die strampelnde Bianca in die Arme, wo sie
augenblicklich ruhiger wird und nach dem Gesicht ihres
Bruders greift.

Josh hat sich von der Tortur im letzten Sommer erholt. Ich
glaube, er hat überhaupt nicht verstanden, was passiert ist.
Natürlich vermisst er seinen Vater schrecklich, aber Emily sagt,
sie spricht mit ihm viel über Aidan. Sie ist fest entschlossen,
dass er seinen Dad nie vergessen soll. Die arme, kleine Bianca
bekommt nicht einmal die Gelegenheit, ihn kennenzulernen.

Nun, da die beiden für ein paar Minuten beschäftigt sind,
schlendere ich zurück zu Emily und setze mich neben sie auf
einen der alten, schmiedeeisernen Gartenstühle. »Alles
okay, Em?«

»Mir geht's gut«, antwortet sie gedankenverloren und
summt meiner kleinen Lydia sanft zu.

Wir sitzen eine Weile in einträchtigem Schweigen da und
lauschen Joshs Liedern und den sommerlichen Geräuschen aus
den Nachbargärten – Rasenmäher, das Gekreische von
Kindern, Lachen, ein bellender Hund. All diese ganz normalen
Gartengeräusche, von denen ich mich nicht erinnere, sie in
unserem Zuhause an der Bucht jemals gehört zu haben.

Ich war an jenem Tag mit Emily und Josh oben, als die
Polizei eintraf, um Marcus und Jonesy zu verhaften. Jonesy
schoss einem von ihnen in die Schulter, doch zum Glück wurde
der Beamte wieder restlos gesund. Ich blieb bei Emily, als die
Notfallsanitäter am Haus ankamen und ihr bei der Geburt in
Joshs Zimmer halfen. Sie klammerte sich die ganze Zeit über an
meine Hand, und wir schluchzten beide, als die kleine Bianca –

kurz Bee, benannt nach Emilys geliebter Patentante – endlich das Licht der Welt erblickte.

Der armen Emily geht es mit den Nachwirkungen all der Ereignisse nicht sonderlich gut. Sie trägt noch immer tiefe Trauer mit sich herum. Eigentlich keine Überraschung nach dem, was letzten Herbst mit Aidan passiert ist. Ich schätze, sie wird lange dafür brauchen, sich von dem Trauma dieser Geschehnisse zu erholen.

In letzter Zeit mache ich mir immer größere Sorgen über ihre Verfassung. Ich habe schon mehrfach angedeutet, dass sie vielleicht mal über professionelle Hilfe nachdenken sollte. Doch bisher schiebt sie alle meine Versuche von sich, ihr diese zu besorgen. Wenigstens lässt sie mich ihr mit Josh und Bee unter die Arme greifen, das ist immerhin etwas. Abgesehen davon, dass ich ihre Kinder unheimlich vergöttere, gibt mir das auch gewissermaßen das Gefühl, irgendwie für die grässlichen Verbrechen meines Mannes gegenüber ihrer Familie zu büßen: ihr ihren Mann zu nehmen und ihren Kindern den Vater.

Sehr zu meinem Frust weigert sich Emily, ihre Eltern auch nur um die kleinste finanzielle oder emotionale Unterstützung zu bitten. Tatsächlich glaube ich nicht, dass sie sie nach ihrem Schicksalsschlag überhaupt einmal besucht haben, was äußerst merkwürdig ist, wenn ihr mich fragt. Es klang, als hätte ihre Patentante Hilfe angeboten, aber Emily meint, sie habe Bianca schon genug Kummer dadurch bereitet, dass in ihrem Haus ein Mord geschehen ist. Bianca versuchte, ihr klarzumachen, dass das nicht einmal ansatzweise ihre Schuld war und sie gerne weiterhin auf der Briar Hill Farm wohnen dürfe, aber Emily weigert sich verständlicherweise, noch einmal in die Nähe dieses Ortes zu kommen. Ich denke, sie bestraft sich unnötig selbst.

Erschwerend hinzu kommt, dass Emily behelfsmäßig in einer schäbigen Frühstückspension in Poole wohnt, was wirklich nicht der richtige Ort für eine alleinerziehende Mutter mit zwei kleinen Kindern ist. Ich habe ihr schon unzählige Male meine Hilfe angeboten, aber sie weist mich immer wieder ab, also habe ich mir etwas überlegt, wie ich sie doch dazu bringe, zuzustimmen.

Ich habe beschlossen, mich, sobald Lydia etwas größer ist, zur Therapeutin ausbilden zu lassen. Damit ich Menschen bei ihren Problemen helfen kann. Natürlich wird es nun, da ich ein kleines Kind habe, eine Herausforderung, eine Karriere zu starten. Mum meinte, sie würde mich bei der Kinderbetreuung unterstützen, aber ich kann nicht immerzu auf sie zurückgreifen. Also habe ich Emily gefragt, ob sie mietfrei bei mir einziehen würde, im Austausch für etwas Hilfe mit Lydia. Mein Haus hat fünf Schlaf- und zwei Badezimmer, also haben wir reichlich Platz, damit jede auch mal für sich sein kann.

Ich habe ihr gesagt, sie würde mir einen Gefallen tun, wenn sie mir mit der Kleinen zur Hand geht, während ich meine Ausbildung mache – dabei ist Emily momentan eigentlich gar nicht wirklich in der Lage, sich auch nur um ihre eigenen Kinder zu kümmern, ganz zu schweigen von meinem Kind noch obendrauf. Wahrscheinlich werde viel eher ich ihr helfen. Sie hat sich endlich bereit erklärt, nächstes Wochenende einzuziehen. Hoffentlich kommt sie wieder in die Spur, sobald sie sich einmal eingelebt hat, und ihr Leben bekommt wieder Aufwind. Und sobald wir dann beide richtige Jobs haben, kann sie entweder Miete zahlen oder sich etwas Eigenes suchen. Doch für den Moment ist das die perfekte Lösung.

Ich betrachte Lydia, die auf dem Arm meiner Freundin schläft, und denke bei mir, dass ich trotz allem wirklich viel Glück gehabt habe. Und ich habe fest vor, meiner Freundin zurück auf die Beine zu helfen. Nach allem, was sie durchgemacht hat, verdient sie es, wieder glücklich zu sein.

SECHSUNDVIERZIG

EMILY

Ich sitze in Danis Garten und die Sonne scheint mir ins Gesicht. Ich halte Danis und Marcus' neugeborene Tochter Lydia auf dem Arm und spiele Interesse vor. Spiele Anteilnahme vor. Doch in Wirklichkeit befindet sich in meinem Kopf nichts als tiefschwarze Leere. So halte ich es mit Absicht, denn sobald ich irgendwelche Gedanken zulasse, drängen sich die Erinnerungen alle auf einmal hinein. Sie fluten die Leere und bringen eine ganze Lawine von Emotionen mit, allesamt zu stark, um sie zu verarbeiten – Schuld, Angst, Hass, Kummer, Selbstverachtung. Die allerschlimmsten davon lauern direkt am Rand dieser Leere. Und wenn ich es ihnen erlaube, dann werden sie mich in den Abgrund reißen und in die Dunkelheit hinabziehen, bis ich nicht einmal mehr mich selbst erkennen kann.

Dani will, dass ich mit jemandem darüber spreche. Tja, das wird niemals geschehen. Eigentlich hätte ich gar nicht erst zulassen dürfen, dass sie sich mit mir anfreundet. Ich hätte den Kontakt zu ihr gleich am nächsten Tag abbrechen sollen, nachdem meine Tochter zur Welt kam. Ich hätte sie ihr Leben ohne mich darin fortführen lassen sollen. Aber sie meinte, sie möge mich, habe das Gefühl, wir hätten eine Verbindung. Sie meinte, ich helfe ihr über das Trauma hinweg. Wer wäre ich also, wenn ich dazu Nein gesagt hätte? Wer wäre ich, ihr meine kaputte Freundschaft abzuschlagen, wenn es wirklich das ist, was sie will?

Dani mit ihrer perfekten kleinen Neugeborenen und ihrem perfekten, einzigartigen Haus in Ashley Cross. Die Art Haus, in der Aidan und ich einmal hätten landen sollen. Stattdessen ist Aidan tot und ich habe gar nichts. Und doch kann ich mir nicht einmal den Luxus des Selbstmitleids erlauben, so gern ich mich auch darin suhlen würde.

Denn es ist meine Schuld.

Die ganze Geschichte.

Alles.

Natürlich versichern mir alle, dass ich noch Glück hatte. Es hätte so viel schlimmer kommen können. Immerhin habe ich überlebt, oder? Immerhin habe ich meine wunderschönen Kinder. Auf gewisse Weise stimmt das ja auch – Josh und Bee sind vermutlich der einzige Grund, warum ich mich jeden Morgen aus dem Bett schleppen kann. Aber wäre es nicht so viel einfacher, wenn ich sie nicht hätte? Wenn ich einfach in die Leere eintreten und alles hinter mir lassen könnte?

Ich frage mich, was Dani wohl sagen würde, wenn sie die Wahrheit herausfände. Wenn sie erfahren würde, dass ich, Emily Graham, die Frau, die sie inzwischen ihre Freundin nennt, einmal eine Affäre mit ihrem Mann, Marcus Baines, hatte.

Ich frage mich, was Dani wohl sagen würde, wenn sie wüsste, dass meine Tochter Bianca auch Marcus' Tochter ist.

Ich frage mich, was Dani wohl sagen würde, wenn sie wüsste, dass Marcus sich nur Aidans Spielschulden gewidmet hat, damit er ihn dazu zwingen könnte, ihm sein neugeborenes Kind zu übergeben, ohne Dani seine Affäre gestehen zu müssen. Das Baby wäre einfach ein Wunderbaby gewesen, das er für sie adoptiert hätte. Ein unglaubliches Überraschungsgeschenk für seine perfekte, kleine, unfruchtbare Frau.

Ich frage mich, was Dani wohl sagen würde, wenn sie wüsste, dass Marcus mich bedroht hat. Dass er mir gesagt hat, dass, wenn ich ihm nicht das Sorgerecht für sein Baby überlasse, er Aidan die Kehle durchschneidet.

Ich frage mich, was Dani zu alledem sagen würde.

Ich schaue zu meiner Freundin hinüber. Betrachte ihre ruhigen, wunderschönen Züge, während sie in der Sonne sitzt und dabei zusieht, wie meine Kinder auf dem Rasen spielen, eines davon die Halbschwester ihrer eigenen Tochter.

Meine Affäre mit Marcus dauerte nicht lang. Höchstens ein paar Monate. Er machte den ersten Schritt, nachdem wir uns ausgerechnet in der Reinigung über den Weg gelaufen und ins Gespräch gekommen waren. Er war charmant und verführerisch, und irgendwie ließ ich mich von der Begierde und dem Nervenkitzel mitreißen. So etwas hatte ich noch nie zuvor getan, hätte mir niemals vorstellen können, dass ich dieser Typ Frau wäre und Aidan betrügen würde. Aber Marcus verfügte über diese magnetische Anziehungskraft, er hatte so eine Art, mir das Gefühl zu geben, ich wäre der wichtigste Mensch auf der ganzen Welt.

Ich hatte romantische Flausen im Kopf, dass er seine Frau verlassen und mich anflehen würde, meinen Mann sitzen zu lassen, sodass wir zusammen sein könnten. Doch dann, genauso plötzlich, wie der Funke entbrannt war, verlor er das Interesse an mir. Er sagte mir, dass er seine Frau niemals verlassen werde. Dass er sie liebe. Dass das zwischen uns nur ein bisschen Spaß gewesen sei und er gedacht hatte, mir wäre das klar. Für eine Weile war ich am Boden zerstört. Ich fühlte mich verschmäht und dumm. Ich hatte meine Ehe für rein gar nichts aufs Spiel gesetzt. Bis mir klar wurde, dass ich schwanger war.

Zeitlich passte es zu meiner Affäre mit Marcus. Damals schliefen Aidan und ich gerade nicht miteinander – wahrscheinlich aufgrund meiner Müdigkeit und seiner Spielsucht –, daher wusste ich zweifelsfrei, dass das Baby nicht von ihm war. Sobald ich von meiner Schwangerschaft erfuhr, regte ich Sex mit Aidan an, in der Hoffnung, dass er sich nicht an ein genaues Datum erinnern würde.

Doch dann fand Marcus es heraus. Er setzte die Puzzleteile zusammen und wusste, dass es sein Baby war. An diesem Punkt begann alles, auseinanderzufallen. Als er seinen lächerlichen Plan ausbrütete, mir das Baby wegzunehmen. Meine kleine Bee. Er drohte damit, Aidan etwas anzutun, wenn ich ihm nicht das Sorgerecht für unser Kind überlassen würde, obwohl ich log und behauptete, es sei gar nicht von ihm. Aber er glaubte mir nicht. Und ich glaubte nie, dass er seine Drohungen tatsächlich wahrmachen würde. Ich dachte, es wäre eine reine Wutreaktion. Als er immer wieder diese furchterregenden Nachrichten schrieb, versuchte ich, sie zu ignorieren. Ich hatte keine Ahnung, dass Aidan und ich vor derselben Person wegliefen.

Als Marcus anfing, diese Forderungen zu stellen, ging mir erst richtig auf, wie dumm ich gewesen war. Wie leichtgläubig, dass ich auf all seine Lügen hereingefallen war. Ich hatte alles für eine märchenhafte Liebesgeschichte in Gefahr gebracht, die es in Wirklichkeit nie gegeben hatte. Als Aidan und ich die Stadt verließen und aufs Land zogen, lernte ich ehrlich wertzuschätzen, was ich hatte. Ich verliebte mich wieder neu in meinen Mann und wünschte mir über alles, die Zeit zurückdrehen und die dämliche Affäre mit seinem furchtbaren Boss ungeschehen machen zu können, die uns dazu geführt hatte, unsere Existenz aus den Angeln heben und in Angst leben zu müssen. Doch nun gibt es Aidan nicht mehr.

Und die größte Ironie besteht darin, dass Dani – die Frau, die ich hintergangen habe – nun versucht, mir zu helfen. Mich wieder zusammenzusetzen. Sie nimmt mich bei sich auf, obwohl sie keine Ahnung hat, was für ein Mensch ich eigentlich bin. Was ich getan habe. Ich gebe ein knappes, ersticktes

Lachen von mir, als sie die Hand ausstreckt und mir beruhigend das Knie drückt.

Sie ist hier die Unschuldige. Das weiß ich, und doch lodert in mir die Verbitterung darüber, dass Marcus nicht Bianca und mich wollte. Dass er Bianca für *sie* wollte. Die perfekte Dani mit ihrem riesigen Haus und ihrem noch größeren Herzen, so großzügig gegenüber der armen, alten, traumatisierten Emily.

Ich schätze, dass mich nichts davon abhält, Dani zu erzählen, was wirklich passiert ist. Ich könnte augenblicklich den Mund aufmachen und ihr sagen, dass Marcus Biancas Daddy ist. Mir ihre Reaktion ansehen. Ihre Welt in noch mehr Scherben zerschlagen. Immerhin wird es am Ende wahrscheinlich sowieso herauskommen. Das haben diese Dinge so an sich. Aber ich kann mich einfach nicht dazu durchringen. Also liegt mir die ganze grausame Wahrheit auf der Zungenspitze wie eine Zyanidpille. Und ich schweige. Fürs Erste ...

MEHR VON BOOKOUTURE DEUTSCHLAND

Für mehr Infos rund um Bookouture Deutschland und unsere Bücher melde dich für unseren Newsletter an:

deutschland.bookouture.com/subscribe/

Oder folge uns auf Social Media:

 facebook.com/bookouturedeutschland

 twitter.com/bookouturede

 instagram.com/bookouturedeutschland

EIN BRIEF VON SHALINI

Ich möchte mich ganz herzlich dafür bedanken, dass ihr *Ein perfekter Ehemann* gelesen habt. Hoffentlich hat es euch gefallen. Wenn ihr gern über meine Neuerscheinungen auf dem Laufenden bleiben möchtet, meldet euch einfach unter folgendem Link an, dann erfahrt ihr, wenn ein neues Buch herauskommt. Eure E-Mail-Adresse wird dabei nicht weitergegeben und ihr könnt euch jederzeit wieder abmelden:

deutschland.bookouture.com/subscribe/

Die Inspiration für diesen Roman kam mir vor ein paar Jahren, als ich meinem Mann Pete vorschlug, wir könnten ja das Gästezimmer untervermieten, um etwas zusätzliches Geld zu verdienen. Er sah mich voller Entsetzen an, und damit war die Sache dann auch direkt wieder vom Tisch.

Ich freue mich immer über Feedback zu meinen Büchern, wenn ihr also etwas Zeit habt, wäre ich sehr dankbar, wenn ihr netterweise eine Online-Rezension posten oder euren Freund:innen davon erzählen würdet. Eine gute Bewertung versüßt mir jedes Mal den Tag!

Wenn ich gerade nicht schreibe, lese, spazieren gehe oder Zeit mit meiner Familie verbringe, erreicht ihr mich über meine Facebook-Seite, Twitter, Goodreads, meine Website oder meine Mailingliste.

Tausend Dank, Shalini Boland x

BLEIB IN KONTAKT MIT SHALINI BOLAND

www.shaliniboland.co.uk

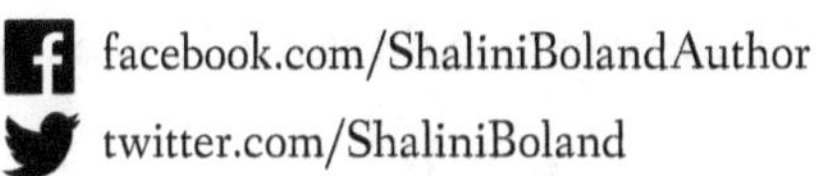

facebook.com/ShaliniBolandAuthor

twitter.com/ShaliniBoland

DANKSAGUNG

Danke an meine tollen Bookouture-Lektorinnen Natasha Harding und Ruth Tross dafür, dass ihr *Ein perfekter Ehemann* zur besten Version seiner selbst gemacht habt. Ich bin superdankbar!

Danke auch an den Rest des wunderbaren Teams bei Bookouture für euer Talent, eure Expertise, Förderung und Unterstützung. Jenny Geras, Peta Nightingale, Richard King, Sarah Hardy, Kim Nash, Noelle Holten, Jess Readett, Alexandra Holmes, Saidah Graham, Aimee Walsh, Natalie Butin, Alex Crow, Melanie Price, Hannah Deuce, Occy Carr, Mark Alder und alle anderen, die meinen Büchern Flügel verleihen.

Danke an die wundervolle Lauren Finger für deine hervorragenden Fähigkeiten beim Korrekturlesen. Danke an die Designerin Lisa Horton für ein weiteres atmosphärisches Cover, das ins Auge fällt.

Dieser Roman begann als ein Audible Original, daher würde ich gern dem Team bei Audible für diese großartige Gelegenheit danken. Danke an Andrew Eisenman, der den Kontakt hergestellt und die ganze Sache geleitet hat. Danke an meine talentierte Lektorin Katie Salisbury. Danke an Harry Scoble dafür, dass du das Ruder übernommen hast und so toll bist. Ich bewundere Arran Dutton bei der Audio Factory für die fantastische Produktion mit den ausgezeichneten Stimmen von Alison Campbell, Tamsin Kennard und Ciaran Saward. Danke auch an Alys Hewer, Khadija Roberts und allen anderen bei Midas PR, vor allem Amber Choudhary, Camilla Mosley und Ben McCluskey.

Ein besonderes Dankeschön an Teresa Harden für ein superschnelles Notfall-Betalesen. Du bist die Beste!

Unendlicher Dank an all meine lieben Leser:innen, die sich die Zeit nehmen, meine Romane zu lesen, zu bewerten und/oder weiterzuempfehlen. Das bedeutet mir viel. Danke auch an alle fabelhaften Menschen da draußen, die über Bücher bloggen und posten und sie so bekannter machen. Ihr seid ebenfalls die Besten!

Wie immer möchte ich meiner Familie dafür danken, dass ihr so fantastische Menschen seid. Nicht zu vergessen, meine flauschige Schreibkumpanin Jess, die ein wirklich fantastischer kleiner Welpe ist.

www.ingramcontent.com/pod-product-compliance
Lightning Source LLC
Chambersburg PA
CBHW051129190726
48290CB00006B/1766